講談社文庫

青の呪い

心霊探偵八雲

神永 学

講談社

C O N T E N T S

青の呪い

心霊探偵八雲

「ねぇ。あの噂って聞いた？」

「あの――って言われても分からないんだけど。何系？」

「ほら。あれだよ。美術部に幽霊が出るっていうやつだよ」

「幽霊って……どうせあれだろ。学校の七不思議的なやつだろ。バカバカしい」

「違うんだって。本当に幽霊が出たんだって。実咲ちゃんがね、見たんだって。放課後に偶々美術室の前を通りかかったの。そしたらね、頭から血を流した女子生徒が立ってたんだって。それでね、『大丈夫？』って声をかけたんだけど、何も言わずにすうっと美術室の中に消えて行ったんだって……」

「何それ。嘘臭ぇ」

「本当だもん」

「それはあれだろ。赤い絵の具を溢した美術部の奴が、部屋に入って行っただけだろ」

「違うよ！　だって……あれは絵の具じゃなくて、絶対に血だったって実咲ちゃん言ってたもん。それに――」

「何だよ」

「それに、美術室は鍵がかかっていたんだよ。それなのに、中に入って行っちゃったんだよ。絶対におかしいでしょ」

「いや、ただの見間違いだろ」

「違うんだって」

「何が違うんだよ」

「話には――まだ続きがあるの――」

「続き？」

「うん。美術室には、呪いの絵があるって話は聞いたことある？」

「いや、知らないけど……」

「何年も前にね、美術部にヒナっていう女子生徒がいたらしいの。とても明るくて、みんなの人気者だったんだけどね、ある日、突然、おかしくなったんだって……」

「おかしくなったって、どういうこと？」

「何かに憑かれたように、急に何も喋らなくなって、授業にも出なくなって、それで美術室に籠もるようになったらしいの……」

「そこで絵を描いていたって訳？」

「そう——。ヒナさんは、一心不乱に自画像を描き続けたらしいんだけど……その絵がね、とても気味が悪い絵なんだよ」

「下手ってこと？」

「そうじゃないよ。全部、赤で描いたらしいの。しかも、その赤は絵の具じゃなかった……」

「もしかして……」

「そう。そのもしかして——だよ。ヒナさんは、自分の血を使って肖像画を描いたの。まるで、絵に呪いを込めるように……」

「…………」

「絵を完成させたあと、ヒナさんは美術室の窓から飛び降りたんだって……」

「じゃあ、実咲が見たってのは、そのヒナって人の幽霊ってこと？」

「そうだと思う……」

「それが本当だとしても、別に幽霊なんて見ないようにすればいいだろ」

「ただの幽霊ならね。でも違うんだよ」

「は？」

「ヒナさんが描いた絵は、今も美術室にあるの。で、それを見た人には、必ず災い（わざわ）が降りかかる」

「迷信だろ」

「私もそう思ってた」

「え？」

「実咲はね、幽霊を見たあと、あれが何だったのかを確認しに行ったの。そこで、見てしまったの。呪いの絵を――」

「別に絵を見たって、どうってことねぇだろ。呪いなんてねぇし」

「あるよ！」

「…………」

「呪いはあるの。だって、そのあと実咲は……」

Prologue

1

桜の樹の下で、君の姿を見つけた——。

後ろ姿だったので、顔は見えなかったけれど、ぼくには、それが君だと分かった。

君が放つ清廉な空気に引き寄せられるように、足を踏み出したのだけれど、最初の一歩で止まってしまった。

君の隣には、ぼくの知らない人がいた。

二人から漂う気配は、春の日差しのように、穏やかで温かいものだった。

長い歳月の中で、君はようやく自分の居場所を見つけたのかもしれない。そのことを素直に嬉しいと思うと同時に、だからこそ、そこにぼくなんかが踏み込んではいけない気がした。

君がせっかく手に入れた安息の地を、ぼくが壊していいはずがない。

だから——。

ぼくは、立ち去ろうとしたのだが、運がいいのか悪いのか、君はこちらに顔を向けた。

視線がぶつかる。

ああ、気付かれてしまった。いや、まだ遅くない。君は、まだ確信を持っていないようだ。そもそも、ぼくのことなんて忘れているのかもしれない。このまま、何事もなかったかのように歩き去れば、それで全てが終わる。

こんな風に、偶然に顔を合わせることも、もうないだろう。

分かっているのに、どういう訳か、ぼくの身体は動かなかった。それは、きっと君の視線のせいだ。

何処までも純粋で穢れのない君の視線を前に、ぼくは抗うことなどできなかった。

自然と過去に引き戻される――。

君との出来事を語る為には、今から八年前に遡らなければならない。

2

「食べる?」

目の前に青い声が広がった。

海のように、いや、空のように、どっちでもいい。とにかく、とても透き通っていて、それでいて深い青色の声だった。

ベンチに座っていたぼくは、その青い声に誘われるように顔を上げた。

そこには、一人の少女が立っていた。

春の柔らかい日差しの中で微笑む少女は、声に負けないくらいの透明感があった。そう感じるのは、透き通るような白い肌のせいかもしれないし、吸い込まれそうなほど大きな瞳のせいかもしれない。

「これ、食べる？」

彼女はもう一度口にすると、ぼくの方に包み紙に入った飴を一つ差し出してきた。

風が吹いて、肩にかかった艶のある黒髪がふわっと揺れる。

柑橘系の爽やかな香りがした。

「あ、えっと……」

初対面の少女が、どうして自分に声をかけてきたのか分からず、ぼくはただ口籠もる。

「そっか。その手じゃ袋が開けられないよね」

彼女は口許を緩めて笑う。

ぼくは、自分の右腕に目を落とした。ギプスで固定され、首から吊られていて自由が利かない。

彼女は、袋を破ると中から飴を取り出し、それを摘まんでぼくに差し出した。

——え？

彼女は無邪気な笑みを浮かべているけれど、ぼくは完全に固まってしまった。

飴を受け取らなかったのは、ギプスで右腕が動かなかったからじゃない。思春期真っ只中で、同年代の少女に話しかけられることに、慣れていなかったからだ。

「あ、あの……」

「何てね。恥ずかしいよね」

彼女は照れたように言うと、ぼくの左手に飴を載せてくれた。

微かに触れた指先は、ひんやりとしていた。

ぼくは、訳も分からずただ自分の左の掌に載った飴を見つめる。

彼女の動く気配があった。

立ち去ったのかと思ったが、そうではなかった。自分の左側に少女の体温を感じた。

彼女はベンチに腰掛けてきたのだ。反射的に身体を離そうとしたが、それはあまりに失礼だと思いとどまった。

ほんの少しだけど、身体が温かくなった気がする。

「飴、嫌いだった？」

「いえ。好きです……」

「そう。良かった。その腕、転んだの？」

彼女の青い声が、ぼくの心の深いところに突き刺さった。

それは、小さな振動だったけど、限界を超えていたぼくの心は、その衝撃でいとも容易く決壊してしまった。

「交通事故で……ぼくは、腕を折っただけだったけど、父さんと母さんは……」

病院のベッドで目を覚ましたとき、仁美叔母さんからその事実を聞かされた。

運悪くあおり運転の車に遭遇してしまった。何とかやり過ごそうとしたが、執拗に幅寄せを繰り返され、終に運転していた父がハンドル操作を誤り、欄干に衝突した。車はそのままガードレールを突き破り、橋の下に転落したそうだ。

ぼくは、そのときのことをあまり覚えていない。

唯一分かっていることは、父と母が死んでしまったということだ。自分の大切なものがいきなり奪われてしまったのだ。

突然過ぎて、理不尽過ぎて、今もまだ受け容れられていない。

だから、その事実を聞いても、涙も出なかった。心の内に、もやもやとした感情が溜まっていくばかりだった。

それが——。

少女と会話したことで崩壊した。

鼻の奥がつんっとして、ぼろっと涙が零れ落ちた。それは、みるみる勢いを増し、気付けば身体を震わせながら嗚咽（おえつ）していた。

そして、何度もしゃくり上げながら、自分の身に何があったのかを少女に語って聞かせた。

突然、両親が死んだことに対しての怒り、哀（かな）しみ、そして、これからのことを考えたときの絶望。それらの感情を全て吐（は）き出した。もう、何を言っているのか、自分でも分からないほどに支離滅裂だった。

本当は初対面の人に、こんなことを話すべきじゃなかったのだろうけど、でも、止まらなかった。

仁美叔母さんの前でも、見舞いに来たクラスメイトの前でも、気丈に振る舞っていたのに、そうした抑止が利かなくなっていた。

それは、もしかしたら、彼女の声がとても青かったからかもしれない。

全てを話し終えたぼくは、飴を持ったままの拳（こぶし）をぎゅっと握り締め、芝生の地面に視線を落とした。

いきなり、こんな話をしたら引くに違いない。そのことに思い至り、彼女の顔を見ることができなかった。

「少しは楽になった？」

彼女の青い声が、ぼくの視界でヴェールのように揺れる。

「…………」

彼女は、ぼくの左手にそっと手を重ねてくれた。

溶けてしまいそうだった。

「余計なお節介だったかもね。でも、あんな風に苦しそうにしている君を見て、どうしても放っておけなかったんだ」

――ああ、そうか。

隠し通しているつもりでいた。それができていると思っていた。でも、ダメだったんだ。少なくとも、彼女には分かってしまった。だから、こうして声をかけてくれたんだ。

その優しさが、ただただ嬉しかった。

「がぁぎぃぃ……ぐぅ……」

本当は、「ありがとうございます――」そう言いたかったのに、ぼくの口から出てきたのは、意味不明な呻き声だった。

「飴――美味しいよ」

彼女の声が、ぼくの暗く濁った心を青く染めてくれた。

ぼくは、何度も頷きながら、左手に握った飴を口の中に入れた。

汗のせいか、最初は少し塩からかったが、すぐに強烈な酸っぱさに変わり、思わず顔をしかめる。

「ね。美味しいでしょ」

「す、酸っぱいです……」

ぼくが洟を啜りながら言うと、彼女は小さく笑った。

「大丈夫。そのうち甘くなるから」

「…………」

「だから大丈夫だよ」

ぼくは、顔を上げて彼女の横顔を見た。

彼女の白い肌が、沈み行く太陽の光を反射して、微かに光っているように見えた。

この瞬間、ぼくは恋をしたのだと思う。

初対面で名前すら知らないけれど、それでも、強烈に青い声をした少女に惹き付けられた——。

呪いの絵

Chapter1

1

ぼくが初めて彼――斉藤八雲を認識したのは、高校の入学式だった――。

東高校では、代々受験の成績がトップだった人が、入学式で新入生代表の挨拶を行う。

厳粛な空気の中、壇上に上がったのが斉藤八雲だった。

そのとき彼は、ぼくだけでなく、鮮烈な印象を生徒たちに刷り込むことになった。

「新入生代表、一年三組。斉藤八雲君――」

司会役の教師によって名前を呼ばれたのだが、八雲は返事をすることはなかった。

無言のまま、いかにも気怠げに椅子から立ち上がった。

教師たちに一礼するでもなく、その辺を散歩するかのような足取りで、壇上に向かって行った。

一斉に生徒の視線が向けられている。そのことに八雲も気付いていたはずだが、それがまるで見えていないかのようだった。

全校生徒の前で喋るのだ。十五歳の少年なら誰だって緊張するはずなのに、彼にはそうした感情が欠落しているようにさえ思えた。

そのまま、壇上に上がった八雲は、演台まで歩みを進めると、そこからこちらを向き直った。

詰め襟の学ランのホックを外し、ボタンも二つ目まで開けていた。

それだけだと、尖った生徒が粋がり、格好をつけているように思うかもしれないが、彼からはそういう空気が発せられていなかった。

その証拠に、髪をセットするでもなくぼさぼさで、いかにも眠そうな目をしていた。

口に出さなくても、新入生代表挨拶に引っ張り出されたことに、大きな不満を持っていることがありありと分かった。

挙げ句の果てには、退屈そうにあくびをしてみせた。

「斉藤君。ちゃんとしなさい」

堪らず司会役の先生が、マイクを使って注意を促す。

「抽象的過ぎて意味が分かりません。先生の仰る〝ちゃんと〟とはどういう状態なのか、その定義を示して下さい」

八雲の発した言葉に、会場がざわついた。

多くの生徒は、八雲のことを教師に対して反抗的な態度を取る問題児として受け取ったに違いない。

だけど――。

ぼくはそうではなかった。

八雲は、教師に反抗するつもりもなければ、入学式で目立とうとした訳でもない。

ただ、真っ直ぐに自分の考えを口にしただけだ。

それが証拠に、彼の声は丸く淀みがなかった。何より、血のように鮮やかな赤い色をしていた。

決して濁ることのない、純粋で透き通った赤――。

ぼくは、その赤い声に釘付けになった。

「君は、新入生の代表としてそこに立っているんだ。その自覚を持ち、我が校の伝統に恥じない相応しい態度で挨拶を読み上げる義務がある」

司会役の教師は、堅い口調で反論する。本人は正論のつもりかもしれないけれど、それは大人の理論に過ぎない。

「ぼくは、自分の意思でここに立ったつもりはありません。入試の点数だけで、代表と決めつけたのは先生方のはずです。事前に、ぼくはこういうことは向いていないと申し上げたにもかかわらず、強制したのも先生方です」

「き、君は！」

「話はまだ終わっていません。強制されている人間に対して、伝統を重んじろとか、義務を果たせというのは、いささか乱暴ではありませんか？」

「なっ……」

「もし、伝統やら義務やらを口にするのであれば、テストの点数などで代表を決めるのではなく、立候補者を募るべきだと考えます」

八雲は、声を荒らげた訳ではない。抑揚なく、ただ淡々と思ったことを口にしただけだ。

だが、それでも、教師を含めてその場にいた全員が言葉を失った。完全に、彼の空気に呑み込まれてしまったのだ。

入学式は、異様な空気に包まれた——。

やがて、諦めたのか、司会役の教師が「いいから早く読み上げなさい」と促した。

八雲はまだ何か言いたそうだったが、これ以上の議論は無益と判断したのか、小さくため息を吐くと、ガリガリと頭を掻いてから新入生代表の挨拶を始めた。

普通は挨拶文を持参し、それを読み上げるのだが、八雲はそうしたものを持っていなかった。

おそらく挨拶文の内容を丸暗記しているのだろう。

さすが、入試トップの成績だ。

八雲は淀みなく、流れるように——それでいて、一切の感情を込めずに新入生代表の挨拶を終えると、上がったときと同じように、何気ない足取りで壇上から降りて行った。

八雲が着席するのと同時に、生徒たちから一斉に拍手が沸き起こった。主に女子生徒たちだった。

司会の教師が、静かにするように促したが、なかなかそれは収まらなかった。教師を完全に言いくるめてしまった八雲は、まるでヒーローのように扱われたのだろう。

だが、当の本人は、我関せずといった様子で、腕組みをして頭を垂れ、居眠りを始めてしまった。

教師を前にして、一切物怖じすることなく、こうした態度が取れるのだから、おそらく八雲の親は、教育委員会などに大きな影響力を持った人物に違いない。

ぼくのように、何の後ろ盾もない生徒からしてみれば、わざわざ教師に目を付けられるような言動は取れないだろう。

恵まれた人間――ぼくは、八雲のことを、そんな風に見ていた。

だけど――。

それは大きな間違いだった。

2

教室には、担任教師である三井(みつい)先生の灰色の声だけが響いている——。

無機質で冷たい声のせいで、どんよりとした重苦しい空気が漂っていたが、ぼくは苦にならなかった。

三井先生は声色だけでなく、その動きも緩慢でのっぺりしている。

一部の生徒からは、ゾンビと渾名(あだな)されているくらいだ。昔は違ったみたいだが、事故か何かで娘さんを亡くしてから、すっかり無気力になってしまったらしい。ぼくには、その気持ちが痛いほど分かる。

何れ(いず)にせよ、雑音が混じり合って目の前がごちゃごちゃするより、のっぺりとした灰色が海月(くらげ)のように漂っている方が楽だ。

何気なしに窓の方に目を向けると、窓際の一番後ろの席で、頬杖(ほおづえ)を突いて居眠りをしている生徒の姿が目に入った。

——斉藤八雲だ。

別に三井先生だからということではなく、八雲はほとんどの授業を聞いていない。偶(たま)に真面目(まじめ)に起きていることがあると思えば、教科書ではなく、全く別の本を読んでいたりする。

まだ、教室にいるだけマシな方だ。

教室から姿を消し、何処かに行ってしまうことはしょっちゅうだ。今日も、化学の移動教室のときに姿がなかった。

ただ、それでも成績はトップクラスなので、教師は誰も指摘しない。もしかしたら、入学式のときの態度が影響しているのかもしれないけれど――。

誰ともつるまず、近寄りがたい空気を放っているせいで、男子からは「変人」と噂され、女子からは「ミステリアス」だと囁かれる。

彼のことは気になるけれど、入学してから一ヵ月ほど経った今でも、話しかけたことはない。

「今日はここまで――」

チャイムの音とともに、三井先生が授業の終わりを告げる。

生気のないのろのろとした動きで教材を左の脇に抱えると、三井先生は教室を出て行った。

「ああ、終わった」

教室の戸が閉まるのと同時に、芝生のような濃い緑色の声がする。

「帰ろうぜ」

「カラオケ寄ってこうよ」

「無理。金ないし」

薄茶色と黄土色の声がそれに絡み合う。そこから先は、緊張から解放された様々な生徒たちの声が混ざり合い、色を追いかけることができなくなった。

たくさんの声色が混じり合っている。一つ一つの声は、それなりに鮮やかな色なのだが、それが無秩序に混じり合うと、それはただの汚れと同じだ。強いて喩えるなら、混沌色——といったところだろう。

ただ、この色が見えているのは、ぼくだけだ。

聴覚の刺激に、視覚が反応してしまうサウンドカラー共感覚というらしい。

全ての音に色が付くこともあれば、ぼくのように、人の声だけに反応する場合もある。頭の奥で色のイメージが浮かぶというパターンもあるが、ぼくの場合は、人の声が色の着いた形となって視界を飛び交う。

楕円形をしていることが多いけれど、嬉しいときは、炭酸みたいに小さい玉になって弾けたり、哀しいときは、水面の波紋みたいになったり、色の濃淡が変わることもあったりして、声を発する人の感情によって、その形状が変化する。

声の色と形を見れば、その人が何を考えているのかだいたい分かる。

もし、ぼくが推理小説に出てくるような、探偵になったのだとしたら、抜群の推理力を発揮するのだろうが、残念ながらその機会はない。中途半端に心情を察してしまうせいで、余計な気を遣い、むしろ厄介だったりする。

特に、一年前に両親を事故で失ってからは、視界に映る人の声を煩わしく思うことが多くなった。

「ねぇ。琢海君」

鞄を持って教室を出ようとしたところで、黄色い声に呼び止められた。

学級委員長の堀川恭子だ。鮮やか過ぎて目に刺さる感じがする。まるで、元気の押し売りをしている、彼女の声は、彼女の性格を象徴しているようだ。

聞こえないふりをしようかとも思ったけど、止めておいた。恭子はクラスでの影響力が強い。余計な軋轢を生むのも面倒だ。

「何？」

ぼくは作り笑いを浮かべながら振り返る。

「琢海君ってさ、美術部だよね」

「まあ、一応は……」

美術部に入ってはいるけど、初日に顔を出しただけで活動には参加していない。いわゆる幽霊部員という奴だ。

本当は部活に入るつもりはなかったのだけれど、中学のときにコンクールで入賞したことを知っていた副顧問の仲川先生が、名前だけでいいからと、強引に入部届けを出してしまった。

確かに、中学の時は絵を描くのが好きだったし、自分にしか描けない絵があると傲った考えも持っていた。

だけど、両親を一度に失ったぼくには、呑気に絵を描いている余裕なんてない。

それに――。

一年前、事故に遭ったのは、ぼくが絵を描いていたせいだ。コンクールで入賞した絵が、美術館に展示されることになり、両親と一緒に鑑賞しに行った帰りの出来事だった。

周囲は気に病むことはないと言うけれど、そう簡単に割り切れるものではない。ぼくが、コンクールで賞なんて取らなければ、両親は死なずに済んだかもしれないのだ。それを考えると、再び筆を取ることなんてできなかった。

もしかしたら、自らの共感覚を煩わしいと思うようになったのも、絵を描かなくなったからかもしれない。

「じゃあさ、あれ知ってる？」

「あれって何？」

「見た者に災いが降りかかる呪いの絵――」

「ああ……」

ぼくは、思わずため息を吐きそうになったけど、慌てて抑えこんだ。

こんな話をされるくらいなら、何も聞こえないふりをして帰っておけば良かったと思う。

「琢海君も知ってるよね？」

「ごめん。あんまりよく知らないんだ」

嘘ではない。うちの学校に、呪いの絵が云々(うんぬん)——という都市伝説的な話があることは知っていたが、気に留(と)めたことはなかった。どうせ何処の学校にもある七不思議の類(たぐ)いだし、深く知りたいという気にもならなかった。

それで会話が終わってくれるものとばかり思っていたのに、恭子の話は止まらなかった。

「あのね——」

恭子は、ご丁寧に呪いの絵にまつわる伝説を話し始めた。

3

美術室の奥にある、画材や過去の作品なんかを保管しておく部屋——美術準備室に、その絵はあるのだという。

黒いヴェールに覆(おお)われて、準備室の奥深くに眠っている。

何時(いつ)だったかは定かではないが、昔、美術部に所属していた女子生徒がいた。彼女は、もの凄い絵の才能の持ち主で、将来を嘱望されていた。

だけど――。

ある日、スランプに陥ってしまった。

焦った彼女は、自らの感覚を取り戻そうとして、自画像を描き続けた。

何枚も、何枚も――。

それなのにいくら描いても、思うように絵を仕上げることができない。

次第に、彼女は衰弱していき、やがて心を病んだ。

奇声を発し、自分の描いた絵をズタズタに引き裂くだけでなく、自傷行為を繰り返すようになった。

やがて――。

その少女は、恐ろしい行為を行うようになる。

自分の身体をナイフで切り付け、流れ出た血を絵の具の代わりにして、自画像を描き始めた。

周りがいくら止めても、少女は決して止めようとしなかった。まるで自らの命を絞り出すように、絵を描き続けた。

そして――。

終に少女は、自身の血で描いた自画像を完成させた。

その夜――。

少女は、四階にある美術室の窓から飛び降り、自らの命を絶った――。

少女の死後、その絵は美術準備室に保管されることになった。

それ以来、その絵を見た者たちに、次々と災いが降りかかるようになったそうだ。

ある者は階段から転落し、ある者は車に撥（は）ねられる。中には、原因不明の病（やまい）に冒された者もいる。

見た者に災いが降りかかるその絵は、呪いの絵として怖（おそ）れられるようになり、黒い布で覆われ、美術準備室の奥深くに封印された。

ただ、それでも、呪いの絵の怨嗟（えんさ）は止まらなかった。

絵の中から、血塗（ちまみ）れの少女の幽霊が抜け出て、夜の学校を彷徨（さまよ）い、次の犠牲者を探しているのだという。

4

「ねっ、怖いでしょ」

恭子の黄色い声が嬉しそうに弾けている。

そんなイメージはなかったけれど、恭子はこの手の話がかなり好きらしい。

「そうだね」

適当に相槌を打ちつつ、ぼくは帰るタイミングを見計らう。

呪いの絵の話なんてどうでもいい。幽霊なんて、この世に存在しない。それが証拠に、ぼくの両親は何も言ってくれない。

本当に幽霊が存在するなら、両親が今の状態のぼくと妹の海空を見て、黙っているはずがない。

「あっ、その顔。全然、信じてないね」

「そんなことないよ」

「話には、まだ続きがあるんだよ」

――まだ続くのか。

うんざりしたところで、紫色の声が割り込んできた。

「琢海に話しかけてるとか珍しいじゃん」

同じクラスの男子生徒の河本だ。河本の声色は、紫なのだけれど、くすんでいて滅紫に近い。視界に入るだけで少しざらついた気分になる。

声色が苦手なだけでなく、河本は、父親がテレビでコメンテーターも務める有名な弁護士らしく、それを鼻に掛け、他人を見下した態度に出るので、あまり関わりたくない。

「ええ。別に珍しくないよね。ね、琢海君」

恭子の声が、ひらひらっとぼくの視界を横切る。

——面倒臭い。

思わず内心で呟いた。

河本が恭子に想いを寄せているのは見ていれば分かる。だから、会話を邪魔する為に割り込んできたのだ。

恭子もまた、河本が自分に好意を寄せているのに気付いている。その上で、敢えてぼくと仲がいいふりをする。別の男子と話をしていることで、河本の嫉妬心を煽っているのだ。

巻き込まれているぼくからしたら、堪ったものではない。

そもそも、恭子が想いを寄せているのは、河本でもなければ、ぼくでもない。ファンだと公言している彼なのに——。

「で、何の話してたんだよ」

河本の紫色の声が、刃物のようにぼくに向けられる。敵意を抱いている証拠だ。

「ええ。だって、言ったらバカにするじゃん」

恭子の声の明度が増し、ぼくは思わず目を細める。

「しねぇよ」

「本当に？」

「多分」

「多分って何よ。そうやって、いつもバカにするじゃん」

黄色と紫色が混ざり合い、見るに堪えないぐちゃぐちゃな色彩を生み出している。

二人で会話を始めたなら、ぼくがこれ以上、ここにいる理由もない。そそくさと立ち去ろうとしたのだが、恭子が「待ってよ。まだ、話終わってないし」とぼくの手を摑んだ。

チッ――という音とともに河本の紫色が弾けた。

「早く言えよ。何の話をしてたんだ？」

河本が訊ねる。

「美術室にある呪いの絵だよ」

「お前、そんな噂、本気で信じてんの？」

「知らないの？　この前、呪いの絵の犠牲者が出たんだよ」

「は？」

「部活の先輩に聞いたんだけど、美術部の三年生が、一ヵ月くらい前に交通事故に遭ったらしいの」

「そんなの偶々だろ」

河本のことは嫌いだが、その意見には賛成だった。

交通事故なんてありふれている。誰でもその被害者になり得る。ぼくの両親のように。

「違うよ」

恭子の黄色い声が、珍しく尖った。

「何が違うんだよ」

「その生徒は、事故に遭う前に、呪いの絵を見てしまったらしいの。しかも、その絵の中から、血塗れの幽霊が出て来るところも目撃したって。絶対、呪いの絵のせいだよ」

「アホらしい。そんなことある訳ねぇだろ」

河本は、おどけたように両手を広げてみせたが、その声色は、ぐっと暗くなったように見えた。

強がっているらしい。

「だから、それを確かめに行こうって話をしてるの」

――ああ。最悪だ。

そんな子どもじみた遊びに、付き合わせようとしていたのか。これは、本格的に逃げた方が良さそうだ。

「邪魔だ」

空気を裂くように、深紅の声がした。

刃物のように鋭くて、どこまでも深い赤。それでいて焼け付くような熱を感じる。

声量は全然小さいのに、その赤い声はいつだって周囲から浮き上がって見える。絵の具では表現できない鮮烈な輝きを放ってぼくの視界に飛び込んでくる。

顔を向けると、そこには不機嫌そうな顔をした斉藤八雲が立っていた。

身長が高く、整った顔立ちで、陶磁器のように白い肌をしている。声はあんなに赤いのに不思議だ。

ルックスがいいのだが、ずぼらなのか髪はいつも寝グセだらけで、眠そうな目をしている。

その上、表情がほとんど動かず、口数も異常に少ないので何を考えているのか分からない。ぼくと同じように、周囲と距離を置いて生活しているように見える。

「斉藤君──」

恭子の黄色が、一気に明度を増した。

彼女がファンだと公言している相手は、この斉藤八雲だ。

八雲のファンは恭子だけではない。かなりの数の女子生徒が熱を上げているというもっぱらの噂だ。

八雲が人気があるのは、ルックスがいいとか、成績がいいという単純なものではない。入学式での立ち振る舞いからも分かる通り、何者にも迎合せず我が道を行く姿は、女子生徒でなくても注目してしまうのは当然だ。

「ねぇ。斉藤君はどう思う？　呪いの絵ってあると思う？」

恭子が訊ねると、八雲の凍てつくような視線が返ってきた。

「遊び半分で呪いに関わるな」

「え？　それってどういうこと？　斉藤君って、呪いとかに詳しいの？」

恭子は、八雲の腕に触れようとしたが、彼はすっと身を引いてそれをかわした。

言葉にしなくても、「触るな」という意思がありありと伝わってくる。

その場の空気が凍りついていたが、八雲は我関せずといった感じで眉一つ動かさなかった。

「邪魔だと言ったのが、聞こえなかったのか？」

「あ、ごめん……」

あまりに冷徹な言い様に、恭子は声に波紋を作りながら戸口の前を離れた。

八雲はそのまま教室を出て行こうとしたのだが、河本がそれを許さなかった。戸口に手を突いて進路を阻んだ。

「てか、お前、何様なんだよ」

河本が、棘だらけの声で八雲に突っかかっていく。

「邪魔だから、邪魔だと言っただけだ」

「もうちょい言い方があんだろ」

「かっこつけたいなら、好きにやればいい。ただ、ぼくに絡むな」

八雲の芯を食った物言いに、河本は言葉を失ったようだった。

その後、八雲はぼくたちを一瞥したあと、教室を出て行ってしまった。

「何だよ。あいつ。マジで感じ悪いんだけど」

恥をかかされるかっこうになった河本は、紫の声を破裂させて怒りを露わにしたが、それが余計に見苦しく思えた。

「河本が突っかかるから悪いんでしょ」

ファンと言っているだけあって、恭子は八雲の肩を持つ。

「感じ悪いだろ。何か、中学のときとか、かなり問題起こしてたらしいぜ。担任の先生を殺したって噂もあるんだ」

河本は、八雲の評価を落とそうと必死だが、それは逆効果だ。

「斉藤君は、そんな人じゃないよ」

「本当だって。それに、あいつ幽霊が見えるとか、そういう系の噂があって、かなりイタいって」

「嘘。斉藤君って、幽霊とか見えるの？」

恭子が、予想外の食いつきをみせる。

「見える訳ねぇだろ。だから、そういうことを言っちゃうヤバい奴ってことだよ」

河本は投げ遣りに言うと、ため息を吐いて教室を出て行ってしまった。

これで、ようやく解放されると思ったのだが、恭子は「それでね。呪いの絵なんだけど」と会話を続行する。

恭子の話は、要約すると、呪いの絵の真相を一緒に確かめようという提案だった。

そんなことに付き合っている余裕はないし、そもそも興味がない。ぼくは、機会があったら——と適当に誤魔化しつつ教室を後にした。

5

教室を抜け出し、そのまま階段を降りようとしたところで、八雲の姿を見つけた。先に教室を出たので、てっきりもう帰ったものとばかり思っていた。

三階から四階に上がる階段の踊り場に立ち、天井の隅を見上げている。八雲は、ときどき、こんな風に何もない場所を見つめていたりする。

まるで、その視線の先に、ぼくたちには見えない何かを見ているかのように——。

何を見ているのか気にはなったが、声をかけようとは思わなかった。

気軽に話しかけるような間柄（あいだがら）ではない。同じクラスになってから一ヵ月経つけれど、八雲と交わした会話といえば、学校で必要な伝達事項程度だ。

必要以上に声をかければ、あの赤く鋭い声で、ズタズタに切り裂かれてしまう気がした。

ぼくだけがそういう訳ではない。

八雲は、誰に対しても一定の距離を保（たも）っている。常に人を拒絶するような、独特の空気を持っている。

そのまま立ち去ろうとしたのだが、そこに河本と、取り巻きの太田（おおた）が通りかかった。

河本の舌打ちが響く。

その怒りの矛先は、ぼくではなく八雲に向けられていた。

「斉藤。お前さ、今日の化学の時間、何処に行ってたんだ？」

河本の紫色の声は、アメーバーのようにぐにゃぐにゃに歪（ゆが）んでいた。何か企（たくら）んでいるのが手に取るように分かる。

「関係ない」

八雲は短く答えると、階段を降りて来て、河本の脇を擦り抜けて立ち去ろうとした。だが、河本はそうはさせまいと、八雲の進路を塞ぐ。

「関係あるんだよ。おれの財布がさ、無くなってるんだけど」

河本が八雲を睨め回す。

——嘘だ。

ぼくには、すぐに分かった。

紫だった河本の声は、明度を失い、黒く染まっていく。

黒は嘘の色だ——。

人が嘘を吐くとき、どんな声色の人も、例外なくその声が黒く染まる。そして、ノイズが走ったように歪む。

さっき、恥をかかされたので、その仕返しをしようという魂胆なのだろう。

「だからどうした」

八雲は、動揺することなく平然と言い放つ。

「スカしてんじゃねぇよ。お前が盗んだんだろ。おれの親父は弁護士だからさ、裁判やってもいいんだぞ」

「勝手にしろ」

「いいんだな。お前、退学になるぞ」

「好きにすればいい」

八雲の赤い声は、まるで他人事のように一切変化がなかった。

ぼくには、それが酷く危うく見えた。

こんな風に河本を刺激したら、本当にありもしない罪で訴えられることになり兼ねない。八雲も、それを分かっているはずなのに、抵抗しようとしない。

「河本。財布はちゃんと探したの？」

ぼくは、堪らず口を挟んだ。

どうやら河本は、ぼくが近くにいたことに気付かなかったらしく、少し驚いた顔をした。

「は？　琢海には関係ないだろ」

河本は、ぼくの参戦を望んでいないようだった。もちろん、ぼくだって余計なことに絡みたくはない。だけど、嘘だと知っていて放置するのは後味が悪すぎる。

「ポケットの中は確認した？」

「入ってねぇよ」

「鞄の中は？」

「だから、ねぇって言ってるだろ」

声が黒くなった。

嘘の色——。

「一応、鞄の中を見せてよ」

「は？　おれを疑ってんのか？」

「そうじゃない。帰る前に、鞄の中に財布を仕舞っているのを見た気がしたんだ。それを忘れているだけじゃないかな？」

もちろん嘘だけど、この場を収めるには最適な対応だと思う。

河本は分が悪いと判断したのか、大きくため息を吐くと、ぼくと八雲を交互に睨み付けてから、その場を後にした。

ほっと胸を撫で下ろし、八雲の方に目を向けた。

視線がぶつかった。

たったそれだけで、一瞬だけ時間が止まったような気がした。

「関わりを持つのを嫌って、立ち去るのかと思っていた」

八雲が怪訝な表情を浮かべながら言う。

「え？」

「そういうタイプだろ。お前は――」

「同級生に、お前呼ばわりされるのは、あまりいい気分がしないよ」

「そうか。そうかもな。青山は他人と関わることを避けている。そうだろ」

八雲に苗字を呼ばれたことに、少しだけ驚いた。彼こそ、誰に対しても無関心で、クラスメイトのことなど、誰一人として認識していないと思っていたからだ。

「どうしてそう思うんだ？」

「見ていれば分かる」

――見ていたのか？　ぼくのことを？

色々と訊ねたいことがあったけれど、それを口に出す前に、八雲は礼も言わずに歩き去って行った。

ぼくは、釈然としない思いを抱えたまま、八雲の背中を見送ることしかできなかった。

6

コンビニの自動扉を潜ると、レジ前にいた店員、ヒデさんが眠そうな目で「お疲れ」と声をかけてきた。

ヒデさんは、フリーターでバンド活動をしていて、髪が金髪だ。髪が傷んでいて、発色もあまりよくないので、金というより山吹色という感じだ。声の色によく似ている。

「お疲れさまです」

「琢海は、毎日よく働くね。高校生なんだから、青春を謳歌したまえ」

「充分に謳歌してますよ」

ぼくは冗談めかして言うと、カウンターの内側に入り、その奥にある休憩室に向かった。

他の生徒たちのように、カラオケに行ったり、部活をやったりという当たり前の青春は、両親が死んだときに諦めた。

今は母の妹の仁美叔母さんが、保護者として面倒を見てくれている。

本当は中学を卒業すると同時に、働こうと思ったのだが、仁美叔母さんから、せめて高校を卒業しないと、就職に苦労すると説得されたので通っているだけだ。

仁美叔母さんは、叔母といっても母とは歳が離れていたので、まだ二十代後半だ。

その歳で高校生と中学生の保護者になるのは、相当な負担になっているはずだ。

成人になるまで、お世話になろうとは思っていない。できるだけ苦労をかけない為にも、こうして部活も、クラスメイトと遊ぶことも拒否してバイトに明け暮れている。

お金を貯めて、せめて妹の海空だけは大学に行かせてやりたい。ぼくに青春を謳歌している余裕はない。

もし、こんな状況でなければ、恭子たちと呪いの絵の災いについて盛り上がったりするのだろうか？　ふとそんなことを考えたけれど、すぐに頭の中から追い払った。たとえ余裕があったとしても、心霊現象を追いかけるなんて馬鹿げたことに時間を費やしたりはしなかっただろうし、恭子や河本と仲良くなれたとも思えない。

休憩室は六畳ほどの狭い空間で、中央に小さなテーブルと椅子がある。壁際にはパソコンが置かれたデスクが一つあり、そこに店長の勢登さんが背中を丸めて座っていた。

「おはようございます」

ぼくが声をかけると店長は、「はい。おはよう」と黄土色の声で応えつつ振り返った。

眉間に皺が寄っていて、ずいぶんと難しい顔をしている。気にはなったが、別にこちらから声をかけるようなことでもない。

鞄の中から緑色のコンビニのユニフォームを取り出す。制服を脱いでユニフォームに着替えを済ませる。

「参ったな……」

身仕度を整えて部屋を出て行こうとしたところで、店長が天井を仰ぎながら口にした。

聞いて欲しそうな感じだ。

「シフトですか？　ぼく、もうちょっと出られると思います」

店長が頭を悩ませるといえば、シフト管理くらいだろうと思って声をかけたのだが、店長の悩みはそこではなかったらしい。

「いや、シフトは大丈夫。それより、ヒデ君にも言ったんだけどさ、最近、商品の数が合わないことが多くてさ……」

「それって……」

「万引きだと思うんだよね」

「はあ」

小売店では、万引きは日常的に起きている。だが、わざわざこうして口にするということは、よほど目に余る被害が出ているのだろう。

「琢海君も、注意して見ておいてね」

「はい。でも、防犯カメラに映ってるんじゃないんですか？」

「確認してるんだけどね、未(いま)だに見つけられないんだよ」

店長は、両手を上げて降参のポーズを取った。

ぼくは「分かりました」と応じると、タイムカードを押してから休憩室を出てレジに向かった。

「店長から聞いたかぁ？」

ヒデさんが、間延びした調子で声をかけてきた。

「万引きの件ですか？」

「そうそう。今どき、万引きするとかロックじゃねぇよな」

ヒデさんの定義するロックが、何なのかは分からないけれど、取り敢えず「そうですね」と頷いておいた。

「お前がバイト始める前にも、店長が女子高生を捕まえたことがあってさ」

「そうだったんですか」

「ああ。よりにもよって、おれの後輩。東高の生徒だよ」

「え？　ヒデさんって東高だったんですか？　ぼくの先輩なんですね」

驚きのあまり、声が裏返ってしまった。

東高は、この辺りの公立高校ではもっとも偏差値が高い。ヒデさんのようなチャラいタイプが東高に合格できたのかと、妙なことが気になってしまった。

「今さらかよ。うちの妹も東高だぜ。琢海とは学年が違うけど」

「それで、どうしたんですか？」

「店長が警察に通報しようとしたんだけど、学校の先生が間に入って、通報だけは――みたいな話になったんだよな」

「その生徒、どうなったんですか？」

「さあ？　停学か退学か喰らったんじゃねぇの。推薦とか狙ってたとしたら、パアだよな。たかが万引きで、人生を棒に振るとかあり得ない」

ヒデさんは見た目に反して、かなり常識的な人だ。仁美叔母さんと年齢はそう違わないのに、未だにフリーターというのはどうかと思うけれど。

「今回も、同じ人ですかね？」

「だったら気付くっしょ。そもそも、一度捕まった店に来ねぇだろ」

「まあ、そうですね」

「それにさ、おれ目星付けてる奴らがいるんだよね」

ヒデさんが一度周囲に視線を走らせたあと、小声でそう言った。

「え？　そうなんですか？　店長、防犯カメラに映っていないって言ってましたけど……」

ぼくも釣られて小声になる。

「それだよ。それを聞いて、ピンときたんだよ」

「はあ」

「最近、よく来る女子中学生のグループがいるんだけどさ、そいつらが一ヵ所に固まって、何かこそこそしてるんだよな」

「何してるんですか？」

「だから、万引きだろ。多分、あれは防犯カメラの位置を分かっていて、それを遮るようにしているんだと思うんだよな」

「いくら何でも、そこまでしないんじゃないですか？」

ヒデさんの言った通りだとすると、魔が差して盗んでしまったとかではなく、盗もうとして盗んでいる、かなり確信犯的な犯行だ。しかも、中学生が集団でそれをやっているとしたら、相当に質が悪い。

「お前って、本当にお坊ちゃんだな」

ヒデさんがからかうように言う。

「違いますよ」

琢海の家庭の事情を知らないヒデさんは、何かと言うと、すぐに琢海をお坊ちゃんだと揶揄する。実は――とわざわざ事情を説明するより、冗談として流している方が楽なので、そのままにしている。

「世の中は、琢海みたいなお人好しばっかりじゃねぇんだよ。性根の腐った奴らは何処にでもいるのさ」

ヒデさんは、まるで世の中のことを全部分かっているみたいな口調だ。

「そういえば、ヒデさんが東高にいた頃から、呪いの絵の噂ってありました？」

ふと、そのことが気にかかった。

「呪いの絵？」

「はい。自殺した美術部の生徒が描いたってやつです。その呪いの絵を見た生徒には、災いが降りかかるらしいです」

「ああ。そういえば、そんな話あったな。確か、血で描かれたとかいうやつだろ」

「そうです。それです」

「琢海って、そういう都市伝説的な話を信じるタイプ？」

「そういう訳じゃ……」

「呪いなんてある訳ねぇよ」

ヒデさんが突き放すように言ったところで、立て続けにコンビニに客が入って来て、話は中断された。そこからは、割と忙しくなったこともあり、再び呪いの絵の話が持ち出されることはなかった。

ヒデさんの言っていた女子中学生のグループというのに注意を払ってみたが、それらしき一団が店に来ることもなかった。

7

二十一時にバイトを終え、自転車で帰路に着いた。

五分ほど自転車を走らせたところで、ぼくの通う東高の校舎が見えてきた。

わざわざ家とは反対方向にあるコンビニでアルバイトをしている。

ぼくがバイトをしていることは、保護者である仁美叔母さんは知っているが、妹の海空には内緒にしている。

口に出せば、ただでさえ気を遣い過ぎるところがあって、思い悩むことの多い海空のことだ。自分の存在を重荷だと感じてしまうだろう。

学校の校門の前まで来たところで、一度自転車を停めた。

一階にある職員室は、まだ電気が点いていた。毎日のように、こんな時間まで残って仕事をしているのだから、教師という仕事はハードなのだろう。

再び、ペダルを漕ぎ出そうとしたところで、ふと四階の窓に明かりが灯っているのが見えた。あの窓は確か美術室がある場所だ。

職員室に電気が点いているのは日常的だが、美術室というのは違和感がある。

目を凝らすと、ベランダのところに誰かが立っていた。

女子生徒らしかった。

風でスカートが揺れている。

こんな時間に、美術室に入り込んで何をしているのだろうか？　疑問を抱くのと同時に、その少女は、ふっと闇に溶けるように姿を消した。

もしかして、呪いの絵から抜け出した女子学生なのかもしれない。

「まさかね」

ぼくは、余計な考えを振り払って自転車を走らせた。

8

学校から自転車で十五分ほどのところにあるマンションが、ぼくの自宅だ。

元々、ぼくたち一家が生活していたマンションに、仁美叔母さんが引っ越してくる形で新しい生活が始まった。

別の物件を探すことも考えたが、このマンションは両親が遺してくれた財産だし、ぼくたちの環境をできるだけ変えない方がいいという配慮があってのことだ。

駐輪場に自転車を停め、オートロックのエントランスの鍵を開け、エレベーターで四階に上がる。

玄関のドアを開けると「お帰り」と薄紅色の明るい声が視界に広がった。リビングに顔を出すと、妹の海空が制服のまま食事の支度をしているところだった。

両親が亡くなってから、中学二年生の海空が、家事全般を率先してやっている。本当は友だちと遊びたいはずだが、一度たりとも不満を口にしたことがない。

家事のことに限らず、両親が亡くなってから、海空は一切の我儘を言わなくなった。

自分がしっかりしなければ——と思っているのだろう。

それに甘えてしまって、家事を任せきりになっているのは申し訳ないが、ぼくにはどうしてもお金が必要だ。

両親の生命保険はあるけれど、だからといって贅沢ができるような状況でもないし、海空を大学に通わせるとなると心許ない。

事故の相手からの損害賠償金もあるが、相手が保険に入っていなかったこともあり、支払いが滞っている状態だ。

事故で人の命を奪っておいて、支払う金がないと逃げ続けるなんてことがまかり通ってしまう。本当に理不尽だと思うが、未成年のぼくには、黙って堪えるしかない。

とにかく、今はバイトをして、少しでもお金を貯めて、海空の学費の足しにしたい。

——大丈夫。そのうち甘くなるから。

病院のベンチで聞いた彼女の声が脳裏に蘇る。それと同時に、目の前に透き通った青い光が広がり、心が落ち着いていくような気がした。

一年前に、名前も知らない少女が言ってくれた言葉が、今でもぼくを支えてくれている。

「仁美叔母さんは？」

ぼくは、鞄を片付けながら訊ねる。

「もうすぐ帰って来ると思う。さっき、連絡があった。今、色々と大変な案件を抱えているみたいだしね」

仁美叔母さんは、大学で心理学を学んだあと、資格を取得してカウンセラーとして働いている。

クリニックを開いているわけではなく、曜日を区切って契約先に出向くかたちを取っている。そのせいか、出かける時間も、帰って来る時間も日によってかなり変動する。

ただでさえ、負担の大きい仕事な上に、ぼくたちの保護者まで務めなければならない。

「大変だな」

「そうね。仁美叔母さんは真面目だから、無理しちゃうんだよね……」

海空の声の色の明度が、ふっと落ちた。

自分たちの存在が、仁美叔母さんを縛っている。そのことに対して、後ろめたさを感じているのだろう。

ぼくも海空と同じ考えだ。仁美叔母さんにだって人生はある。ぼくたちの存在のせいで自由になれないのは、あまりに不憫だ。

だからこそ、少しでも早く、自立した生活を送れるようにならなければならない。

その為に、貯蓄は多いに越したことはない。

「ただいま――」

食事の配膳を手伝っていると、仁美叔母さんが帰宅した。

「お帰りなさい」

ぼくの声と海空の声が重なった。

「海空ちゃん。いつもありがとうね。うん。美味しそうな匂い――」

リビングに入って来た仁美叔母さんは、大きく息を吸い込む。

このところ忙しかったせいか、笑みを浮かべてはいるが、その表情はとても硬い。

何より橙色の声からすっかり明度が失われている。

「段々、料理が楽しくなってきたんです」

「それが味にも出てるわね」

「嬉しいです」

「でも、たまには友だちと遊んで来てもいいのよ」

「はい。今度、遊びに行く約束してるので、予定決まったら言います」

海空の声に、墨汁を垂らしたように黒い点が滲んだ。

責任感の強い海空のことだ。家事を優先させて、友だちとの遊びは全て断っているのだろう。それでも、仁美叔母さんに心配させまいと嘘を吐いた。

「そのときは、私が家事を代わるから安心して。それから、家の中では敬語は止めてね。遠慮しなくていいの」

仁美叔母さんが、トーンを上げて口にする。

暗くなりがちな家の中を、何とか明るくしようと気遣っているのが分かる。だからこそ、余計に辛い。

お互いのことが嫌いなのではない。ただ、みんながみんな気を遣い過ぎて、壁を作ってしまっているのだ。

気兼ねなく笑ったり、怒ったりしたあの頃は、きっともう二度と戻って来ない。

「琢海君。最近、部活に顔出してる？」

食事を食べ始めたところで、仁美叔母さんが訊ねてきた。

「ときどき行ってますよ」

「本当？」

「本当ですよ」

嘘だった。もちろん、仁美叔母さんもそれは分かっている。

だが、嘘だと分かっていても、必要以上に首は突っ込んで来ない。ぼくがバイトをしている理由を知っているからというのもあるが、突然、高校生と中学生の保護者になり、どう接していいのか戸惑っているのだろう。

家族として生活することと、カウンセリングをすることは、全く別の次元の話だ。

「私は、また琢海君の絵が見たいんだけどな……」

仁美叔母さんの声に波紋が広がった。

ぼくが、絵を描き始めたのは、仁美叔母さんの勧めがあったからだ。

小学校に入ったくらいから、ぼくはサウンドカラー共感覚のせいで、周囲とのズレを感じるようになった。

学校でも変人扱いをされ、孤立することも多くなり、不登校になった時期もある。

そんなとき、親身になって相談に乗ってくれたのが、当時、大学で心理学を学んでいた仁美叔母さんだった。

たくさん話を聞いてくれた仁美叔母さんは、ぼくに絵を描くように勧めてくれた。

サウンドカラー共感覚で見える世界を、ありのまま絵にすることで、自己否定感の強かったぼくに道を示してくれた。

絵を描くことは、カウンセリングの一環でもあったのだけれど、いつの間にか、ぼくは描くこと自体に没頭するようになっていった。

だけど――。

ぼくが、絵を描いたせいで両親が事故に巻き込まれたという感覚は、どうしても消えない。

大げさかもしれないけれど、描けば、また誰かが傷付くと思っている節はある。

「別に絵なんて部活でやらなくても描けますから」

「そうね」

仁美叔母さんの声色は、より一層明度を失ったようだった。

相談に乗ってもらっていたときは、あれほど信頼していたのに、保護者として一緒に暮らすようになってからの方が、距離が離れたような気がする。

仁美叔母さんも、同じことを感じているに違いない。だけど、どうすることもできない。

ぼくたちは、それぞれが小さな嘘を吐きながら生活をしている。お互いを気遣った結果なのだけれど、その色は決して混じり合うことがない。

食事を終えて部屋に入ったぼくは、そのままベッドに座りため息を吐いた。

とても疲れている。学校やバイトよりも、家での時間が一番疲れる気がする。もやもやとした感情がずっと胸の中に渦巻いている。

ふと、部屋の隅に置きっぱなしになっている画材が目に入った。

気分が晴れないときは、よく絵を描いていた。画用紙やキャンバスに向かい、そこに自分の世界を描いている瞬間だけは、全てから解放されているような気がしたのに、それが全部壊れてしまった。

あれは、もう使うことのない道具だ。

もう使わないのだとしたら、どうして道具だけ取っておいているのだろう？　考えてみたけれど答えは出なかった。

画材から目を背けるようにベッドに寝転がった。

――呪いの絵。

その言葉が脳裏を過る。

もし、そんなものが本当にあるのだとしたら、いったいどんな作品なのだろう。意味のないことを考えている自分が滑稽に思えた。

妙なことを考えるのは止めよう。ぼくは、頭を切り替える為に、読みかけの小説を手に取り、文字の世界に入り込んだ。

絵を描くのを止めてから、小説の世界に没頭するようになった。

色がない世界に浸ることで現実から逃れることができる――そんな気がしていた。

Chapter2

1

教室に行くと、何時になく混沌とした色が飛び交っていた――。

こんな風にクラスがざわついているのは、本当に珍しい。何かあったのかもしれないが、それを訊ねる気にはならない。

大人しく自分の席に座り、ため息を吐いたところで、恭子に声をかけられた。

「ねぇ。琢海君。聞いてよ」

どうして、恭子はこうもぼくに構うのだろう。

別に恭子が嫌いという訳ではない。だけど、彼女は八雲を推しているし、河本が好意を寄せている。必要以上に絡んで、あらぬ誤解を受けるのは避けたい。

でも、だからといって冷たい態度を取れば、余計にややこしくなる。

「何？」

興味ないことをアピールする為に、気怠げに応じる。

恭子は、そんなぼくの心情を察することなく、ずいっと顔を近付けて来る。ぼくはその分だけ距離を取る。

「実は、昨日、部活終わったあとに、河本たちと一緒に美術室に行こうって話になったんだよね」

「何で？」

「何でって……呪いの絵を見る為だよ」

――本当に行ったのか。

驚きというより、呆れる気持ちの方が強かった。教室で噂話に興じるくらいまでは理解できなくもないけれど、真剣にその噂を検証しようとする神経が知れない。

「そ、そうなんだ……」

「私も、河本も部活があったから、それが終わった後に合流して、美術室に行ったんだ。美術部の活動はもう終わっていたんだけど、戸は開いていたの。それでね、河本と中に入ったんだけど……」

そこまで言ったあと、恭子は流し目を向けてきた。

緊迫感を煽る為にやっているのかもしれないけど、周囲が騒々しいせいか何だか間延びしてしまっている。

「私見ちゃったの。呪いの絵を――」

「え？　あったの？」

「うん。イーゼルっていうんだっけ。絵を立てかける台みたいなやつ。それに、黒い布で覆われた絵が置かれていたの」

「それが呪いの絵だった?」

「多分。怖かったけど、その布を取ってみたの。そしたら、赤い絵の具で描かれた女の人の絵だったんだよ」

恭子は、胸に手を当て、眉を下げていかにも怖いという風に装っているけれど、その黄色い声はボールみたいにあちこち弾んでいる。

きっと恭子が感じているのは、恐怖よりも噂に遭遇したことの喜びなのだろう。

「そうなんだ」

それ以外、言葉が思いつかなかった。

てっきり話は終わりなのかと思っていたが、恭子は「それでね――」と、さらに話を続ける。

「絵を見ていたら、急に変な声が聞こえてきたの」

「声――」

「うん。殺してやるとか、呪ってやるとか、そんな感じの声だった」

ただの空耳な気がする。仮に、本当に聞こえたのだとしたら、それはいったいどんな色をしていたのだろう。

興味が全くない訳ではないけれど、正直、ぼくには関係がない。

それに、恭子は嬉々として話しているけれど、呪いの絵を見た者には、災いが降りかかるという噂があったはずだ。

「平気なの？」

ぼくが訊ねると、恭子は暗い顔で首を左右に振った。

「全然、平気じゃないよ。私と河本は、怖くなって美術室から逃げ出したの。だけど、その途中で河本が階段から落ちちゃって……」

ぼくが恭子と話をしていると、必ず会話に首を突っ込んでくるのに、今日はそれがない。教室の中を見回してみると、河本の姿がないことに気付いた。

「今日は、朝から病院だって」

ぼくの考えを読み取ったらしく、恭子が教えてくれた。

恭子は、河本に呪いの絵の災いが降りかかったのだと言いたいのだろう。だけど、そうだと言い切ってしまうのは、いささかこじつけ過ぎな気がする。

「慌てて階段を降りたときに、踏み外したんじゃないの？」

「違うの。河本は、誰かに背中を押されたって言ってた。私も見たのよ。階段の上から、じっとこちらを見ている血塗れの女の幽霊の姿を……」

恭子は確信に満ちた言い様だったけれど、ぼくはやっぱり信じられなかった。

見間違いである可能性を指摘しようとしたのだけど、それより先に、赤い声が間に割り込んできた。

「今の話は本当なのか？」

目を向けると、すぐそこに八雲が立っていた。

声も冷たかったけれど、それ以上に、細められた目は、侮蔑の感情が込められているようだった。

「うん。本当だよ」

恭子がより一層、声を明るくする。

彼女の興味は、もうぼくから離れ、八雲に移っているらしかった。八雲が、恭子の心霊話に食いついたのは意外だったけれど、お陰でぼくは解放されることになり、ほっと胸を撫で下ろす。

クラスのあちこちから聞こえてくる会話は、どれも呪いの絵と河本のことばかりだった。

教室全体が、毒々しい色に塗られていくようで気味が悪かった。半ば呆れつつ、ぼくは瞼を閉じて、授業が始まるまでの時間を過ごすことにした。

やがてチャイムが鳴り、教室の戸が開いて担任の三井先生が入って来た。

「静かに」

混沌としていた教室の色が、三井先生の灰色で塗り替えられる。怒ってもいないし、苛立ってもいない。ここまで、感情の起伏が無い人も珍しい。

皆、各々に席に着いたのだが、一人だけ例外がいた。

八雲はガリガリと頭を掻きながら、教室を出て行こうとする。

「斉藤。何処に行くんだ？」

三井先生に呼び止められ、一瞬だけ足を止めた八雲だったが「体調が悪いので保健室です」と抑揚なく言うと、そのまま教室を出て行ってしまった。

三井先生は「そうか」と呟いただけで、八雲を咎めようとはしなかった。

「三井の無気力さハンパねぇな。あれじゃバツイチにもなるわな」

後ろの席の生徒が、茶色く悪意の籠もった声で言う。それが、三井先生に聞こえていたかどうかは分からないけれど、授業はそのまま続行された。

結局、その日、八雲が教室に戻って来ることはなかった。

2

授業を終えると同時に、ぼくは逃げるように教室を飛び出した。

バイトの時間までは、まだ余裕があるから、それほど急ぐ必要はないのだが、また恭子に呪いの絵の話をされるのが嫌だった。

都市伝説みたいな話に、一喜一憂しているのはバカらしい。河本の怪我にしたって、単に階段を踏み外しただけだし、恭子が見たという幽霊も、何かの見間違いだ。話を誇張し、偶然の出来事を強引に結びつけることで、都市伝説というのは生まれるのだ。

——本当にそうか？

疑問とともに、美術室のベランダに佇む、学生服の少女の姿がフラッシュバックした。

あれは、呪いの絵から抜け出した幽霊だったのではないか？

いや、そんなはずはない。ぼくの見間違いだ。恭子から呪いの絵の話をされていたせいで、居もしない少女の姿を見てしまっただけだ。

不思議なことに、否定するほどに、記憶の中の少女の姿が鮮明になっていくような気がする。

——もう考えるのは止めよう。

昇降口で靴に履き替え外に出る。

風が強かった。湿気を帯びていて、何だか生温い。

学ランが、段々と暑苦しいと感じるようになってきた。もうすぐ、衣替えだから、それまでの我慢だ。

校門に向かって歩き出したところで、目の前にふわっと何かが落ちて来た。

画用紙らしかった。

最初は一枚だったのだけれど、二枚、三枚と続けて降って来る。

屈んで手に取る。

落ちて来たのは練習用のスケッチらしく、描く角度は異なるけれど、石膏でできたヘルメスの胸像が描かれていた。

ヘルメスは、もっと荒々しいイメージだったけど、そこに描かれているタッチはとても柔らかく、繊細な感じがした。

スケッチという意味では、あまり良くはないけれど、絵として見るととても惹き付けられる。

石膏像のデッサンは練習の定番だ。

おそらく、風に煽られて美術室から落ちて来たのだろう。

「おーい」

空から声が降ってきた。

顔を上げると、四階の美術室のベランダから、学生服を着た少女が、大きく手を振っているのが見えた。

きっと彼女が画用紙を落とした張本人なのだろう。

「ぼくですか？」

そう問い返したが、ぼくの声が小さ過ぎて届かなかったようだ。

「なーにー?」

と聞き返す声がした。

「あっ、いや……」

「ごめんなさい! 窓開けてたら風で飛ばされちゃったんだ! 今から取りに行くよ!」

彼女はベランダから身を乗り出し、口の横に手を添えながら言う。

その声は、透明な空に溶け込んでしまいそうなほど——青かった。

何処までも澄み渡る純粋な青——。

ぼくの中で、バチッと音がして、過去の記憶が走馬灯のように駆け巡る。やがて、それは一つの映像で止まった。

あの日——。

病院のベンチで聞いた青い声——。

ベランダから、ぼくに呼びかけてくる声は、あのとき見た青さと同じだった。

「持って行きます!」

ぼくは、そう言うなり絵を持って駆け出した。

あの青い声は、彼女かもしれない——そう思うと、いても立ってもいられなくなった。

病院のベンチで声をかけてもらって以来、ぼくはもう一度、彼女に会いたいと願い、入院中に暇を見つけては、中庭にあるあのベンチに足を運ぶようになっていた。

青く、透明な声がまた聞けるのではないかと期待していたが、結局、会えず仕舞いだった。

何とか彼女を捜そうとしたこともあったが、彼女自身が病気で病院に足を運んだのか、それとも誰かのお見舞いだったのかも分からない。

誰かに訊ねようにも、名前すら知らないのだからどうしようもない。

そうして、退院する頃にはすっかり諦めていた。そもそも、そんなゆとりはなかった。

両親の遺品整理なんかもあったし、ぼくと妹の海空が、今後どうしていくのかも曖昧で、色々とやらなければならないことが山積みだったからだ。

そうやって、記憶の中に埋もれかけていた。

でも――。

さっき、窓から顔を出した少女の声を聞いたとき、一気にあのときの記憶が蘇った。

風の感触や、草の匂いや、酸っぱい飴の味――。

何より、あの透明で澄み切った青い声が、ぼくの視界を埋め尽くした。

息を切らしながら階段を駆け上がる。

もう一度、彼女の顔を見たい。そして、できることなら、あのときのお礼が言いたい。

彼女にとっては、何気ない言葉だったかもしれない。だけど、ぼくからしてみれば、あれは忘れることのできない大切なものだった。

——大丈夫。そのうち甘くなるから。

彼女は、そう言ってくれたのだ。だから、ぼくはあの瞬間を堪えることができた。今は、とても苦しくても、そのうち変わると思えた。

四階に辿り着いたときには、すっかり息が上がってしまっていた。

興奮のせいで慌て過ぎた。こんな状態では、ろくに話もできない。壁に手を突き、深呼吸をして暴れる息を整える。

——少し落ち着こう。

そもそも、彼女に会って何と言えばいいのだろう。ぼくのことを覚えているだろうか？　でも、あのときぼくは子どもみたいに泣きじゃくった。あんな恥ずかしい姿は、忘れていて欲しいとも思う。

複雑な心境を抱えつつ、ぼくは顔を上げて一歩を踏み出した。

廊下の先にある美術室に目を向けると、戸の前に男子生徒が立っていた。後ろ姿なので顔は分からない。

それを見て、ぼくは思わず硬直してしまう。

もう一度彼女に会いたいという衝動に任せて来てしまったが、もうすぐ部活動の時間だ。美術室には、彼女以外に他の部員たちもいるかもしれない。

幽霊部員であるぼくにとっては、唐突に顔を出すというのは、とても気まずい。

やはり引き返そうかと思ったのだが、手に持っている画用紙に目がいった。そうだ。ぼくには拾った画用紙を届けるという正当な理由がある。部活を休んでいた理由を咎められたら、家庭の事情だと言えばいいだけだ。

意を決して歩きだそうとしたところで、戸の前に立っていた男子生徒が振り返った。

八雲だった——。

今日、授業を抜け出したまま戻らなかったので、もうとっくに帰宅したものとばかり思っていたのに。

視線がぶつかった。

何か言われるかと思ったが、八雲は目を細めただけで、そのままぼくの脇を擦り抜けて歩いて行った。

——何だったのだろう？

もしかして、八雲は彼女と関係があるのだろうか？　根拠はないが、何となく、そんな風に感じてしまった。

いや、余計なことを考えるのは止めよう。

とにかく、ぼくはこの絵を届ける。そして、病院でのことについてお礼を言う。それだけができればいいんだ。

気持ちを切り替え、美術室の戸の前まで歩いて行った。戸を開けようとして手を伸ばしたところで、自然と動きが止まる。

やっぱり止めようかと弱気な自分が顔を覗(のぞ)かせる。

でも——。

この機会を逃したら、もう二度と彼女とは会えなくなってしまうかもしれない。ぼくは、意を決して「失礼します」と声をかけながら戸を開けた。

3

「あれ？」

美術室の中には、誰もいなかった。

がらんとした空間に、油絵の具の独特の匂いが漂っていた。

この匂いを嗅ぐのは久しぶりだ。苦手な人も多いけれど、ぼくはそこに懐かしさを感じた。それが、絵を描くことに対する未練のような気がして、思わず苦笑いを浮かべる。

「すみません。あの……」

ぼくは、美術室の中に入り声をかけてみたが、返事はなかった。

どうして誰もいないのだろう。

「あの——」

もう一度声をかけたところで、カタッと何かが倒れるような音がした。

美術室の奥にある扉の向こうからだ。あそこは、確か画材などを置いてある準備室だ。そうか。あそこにいるのかもしれない。

ぼくは、「失礼します」と声をかけながら、準備室へと通じるドアを開けた。

だけど——。

そこにも人の姿はなかった。

幾つかの棚が設置されていて、そこに画材が雑然と並んでいた。部屋の隅には、束になったキャンバスとイーゼルが立てかけられている。

ここまで人の気配がないと、さっきのことが幻だったのではないかという気さえしてくる。でも、だとしたら、今、自分が持っている画用紙の説明ができない。それに、美術室は鍵がかかっていなかった。誰かいることは間違いない。

改めて部屋の中を見回したところで、またカタッと何かが倒れるような音がした。

——何だろう？

音のした方に目を向ける。

壁際にある棚の上に、黒い布で覆われたキャンバスが置かれているのが目に入った。

どうして、サイズ的に十号くらいだろうか。一枚だけあんなところにあるのだろう。

などと考えていると、風も吹いていないのに、布がふわっと舞い上がる。次の瞬間、キャンバスが棚の上から落ちて来た。

ぼくは、咄嗟にそれを受け止める。

落下する前で良かった。ぼくが何かした訳ではないけれど、絵が傷付いたりしたら、この場にいた人間として責任を感じてしまう。

取り敢えず、一つだけあるデスクの上にそっと絵を置いた。

それと同時に、はらりと絵を覆っていた黒い布が床の上に滑り落ちた。

隠されていた絵が露わになる。

それを見て、ぼくは言葉を失った。

布の向こうから現れたのは、血塗れの女だった――。

正確には、赤黒い絵の具で描かれた絵だったのだが、一瞬、そう錯覚するほどに不気味な佇まいを持っていた。

とても恐ろしい絵だ。それは、単に絵の色合いだけではない。

構図だけみれば、キャンバスに描かれた学生服の少女が、口許に小さく笑みを浮かべている肖像画なのだが、その筆致が荒々しくて、見ている者の不安をかきたてる。

のみならず、絵の中の少女は、口許に笑みを浮かべているものの、真っ直ぐこちらに向けられた目は、とても虚ろだった。

「呪いの絵……」

考えるより先に、その言葉が口を突いて出た。

まさか、本当に呪いの絵が存在するなんて思ってもみなかった。いや、違う。確かに奇妙な色で描かれているが、これが呪いの絵だと決まった訳ではない。

そう自分に言い聞かせたのだが、そうするほどに、心の芯からじわっと得体の知れない何かが広がっていくような気がした。

自分にも、それが降りかかるというのだろうか。

――助けて。

すっと青い声が背後から筋のように、ぼくの視界に流れてきた。

彼女の声だと思って振り返る。

そこには――。

学生服を着た少女が立っていた。うちの学校の制服だ。

頬が痩け、病的なほどに痩せ細っていた。長い黒髪は、水気を失い、ぱさついていて、何日も彷徨い続けた後のようだった。

――お願い。助けて。

彼女は、ぼくに向かってゆっくり手を伸ばして来る。

細くて長い綺麗な指をしていた。だけど、その指には、べったりと赤い液体のようなものが付着していた。

指先から、ひたひたっと赤い滴が滴り落ちる。

ぼくは声を上げることすらできずに、一歩、二歩と後退る。そのまま何かに躓いて尻餅を突いてしまった。

ガタガタッと大きな音を立てて、その辺りに置いてあった画材が床に散らばる。

少女は、そんなぼくに覆い被さるように迫って来る。

その額にも、べっとりと赤い液体が付着していた。

逃げようとしたけれど、意思に反して身体はぴくりとも動かなかった。金縛りという奴なのかもしれない。

少女の目が、じっとぼくを見据える。白目の部分の毛細血管が異常に浮き上がり、まるで眼球自体が赤く染まっているようだった。赤く染まった指先が、どんどんぼくに近付いてくる。ああ、そうか。この赤い液体はきっと――血だ。

このまま、この少女に触れられたら、もう二度と戻って来られない。そんな気がした。

――来るな。来るな。

何度も頭の中で念じたのだが、そうすればするほどに、その少女はぼくとの距離を縮めて来るようだった。

「わぁ！」

ぼくは、最後の力を振り絞って叫んだ。

それと同時に、ガチャッとドアが開く音がした。

「大丈夫？」

誰かの声がした。

それは、とても澄んだ青い色をしていた――。

目を向けると、そこには長い黒髪の少女が立っていた。髪型は少し変わっていたけれど、紛（まぎ）れもなく、病院のベンチで出会ったあの少女だった。

4

「本当に大丈夫？」

彼女が、美術室の椅子に座っているぼくの顔を覗き込んで来た。

——近い。

シャンプーだろうか。あのときと同じ、柑橘系の香りが鼻を掠める。それだけで、堪えられないほどの恥ずかしさを感じ、俯いてしまった。

そんなぼくの反応を見て、彼女はより一層、心配したらしく、さらに顔を近付けてきた。

香りだけではなく、彼女の体温まで感じてしまうほどの距離——。

「あ、いや、本当に大丈夫なんで……」

「本当？　保健室とか行った方がいいんじゃない？」

「平気です。ただ、ちょっと転んじゃっただけなんで」

ぼくは、彼女から逃れるように立ち上がり、笑ってみせた。でも、緊張で筋肉がガチガチになっていたので、実際、笑えていたかどうかは定かではない。

まさか、こんな形で彼女と再会するとは思わなかった。

制服に付いている校章からして、彼女は三年生らしい。自分より二つ年上と分かったせいか、病院のベンチで会ったときより、大人っぽく見える。

「わざわざ届けてくれたんだね。ありがとう」

彼女は、机に置かれたデッサンに目を向けながら言った。

「いえ。全然……」

「でも、行き違いになっちゃったね」

とても楽しそうに笑う彼女を見て、目眩(めまい)がした。

「何かすみません」

答える声が震えてしまった。

いつか、もう一度会えたら——そう願っていたけれど、心の何処かでは諦めていた。

偶然、病院の中庭のベンチで顔を合わせただけの名前も知らない少女だ。再び、こうやって顔を合わせることができたのは奇跡だ。

だが——。

彼女は、ぼくのことを覚えていないようだった。

覚えていたら、少しくらいは驚くはずなのに、そうした様子がない。あの日のことも忘れてしまったのかもしれない。

本当は、彼女にお礼を言いたかったのだけれど、向こうが覚えていないのに、そうしたことを口にするのは、何だかおかしいことのような気がしてしまった。

「それで——さっき、凄い悲鳴を上げていたけど、何かあったの？」

彼女が準備室の方に目を向けながら訊ねてきた。

答えようとしたけど、言葉に詰まってしまった。自分が目にしたことを、そのまま伝えるべきか否か、迷いが生じた。

「それは……」

呪いの絵を見た。いや、それだけではない。学生服を着た少女の幽霊を目撃した。あの血に濡れた指先が脳裏をフラッシュバックして、思わず身体が硬直した。

「もしかして、呪いの絵を見た——とか？」

「え？」

不意打ちのように質問をぶつけられ、過剰に反応してしまった。

「その反応——見たんだ」

彼女の青い声がぱっと明るくなった。

どうやら、彼女も呪いの絵の噂は知っているらしい。まあ、あれだけ騒ぎになっていたのだから、知っていて当然だ。

ただ、声色が明るい光となって弾けたのが気になる。

オカルトの類いが好きなのだろうか。興味があるなら、少しはぼくの話を信じてくれるだろうか。

「いや、あの……呪いの絵かどうかは分からないですけど、それっぽい絵を見たというか……」

「ねぇ。確認してみない？」

思いがけない提案に動揺する。

「いや、でも……」

「怖いの？」

「怖いというか、呪いの絵を見たら、災いが降りかかるんですよね？」

「でも、もう見ちゃったんでしょ。だったら同じじゃない？」

それはそうだ。ぼくは、一度見てしまった。だから、もう一度見たところで変わらない。だが、ぼくが恐れているのはそこではない。

一緒に見に行くということは、彼女も呪いの絵を見るということになる。自分はともかく、彼女に何かしらの災いが降りかかるなんて後味が悪すぎる。

それに――。

「見たのは絵だけじゃないんです」

「絵だけじゃない？」

「信じてもらえないかもしれないですけど、血を流した少女を見たんです。多分、あれは幽霊だったんじゃないかと……」

「それ本当？　もしかして、私を怖がらせようとしてる？」

彼女が猜疑心に満ちた目を向けてくる。だけど、彼女の青い声は炭酸のようにパチパチと弾けていた。

ぼくの言葉を疑っているというより、からかって楽しんでいるみたいだった。

「違います。本当ですって」

「だったら、余計に確かめないと。副部長としては、美術部に呪いとか幽霊の噂が飛び交っているのは看過できないな」

彼女は、胸の前でぐっと拳を握った。

「責任感が強いんですね」

「違う、違う。今のは口実。ただ、興味があるだけだよ。学校の七不思議的な噂って、何だかわくわくしない？　私がオタク気質だからかもしれないけど。変かな？」

「全然そんなことないです」

「じゃあ、付き合ってよ。今の話を聞いたあとに、一人で準備室に入るのは、やっぱり怖いし」

彼女は自らの両肩を抱えて、怯えた素振りを見せた。

卑怯だ。そんな可愛らしい顔を見せられてしまったら、断ることなんてできない。

「分かりました」

「やった。よし、早速行ってみよう」

彼女は艶のある黒髪と、スカートの裾をふわりと翻し、準備室の方に向かって歩いて行く。

その後ろ姿に見惚れて呆然とする。

「あれ？　行かないの？」

「あっ、行きます」

ぼくは、慌てて歩き出した。

さっきは、あれほど怖いと思っていたのに、そうした感情よりも、彼女と一緒にいられる喜びの方が強くなっていた。

準備室に入ると、ぼくが落としてしまった画材が床に散らばっていた。申し訳ない気持ちになり、慌ててそれらを拾い集めようとしたところで、彼女の声が視界に入った。

「あれが呪いの絵――」

彼女はそう言うと、デスクの上に置かれた絵を指差した。

見たくはなかったけれど、ぼくも引き寄せられるように、その絵に目を向けた。

赤黒い絵の具で描かれた少女――。

こうやって改めて見ると、ぼくの前に現れた幽霊と、この絵の少女は似ているような気がした。

「多分……」

――彼女も見てしまった。

今さらのように、その後悔が押し寄せてきた。もし、呪いの絵の噂が本当なのだとしたら、これで彼女も呪いに組み込まれたことになる。

「この絵は、机の上に置いてあったの？」

「いえ。あそこの棚の上に――」

ぼくは、元々絵が置いてあった棚を指差した。

「おかしいな」

「何がですか？」

「前まで、こんな絵は置いてなかったと思うんだよね」

「そうなんですか？」

「うん。まあ、私も最近、色々とあって休んでいて、部活出るの久しぶりだから、何とも言えないんだけど」

「副部長なのに――ですか？」

「あっ、それ言っちゃう？　まあ、私にも色々と事情があるのだよ」

彼女は、恥ずかしそうにぽりぽりと鼻の頭を掻いた。

「どんな事情ですか？」

「君は、デリカシーがないな。そういうのは、スルーした方がいいと思うよ」

「すみません」

「謝ることでもないけどね。それより、あの絵が本当に呪いの絵だとすると、ずいぶん前からこの場所にあったたってことになるよね」

「そうですね……」

正確な情報は分かっていないが、噂から判断して、最低でも何年か前には、存在していたはずだ。

「私も、一応は三年間美術部に所属していたけど、この絵を見たのは初めてなんだ。噂はあっても現物がないから、信用していなかったんだよね」

「この絵は、布がかかっていました。だから気付かなかったんじゃないですか？」

ぼくは、床に落ちていた布を拾い上げながら言う。

「なるほどね。それは一理ある。でもさ、年末にはここも大掃除をしているんだ。準備室の中にあるものを全部引っ張り出して。それに、年度末には卒業生が自分の絵や画材を持ち帰るから、配置を変えたりもしている」

彼女は、自分の顔の前で両手の指だけを合わせつつ、じっと絵を見下ろす。

「だとしたら、そのときに気付きますね」

「その通り」

彼女が、びっとぼくを指差した。

「何だかシャーロック・ホームズみたいですね」

ぼくが言うと、彼女が驚いたように目を丸くする。

「君、もしかして推理小説が好きなの？」

「ええ。まあ、好きですけど……」

「一緒だね。私も大好き。シャーロック・ホームズのような古典も好きだし、最近は、綾辻行人とか島田荘司とかの新本格にど嵌まりしてるんだ」

「十角館の殺人とか、占星術殺人事件とか」

「そうそう」

彼女が飛び跳ねるのに合わせて、ぼくの視界の中で青い声が忙しく跳ね回る。

こんな風に、彼女と話ができる日がくるなんて、思ってもみなかった。

「あっ、ごめん。話が逸れちゃったね」

彼女は急に真顔になり、改めて例の絵に目を向ける。

じっと絵を見つめたまま動かない。その瞳にあるのは、恐怖や怯えとは違う何かである気がした。

自然と彼女と、呪いの絵の少女が重なったように見えた。全然、違うはずなのに、変だなと自分でも思う。

「何か気になることがあるんですか？」

「君は、この絵を見てどう思った？」

「そうですね。最初は、怖いと思いました。でも、こうやって改めてみると、少し悲しそうというか……」

「そう。それだ」

彼女がパンッと一つ手を叩いた。

「何がですか？」

「だから、君が言った言葉だよ。この絵の少女は、悲しい顔をしているんだよ」

「は、はい」

「つまりさ、この絵が本当に呪いの絵だとしたら、怒りとか、憎しみの感情を抱いていないと辻褄が合わないと思わない？ 何せ、見た人を手当たり次第に呪うんだからね」

「そうかもしれませんね」

ぼくは、彼女の勢いに押されながらも返事をする。

彼女の言う通りだ。もし、本当にこれが呪いの絵だとすると、悲しい表情を浮かべているのは、不自然である気がする。

「気になるよね」

「そうですね」

「おっ、さすが推理小説オタク」

「べ、別にオタクという訳では……」

「高校一年生で、十角館とか占星術を読んでいるのは、立派なオタクだと思うけどな」

「そうですか？　皆、読んでますよ」

「少なくとも、私の周りにはいなかったんだよね」

「そうなんですか？」

「うん。あ、また話が逸れちゃったね。ねぇ。この絵が本当に呪いの絵かどうか、一緒に調べてみない？」

「え？」

彼女の提案があまりに突飛過ぎて、思わず声がひっくり返った。

「だからさ、君と私とで、呪いの絵の謎を解くんだよ。私がホームズで君がワトソン。不満なら逆でもいいけど」

彼女の青い声が眩しくて、ぼくは思わず目を細めた。

薄い青色に彩られた彼女を目にして、断れるはずなどなかった――。

5

彼女との話を終え、準備室を出ると、部活動の為に生徒が集まり始めていた。

幽霊部員という引け目から、ぼくは腰を屈めてこそこそしながら移動する羽目になった。美術室を出る寸前、彼女から「また、明日ね」と声をかけられた。

飛び上がりたいほど嬉しかったけれど、目立ちたくなかったので、会釈だけで済ませた。

「失礼しました」

小声で挨拶をして、美術室を出ようとしたところで、運悪く美術部顧問の小山田先生と鉢合わせしてしまった。

「あっ」

そこから言葉が詰まり、完全にフリーズしてしまった。

「青山。部活に顔を出したのか？」

小山田先生は、鮮やかなパープルの声で言った。

河本と同じ紫系統の色なのだが、毒々しい感じはしない。落ち着いて気品のある色だ。

「あ、いえ。すみません……」

我ながら何の返答にもなっていない。

幽霊部員である、ぼくのことを認識していたことに驚き、妙な反応になってしまったのだと思う。

「青山の家庭の事情は聞いている」

「は、はい」

クラスメイトたちには、特に言っていないが、教師たちの間でそうした情報が共有されているのは当然かもしれない。

「大変だということは分かる。無理強いはしない。ただ、息抜きのつもりでいいから、時間のあるときに、顔を出すようにしなさい」

「ありがとうございます」

小山田先生は、女子生徒からかなり人気がある。

身長が高く、端正なルックスで、しかも美術コンクールで何度も入選した経験がある。

ぼくは、小山田先生の人気は、そうした表面的な部分だと思っていたけれど、多分、それだけではないのだろう。

表情が動かず、ミステリアスな雰囲気は醸(かも)し出しているが、生徒一人一人のことを把握し、ちゃんと気にかけている。そういう心配りがあるからこそ、慕(した)われているような気がする。

「コンクールに入賞した絵。あれは、本当に素晴らしかった」

小山田先生が、ぽつりと言った。

黒い色は混じっていない。鮮やかで落ち着いたパープルのままだった。小山田先生の口から出た言葉は、本音だと知り嬉しい気持ちになった。

ぼくが再び「ありがとうございます」と告げると、小山田先生は、小さく頷いて歩いて行く。

振り返ってみると、彼女が笑顔で小山田先生の許に駆け寄って行くのが見えた。

さっき、ぼくに向けていたのとは、明らかに違う笑み。

訳も分からず胸が締め付けられた。

同じ美術室の中なのに、ぼくと彼女の間には、分厚い壁が立ちはだかっているように思えた。

もし、交通事故になどあわず、普通に高校生活を送っていたら、ぼくは美術部に入って、彼女や小山田先生たちと、楽しく絵を描いていたのだろうか？

ぼくは、願望にも似たその考えを振り払った。

どんなに妄想したところで、現実にはならないのだから意味がない。

ぼくは小さくため息を吐くと、静かに教室を後にした。

6

「遅いぞ」

コンビニに駆け込むと、ヒデさんがあくびをしながら出迎えてくれた。

あまり怒っている風ではないが、急いだ方が良さそうだ。カウンターの内側に入り、奥にある休憩室に向かう。

「タイムカードは押しといてやったぞ」

着替えをしていると、ヒデさんの声がした。

見ると、確かにタイムカードは三分ほど前に押されていた。出勤時間を二分過ぎていたから、ギリギリのところでヒデさんが押してくれたらしい。

「ありがとうございます」

ユニフォームに着替えカウンターに戻ったぼくは、ヒデさんに頭を下げた。

「気にすんな。今日は店長いない日だから特別だ」

「すみません」

「いいって。その代わり、トイレ掃除代わってくんない？」

「はい。喜んで」

ぼくは敬礼で応えると、早速トイレに向かい、ロッカーから用具を取り出し掃除を始めた。

トイレ掃除をしながらふと鏡を見ると、にやけた自分の顔が映った。

ちゃんと表情を引き締めようとしているのに、どうしても頭に彼女の顔が浮かぶと筋肉が緩んでしまう。

こんな風に自分が浮かれているのが意外だった。

両親が死んでから、感情がほとんど動かなかった。見える景色はモノクロ写真のようにくすんでいた。人の声だけが色を持ち、ぼくの視界をかき乱したけれど、それは一瞬のことで、灰色の景色を染めることはなかった。

それなのに――。

二度と会うことはないと思っていた彼女に再会したことで、自分の心がこんな風に動くなんて、思ってもみなかった。

ただ、彼女はぼくのことなど、まるで覚えていないようだった。

ぼくにとっては、病院のベンチでの出会いは、大きな出来事だったのだが、彼女からしてみれば、何でもないことだったのだろう。

だが、悲観するようなことでもない。

彼女にはまた会える。

呪いの絵の真相を一緒に暴こう――ということになっているのだ。

真相を暴くと言っても、具体的に何をすればいいのかも分からないし、そもそも、なぜ彼女がそんなことを言い出したのかも定かではない。

――いったい彼女は、何を考えているのだろうか？

「何ぼーっとしてんだ？」

ヒデさんに声をかけられ、はっと我に返る。

「あ、いえ、別に……」

「鏡を見つめてニヤニヤしてキモイ。恋でもしたか？」

「違いますって」

否定してみたものの、自分が浮かれていることは間違いない。

恭子に呪いの絵の話をされたときは、適当にあしらい、否定的な立場を取っていた癖に、彼女に言われた途端に態度を変える。

ぼくは呪いの絵の真相なんてどうでもよくて、ただ彼女と一緒にいる口実ができたことが嬉しいのだ。

「青春っていいねぇ」

「だから、そんなんじゃないですって……」

ヒデさんの冷やかしから逃れるように、トイレ掃除を再開した。

あれこれ考えたところで何も変わらない。仮に彼女と仲良くなることができたとしても、これからの生活を考えたら、恋愛にうつつを抜かしている余裕なんてない。

トイレ掃除を終え、カウンターに戻って来たタイミングで、小学生くらいの子どもたちが、一斉に入店して来た。

この周辺には学習塾が幾つかある。塾が始まる前に、子どもたちが買い物に来るのだ。捌かなければならない人数が多い割に、一人一人の会計は少額だ。さらに、ホットスナックの注文が多いのが少々厄介だ。

ヒデさんと二人でレジを開けて、何とか波を凌いだ。

一息吐いたところで、ヒデさんから備品の補充を頼まれて、一旦休憩室に足を運んだ。必要な物を持って戻って来たところで、ヒデさんが手招きする。

「何ですか？」

ぼくが声を出すと、ヒデさんは口の前に人差し指を立てて、しっ——と静かにするように合図を送ってくる。

——何だろう？

ぼくが歩み寄ると、ヒデさんは向こうを見ろという風に、雑誌の棚のある辺りを顎を振って指し示した。

そこには、中学生くらいの女子が四人ほどで固まっていた。

「前に話しただろ。万引きの常習犯で目を付けている連中がいるって」

ヒデさんが耳打ちしてきた。

「あの子たちですか？」

「そういうこと。お前、ちょっとレジ入っててくれ。あいつら、防犯カメラの死角に入ってるからな。おれが、別のところから様子を窺ってみる」

「はい」

ぼくは、備品を一旦脇に置いてレジの前に立った。

ヒデさんは、少女たちと一定の距離を保ちつつも、棚の整理をするふりをしながら、その様子を盗み見ている。

ぼくも、レジから彼女たちの様子を観察してみた。

あの制服は見覚えがある。妹と同じ中学校のものだ。服装の乱れがある訳でもないし、コンビニの店内で騒ぎ過ぎなきらいもあるが、ごくごく普通の中学生に見える。

ヒデさんの言うように、万引きの常習犯には見えない。

しばらくして、彼女たちは何も購入せずに、コンビニを出て行こうとする。

「ちょっとすみません」

そんな彼女たちを、ヒデさんが呼び止めた。

だが、彼女たちは聞こえていないのか、そのまま出て行こうとする。

「お客さま。お待ち下さい」

ヒデさんが、女子中学生のうち、一人の腕を摑んだ。

その途端、その少女は「きゃぁ！」と張り裂けんばかりの悲鳴を上げた。恭子のように目に突き刺さるような黄色の声だった。

「君たち、万引きしたよね？」

ヒデさんは悲鳴に怯むことなく、強い口調で主張した。あそこまではっきり言うからには、決定的な何かを見たのだろう。

だが、少女たちもまた、怯むことはなかった。

「痴漢。触らないで」

「あんた何してんの？　警察呼ぶよ」

「そうだよ。エロ店員が」

少女たちが次々と発する声には、どれも黒い染みが混じっていた。嘘の色だ——。

「ちょっと待て。お前ら万引きしただろ。鞄の中を見せろ」

ヒデさんの訴えを無視して、彼女たちは尚も喚き続ける。

「あんた、こんなことしてただで済むと思ってるの？　パパに頼んで訴えてやるんだから」

「そうだよ。マジで警察呼ぼうぜ」

「私、さっき胸触られた」

「そうだよ。うちらのこと盗撮してたし。変態」

あまりの勢いに、終にヒデさんは手を離してしまった。その途端、彼女たちは笑い声を上げながら走り去って行った。

ぼくは、それを呆然と見送ることしかできなかった。

「お前さ、黙って見てないで助けろよ」

ヒデさんがぼくに抗議してくる。

「いや、助けろって言われても、どうしていいか……」

「あいつら、絶対盗ったんだよな。おれ見てたし。クソっ。腹立つな」

ぼくは、彼女たちが商品を盗むところを見ていない。それでも、さっきの態度からして、ヒデさんの言い分が正しいのだと思う。おそらく、彼女たちは常習犯なのだろう。妙にこなれていた。

見つかると、今回のように痴漢だ何だと騒ぎ立ててうやむやにしているに違いない。

「悔しいですけど、今回の一件で、彼女たちはもうこの店には来ないんじゃないですかね？」

同じ手は二度通用しない。

もう、万引きに悩まされることはないと思ったら、それで良しとした方いいだろう。

「全く。最近のガキは……」

そう呟いたヒデさんの声が、珍しくくすんで見えた。

7

バイトからの帰り道、学校近くを通りかかったところで、ぼくは思わず自転車のブレーキを握った。

バス停近くの街灯のところに、知っている顔を見つけたからだ。

――仁美叔母さん。

声をかけようとしたけれど、寸前のところで口を噤んだ。

仁美叔母さんは、一人ではなかった。背中を向けていて、顔を見ることはできないけれど、男性が一緒にいるようだった。

「やっぱり、私には……」

掠れた仁美叔母さんの声色は、いつもより少し赤みが強かった。

「今さら、もう戻れない。このままでいい訳ないだろ」

そう言った男の声は、そのまま闇に溶けてしまいそうな濃紺の声だった。

——別れ話。

ぼくの頭に、最初に浮かんだ推測はそれだった。

仁美叔母さんは、二十代後半の大人の女性だ。恋人がいても何ら不思議ではない。だけど、これまでそういう素振りは一切、見せてこなかった。

隠していたのだろう。

そう考えると、別れ話に発展したのは、ぼくたちの存在が足枷になっているからに違いない。

相手の男性にしても、交際相手が高校生と中学生の子どもの保護者だったとしたら、二の足を踏むはずだ。

やはり、ぼくたちの存在が、仁美叔母さんを縛ってしまっている。

そう思うと、ここで盗み聞きしていることに罪悪感を覚え、逃げるようにその場を後にした。

「お帰り」

マンションに帰宅すると、海空が明るい表情で声をかけてきた。

でも、その声には昔みたいな明度はなかった。

「学校で何かあったか？」

何気ない風を装って訊ねてみる。

「え？　どうして？　何もないよ——」

海空は、そう言って笑った。だけど、その声には、ほんの少しだけ黒い染みが滲んでいた。

深く突っ込もうと思ったけれど、止めておいた。

海空は悪意があって嘘を吐いた訳じゃない。ぼくを気遣ってのことだ。だから、ぼくも敢えて聞かない。

でも、それを繰り返した先に、いったい何があるのだろう？

「仁美叔母さん、今日少し遅くなるみたい」

「そうなんだ」

帰り道で見たことは、口にしないことにした。

言ったところで、どうなるものでもない。海空のことだから、変に気を遣って、余計に色々なものを抱え込むことになりそうだ。

海空が用意してくれた夕飯を食べ、後片付けを済ませたところで、仁美叔母さんが帰宅した。

「遅かったですね」

声をかけると、仁美叔母さんは「ごめんね」と詫びた。

「仕事が長引いちゃって」

橙色の声に、黒い色が広がったけれど、やがてそれは水に溶けるように見えなくなった。

きっと、海空も仁美叔母さんの嘘には気付いただろう。泣いた後のように、目が腫れぼったくなっていたからだ。

だけど、誰もそのことは指摘しない。

このままの生活を繰り返していると、そのうちぼくたちの声は、真っ黒に染まってしまうのかもしれない。

ぼくは、重苦しい空気から逃れるように、自分の部屋に戻った。

机に座ってため息を吐く。

いつもなら、宿題を片付けたり、推理小説を読んだりするのだが、今日はそういう気分ではなかった。

とにかく、少しでも楽しいことを思い浮かべようとした。

ふっと頭に浮かんできたのは、彼女の顔だった。

息苦しい生活だけど、そんな中で、彼女と再会できたことだけが、ぼくの心の拠り所のように思えた。

気付いたときには、ボールペンを使って、ノートに彼女の顔を描き始めていた。

Chapter3

1

美術室は透明な静寂に支配されていて——。

部屋の中央には、イーゼルが立てられていて、一枚の絵が置かれていた。

そこには、学生服を着た少女が描かれていた。

モナリザのように身体は少し斜めを向き、顔は正面に向けられ、艶のある唇を引いて穏やかな笑みを浮かべている。

その姿は、彼女に間違いなかった。

ぼくは、もっとその絵をよく見ようと歩みを進める。

イーゼルの前に立ち、改めてその絵に目を向ける。

写実的で、とてもリアルだったのだけれど、それでも、彼女の美しさを少しも捉えられていない気がした。

——誰が描いたんだろう?

キャンバスに手を伸ばそうとしたとき、キャンバスの上の方が、ぷつぷつっと水滴のように膨らんだ。

それは、赤い染料のようだった。

その数はどんどん増していき、やがてどろりと流れ落ち、絵の中の彼女を赤く染めていく。

――何だこれ？

ぼくが考えているうちに、絵は真っ赤に染まっていた。

しばらく呆然とその絵を見ていたのだけれど、そのうち、絵の中心部が盛り上がり、中から何かが出て来ようとしているのに気付いた。

それは――指だった。

真っ赤に染まった人間の指――。

指だけではなかった。絵の中から、ぬうっと腕が伸びて来る。

ぼくは、その赤く染まった腕から逃れるように、一歩、二歩と後退る。だけど、どういう訳か、いくら後ろに下がっても、絵との距離は変わらなかった。

まるで、絵が追いかけて来るようだ。

絵の中から突き出された腕は、キャンバスの端を掴む。その拍子に、びしゃっと赤い液体が飛び散り、ぼくの頬に赤い染みを作った。

指先でそれを拭ったときに気付いた。これは、染料ではない。多分これは――。

血だ――。

それを自覚すると同時に目眩がした。

ずずっと何かを引き摺るような音がしたかと思うと、今度は絵の中心部が丸く盛り上がり、人間の頭が絵の中から現れた。

それは真っ赤に染まっていたが、絵に描かれていた、彼女の顔をしていた。

「ねぇ。お願いだから、酷いことをしないで……」

声がした。とても青い声だった。

それは、彼女の青さに違いなかった。

「私と一緒に行きましょう」

絵から出て来た血塗れの女は、微笑みながらぼくに向かって言った。

「あなたは、生きていてはいけないの。だから……」

両手が真っ直ぐにぼくの方に伸びて来る。

血に濡れた指先が、ぼくの頰を撫でる。そのぬるっとした感触に、全身が粟立つ。

「さあ。あなたも……」

ああ。このままでは、ぼくは絵の中に引き摺り込まれる。

何とか逃げ出そうとしたけれど、どうしても身体が動かない。恐怖のあまり、瞼を閉じるのが精一杯だった。

——ヤバい。

そう思ったとき、誰かがそっとぼくの肩に触れた。

とても温かくて懐かしい感触だった。

それと同時に、身体がふっと軽くなった。瞼を開けると、ぼくは自室のベッドの上で横になっていた。

何度か目を瞬(またた)かせたところで、ようやくこれまで見ていたものが夢なのだと自覚した。

身体を起こすと、目の奥が酷く痛んだ。

きっと、こんな夢を見たのは、呪いの絵を見たからに違いない。

もしかしたら、これが呪いの絵がもたらす災いの始まりなのではないか――そう思うと、何だか落ち着かない気分になった。

2

学校に行くと、昨日休んでいた河本が来ていた――。

河本は包帯の巻かれた左足を投げ出すようにして座っていた。そして、その周りにはクラスメイトたちが集まっている。

河本は、まるで武勇伝であるかのように、美術室での体験を意気揚々と語っていた。

河本の紫色の声は、今日はこれまでに見たことがないほど明度を増している。自分に注目が集まっていることが、嬉しくて仕方ない様子だ。その中に、恭子の姿もあるのだから余計に感情が高ぶっているに違いない。まさに、怪我の功名という奴だ。

いつもなら、河本の話などシャットアウトするところだが、今日は違う。放課後、彼女と呪いの絵について話すことになっている。少しでも情報があった方がいいと考え、それとなく会話に耳を傾ける。

話がところどころ脱線する上に、いちいち大げさに喋るので聞き取り難かった。要約すると、部活が終わったあと、恭子と一緒に呪いの絵を確かめる為に美術室に忍び込んだ。

小山田先生はいなかったが、鍵はかかっていなかったらしい。

美術室の中に入ると、部屋の中央にイーゼルが置かれていて、そこに一枚の絵が飾ってあった。

血で描かれたという、例の少女の絵だ——。

しかも窓際には、制服を着て、頭から血を流している少女の幽霊が立っていたそうだ。

これはヤバいということになり、恭子と一緒に逃げ出したのだが、階段を降りる直前で、河本は幽霊に腕を掴まれた。

それを振り払ったのだが、その拍子に、今度は背中を押されて階段から転落することになったらしい。

証拠として、自分の右の袖（そで）をまくり、そこに残る小さな爪痕（つめあと）のようなものを、見せびらかしていた。

そうこうしているうちに、国語の島崎（しまざき）先生が教室に入って来た。河本の周りに群がっていた生徒たちは、一斉に自席に戻っていく。

ただ、それで完全に切り替えられた訳ではない。その日は、クラス全体が何だか浮き足だっているようだった。

ぼくも同じだった。

昨日までなら、そんなのはあり得ないと否定していた。そもそも、話自体に耳を傾けることはなかっただろう。

だけど、ぼく自身が呪いの絵を見ている上に、幽霊らしき少女の姿も目にしている。

おまけに妙な夢まで見ているのだ。何かあると感じるのは仕方のないことだ。

ぼくは、授業に耳を傾けながらも、さっきの話の内容を頭の中で整理する。

河本の腕にできていたのは、本当に小さな引っ掻き傷なので、何処かに引っかけただけかもしれないし、自分でやった可能性だってある。

同時に、本当に幽霊だった可能性を否定するだけの材料がないのも事実だ。

それに――。

引っかかることは、もう一つある。

どうして、呪いの絵は美術室の中央に置かれていたのか――だ。

ぼくが呪いの絵を見たのは、河本たちが目にした翌日だ。そのときは、準備室の棚の上に置いてあった。

河本たちの話が本当だとすると、誰かがあの棚に片付けたことになる。

この二つについての疑問は、放課後に彼女と話してみた方が良さそうだ。それを考えると、心が躍った。

自然と彼女の顔が脳裏に蘇る。

長い黒髪が本当に綺麗だった。垂れ目がちの瞳は、理知的で品があって、見ているだけで心を持っていかれそうになる。

気付いたときには、ぼくはノートの隅に、シャーペンで彼女の横顔を描いていた。

六限目の授業が終わると同時に、ぼくは鞄を抱えて教室を飛び出そうとしたのだが、またしても恭子に呼び止められた。

「ねぇ琢海君」

「ごめん。今日、ちょっと用事があって急ぐんだ」

ぼくは早口に言うと、恭子からの返答を待たずに教室を後にした。

急いで階段を駆け上がろうとしたところで、誰かとぶつかり、尻餅を突いた。吹き飛ばされたのはこちらだけど、明らかにぼくの不注意が招いたことだ。

「ごめん」

謝りつつ顔を上げると、そこに立っていたのは八雲だった。

八雲は、怒るでもなくじっとぼくを見つめたあと、何を思ったか自分の掌で左眼(ひだりめ)を隠した。しばらく、無言でその場に立っていたが、やがて大きなため息を吐く。

「青山は、呪いの絵を見たんだな」

八雲の赤い声が、ぼくの心の深い部分に突き刺さった気がした。

どうして、ぼくが呪いの絵を見たことを知っているのだろう？　彼女以外、そのことは知らないはずなのに。

恭子たちに知られたりしたら、いよいよ本気で巻き込まれることになりそうだ。

「な、何のことだ？」

ぼくが訊ねると、八雲は苛立ったように頭を苛立たしげに、ガリガリと掻いた。

「惚(とぼ)けても分かる。そうでなければ説明がつかない」

「説明って何の？」

「分かっているだろ？」

「分からないから訊いてるんだ」

まるで禅問答をしているみたいで、何だか苛々する。

「自覚症状がないのか……」

「だから何のことだよ」

「言っても、どうせ信じない。頼むから、これ以上、余計なことはしないでくれ」

八雲はそれだけ言うと、そのまま歩き去って行こうとする。

「ちょっと待てよ。余計なことって何だよ」

「呪いの絵に近付くな」

「どうして？　そんなのは迷信だろ。呪いなんて存在しない」

「呪いはある――」

八雲がきっぱりと言い切った。

その声に黒い染みは混じっていなかった。嘘や冗談で言っている訳ではない。少なくとも、八雲は呪いが存在すると信じている。

「な、何を……」

「この件は、青山が思っている以上に、厄介な案件だ。忠告はしたからな。この先、お前がどうなろうと、ぼくの知ったこっちゃない」

八雲はそう言い残すと、今度こそ歩き去って行った――。

3

ぼくが美術室の戸を開けると、彼女は窓際に立っていた――。

開け放たれた窓から吹き込んでくる風が、彼女の黒くて艶のある髪を舞い上げる。

たったそれだけなのに、ぼくの心臓は、これまで感じたことがないほど大きく脈動した。この瞬間を、絵に残しておきたいと思ったけれど、それを口に出すことはできなかった。

「おっ、来たね」

ぼくの視線に気付いたのか、彼女が青い笑みを浮かべる。

「はい」

「堅苦しいな」

「そ、そうですか？」

「まあいいか。三年生が相手だと緊張もするよね。それより、始めようか」

彼女は近くにあった椅子に腰掛けながら話を始めた。

ゆっくりと滑(なめ)らかに視界を流れていく青色は、オーロラのようで、見ているだけで心が癒やされていく気がする。

ぼくは、彼女の向かいに腰掛ける。

「最初に言っておくけど、呪いの絵は、黒い布で包んで、開封厳禁の札を貼って、準備室の奥に仕舞っておいた」

彼女が得意げに胸を張る。

「厳重ですね」

「それはそうだよ。だって、見ただけで災いが降りかかる呪いの絵なんだ。うっかり、誰かが見てしまったら大変」

「そうですね」

呪いの絵の噂が、本当であったとしても、嘘であったとしても、人目に付くところに置いておくべきではない。

「実は、私なりに昨日、色々と調べたんだ。呪いの絵の災いの伝説は、今から十年くらい前に始まったらしいんだよ」

「どうして、それが分かったんですか？」

「最初は、小山田先生に聞いてみたんだよね。小山田先生は、この学校長いから、何か知ってるかもしれないって思ったんだけど、呪いの絵の噂自体、知らなかったみたい。まあ、そんなことを真剣に信じている先生の方がおかしいよね」

「ですね」

「で、仕方なく、自分なりに呪いの絵を観察してみた。そしたら、キャンバスの裏に日付が書かれていたんだ」

「それが十年前だった――」

彼女は「そう」と嬉しそうに言いながら、折りたたみ式の携帯電話を開いて、ぼくに見せてきた。

ディスプレイには、一枚の写真が表示されていた。

キャンバスの裏側を撮影したと思われる写真で、十年前の五月二十日という日付が記されていた。

今日は、五月十六日なので、正確にはまだ十年経っていない。

「それでね、噂にあるように、十年前に本当に自殺した学生がいるか調べたんだ。そしたら、何と――」

彼女は、ポケットから折りたたまれた紙を取り出し、机の上に広げた。

新聞の記事をコピーしたもので、その隅に載っている小さい記事が、ピンクの蛍光ペンで囲われていた。

その内容に目を通して、思わずはっとなった。

そこには、東高校の生徒が遺体で発見されたことが記されていた。四階の美術室の窓から転落死したという内容だ。

警察は、事件と事故の両面から捜査していると締め括られていた。

「これが……」

「うん。ほぼ間違いないと思う。亡くなった生徒の名前を見て」

彼女が記事に記された名前の部分を指差す。

白くて細い指だな——。

いや、今こんなことを考えているのは不謹慎だ。ぼくは、慌てて雑念を振り払い、新聞記事に記された名前に目を向ける。

〈塩見日菜〉

それが、亡くなった少女の名前だった。

「で、もう一度、さっきの写真を見て欲しいんだよね」

彼女は、改めて携帯電話のディスプレイをぼくに提示する。

よく見ると、日付の他に〈H・S〉とイニシャルらしきアルファベットが記されていた。

「つまり、これは塩見日菜さんの作品だった」

「どう？　結構、いい線行ってると思うんだけど」

ぼくの目の前に、青い光がぱっと広がり、その向こうに微笑んでいる彼女の姿が見えた。

その輝きに、ぼくは言葉を失った。

「あれ？　反応がイマイチ。この推理ダメかな？」

「いや、違います。多分、これ当たりだと思います」

単純に噂を噂として騒ぐのではなく、しっかりと情報を集めて、理論的に説明するなんて本当に凄い。

「そう思うでしょ。問題は、この少女が、なぜ死んだのか——ってところだと思うんだ」

「どうして理由が気になるんですか？」

「それはなるでしょ。もし、この少女が呪いの正体だとしたら、誰かを呪う理由があるはずだよ。何の理由もなく、他人に災いをもたらすなんて、おかしいと思うでしょ」

これまで、幽霊や呪いについて、そんな風に考えたことはなかった。

流石(さすが)、推理小説が好きというだけあって、ロジカルな思考をするタイプなのだろう。

「新聞に続報は載ってなかったんですか？」

「それが、探してみたんだけどないんだよね」

落胆はあるが、そういうものだ。

事件の第一報は報道されるものの、その後を追いかけているケースは意外と少ない。特に、新聞の隅に載るような小さい記事なら尚のことだ。

「事件があったのって、十年前ですよね。バイト先に、東高校の先輩がいるので、色々と訊いてみますよ」

ヒデさんは東高出身だと言っていた。卒業年度は分からないけど、何か知っているかもしれない。

「助かる。さすがワトソン君」

「それ止めて下さいよ」

「ごめん。そうだね。君には、ちゃんと名前があるもんね」

チャンスだと思った。

まだお互いに名前を知らない。ここで、自分で名乗りつつ、流れで彼女の名前を聞き出すことができると思ったのだけど、ぼくより先に彼女が口を開いた。

「琢海君」

「え？」

――どうして、ぼくの名前を知っているんですか？

そう訊ねようとしたのに、口をパクパクさせるだけで言葉が出てこなかった。

「それとさ、もう一つ気になってることがあるんだ。昨日も言ったけど、私が呪いの絵を見たのは初めてだったんだ。どうして、今まで見つからなかったのか、気になって仕方ないんだよね」

彼女は、ぼくの考えなどお構い無しに話を進めてしまう。

「あ、あの……せ、先輩はどう思うんですか？」

本当は名前を訊こうとした。だけど、緊張のあまりそれを訊ねることができなかった。それどころか、「先輩」と呼んでしまった。これで、もう呼び名に困ることはない。

「色々と考えてみたんだけど、今のところ何も思いつかない」

そのまま会話が進んでしまった。

完全に名前を聞き出す機会を逸(いっ)した。

情けなく思うけれど、いつまでもそれを悔(く)やんでいても仕方ない。それより——。

「あ、実は、ぼくのクラスメイトが呪いの絵を見たらしいんです」

「それ本当？」

「はい。で、そのクラスメイトたちが呪いの絵を見たのは、一昨日の夜らしいんですけど、そのときは、美術室の真ん中にイーゼルに置かれていたそうなんです」

「昨日、琢海君は棚の上に置いてあったって言ったよね」

「はい」

「ということは、誰かが場所を移動させたってことね」

彼女が顎に手を当てて、うんうんと何度も頷く。

その仕草(しぐさ)が可愛くて、思わず笑ってしまった。その途端、彼女の批難するような視線が飛んできた。

「何がおかしいの？」

「いえ。何でもないです。あ、あの、それより、昨日と一昨日で絵が置かれている場所が違うことからも、これまで美術室にあったんじゃなくて、誰かが個人的に保管していたってことは考えられませんか？」

「ああ。それはあり得るね。だけど……」

彼女は、困ったように腕組みをする。

「何です？」

「琢海君のクラスメイトが、呪いの絵を見たのは、一昨日の夜。もし、そのまま残っていたら、騒ぎになると思うんだよね」

「そうですね」

「ということは、朝までに片付けられたってことになる」

「つまり、美術室に自由に出入りできる人間が、移動させたってことになりますね」

「そう。理由は分からないけれど、呪いの絵を使って、何かを企んでいるのかもしれない——なんて」

彼女はクスッと笑ったあと、「考え過ぎだね」と自分の言葉を否定した。

だけど、ぼくは考え過ぎだとは思わなかった。具体的に、何をしようとしていたのかは分からないけれど、充分に考えられることだった。

それに、美術室に自由に出入りできる人間は、極限られている。例えば、小山田先生とか——。

「とにかく、もっと情報が欲しいな。そうだ。琢海君のクラスメイトも、呪いの絵を見たんだったね」

「はい」

「そうしたら、もう少し詳しい状況を聞き出しておいてもらえる？　そうすれば、絵が移動した理由も分かるかもしれないし」

「任せて下さい」

今、呪いの絵が移動した理由が問題になっているけど、それは河本の証言に基づくものだ。見栄っ張りの河本のことだから、話を盛っていた可能性も否定できない。本当のところを確認しておいた方がいいだろう。

「あっ、もうこんな時間。琢海君、バイトがあるんだったね」

彼女が壁に設置してある時計に目を向けながら言った。

バイトがあるので、時間制限があることは伝えておいた。どうやら、気にかけてくれていたようだ。

ありがたいけど、何だか申し訳ない気分になる。それに、何より寂しさを感じる。

「すみません」

「私が付き合わせちゃってるんだから、謝ることないよ」

「でも……」

「ほら、急がないと遅刻するぞ」

ぼくは、彼女に急かされるかたちで「それでは」と頭を下げて歩き出した。「また明日ね――」という彼女の青い声が、ぼくの視界を包む。

それだけで、気分が晴れやかになった気がした。

美術室を出るとき、部活の為に集まってきた美術部員らしき生徒たちとすれ違った。ぼくは、軽く会釈をしておいた。

誰も挨拶を返してくれなかった。幽霊部員のことなんて、知らなくて当然だ。

――そうか。

ぼくは、ようやく彼女が名前を知っていた理由が分かった。

彼女は美術部の副部長だと言っていた。部員の名簿に目を通していたのだろう。だから、ぼくの名前を知っていた。

分かってしまえば、至極単純なことだった。

納得はしたが、結局、ぼくは彼女の名前を知らない。それは、何だか不公平な気がした。

「青山――」

廊下を歩き始めたところで、パープルの声がした。小山田先生だ。

「あ、はい」

「今日は、部活に参加できるのか？」

「いえ。そういう訳では……」

「そうか。部活に出られなくても、自宅で描いた絵があれば見せてくれ。アドバイスをするくらいはできる」

小山田先生の声が、素直にぼくの心に染みた。

部活に参加しない生徒の面倒までみようとしてくれるなんて、本当にありがたい。人気があるはずだと改めて納得する。

美術部員の中には、小山田先生目当ての女子生徒が相当数いるらしいけど、もしかしたら、彼女も、小山田先生目当てで美術部に入った口だろうか？

ふと、そんなことを考えてしまい、慌ててその考えを追い払った。

別にどっちだっていい。ぼくには関係のないことだ。

割り切ったつもりだったのに、どういう訳か、胸にチクチクするような痛みが残った。

4

バイトを終え、自転車で帰路に着いた。

頭の中ではずっと彼女のことがリフレインされていた。

話している内容は、呪いの絵についてなのだが、それでも楽しかった。

ただ、十年前に死んだ少女について情報を集めると言っておきながら、残念なことに今日に限ってヒデさんが休みだった。

電話しようとも思ったけれど、急にそんなことで連絡したりしたら、妙な誤解を招いてしまいそうだし、下手したら怒られそうだ。

別に急ぐ必要はない。

これからも、彼女と過ごす時間はある。

夜風が心地良かった。

こんな風に感じるのは、ぼくが浮かれているからなのだろう。彼女の存在が、何も無いと思っていた高校生活に差した一筋の光のように思えた。

自宅マンション近くの公園に差し掛かったところで、ぼくは思わず急ブレーキをかけた。きいぃと甲高い音が鳴る。

公園の街灯の下に、妹の海空を見かけたからだ。

同じ制服を着た少女数人と話をしている。友だちと話し込んでいるのだとしたら、邪魔をするのも申し訳ない。ぼくは、黙って通り過ぎようとしたのだが、海空の方がぼくに気付いた。

「お兄ちゃん。お帰り」

「あれ、友だち？」

「あ、うん。まあ」

暗いせいもあり、海空の声がよく見えなかった。

海空は、両親が死んでから、家事を一手に引き受けてきた。休みの日だって、遊びに出かけるようなこともなく、洗濯や掃除に追われている。少しは、息抜きをした方がいいと思っていたので友だちがいるのは喜ばしい。

ぼくは、公園の街灯のところにいる海空の友だちにぺこりと会釈をした。返ってきたのは檸檬のような黄色い笑い声だった。

その態度に、少し苛立ちがあったが、まあ中学生女子なんて、あんなものかもしれない。

「お兄ちゃん。帰ろう」

海空は、そう言ってぼくの前を歩き出した。

「いいのか?」

「もう遅い時間だし」

海空の声が少しだけくすんでいた。

ぼくは、それを友だちと離れる名残惜しさだと勝手に解釈した。

海空が帰ってくるのが遅かったせいで、珍しく夕飯はできていなかった。海空はそのことを気に病んでいるようだが、それに対して文句を言うつもりはない。海空だってたまには家事をやらない日があってもいい。

仁美叔母さんが、帰りにスーパーでお惣菜を買って来てくれ、簡単に食事を済ませると、ぼくは早々に自室に入った。

「さて、どうしよう……」

十年前の件について情報を集められなかったのは仕方ない。

ただ、彼女に頼まれたことはもう一つある。恭子と河本が体験した心霊現象についての詳細を確認することだ。

かなり気は重いが、明日、改めて恭子と河本に話を聞いてみた方がいいかもしれない。

いや、止めておこう。

河本が話を盛っていたとしたら、皆の手前、本当のことを言うとは思えない。

それに、余計なことをすれば、変に河本の恨みを買うことになり兼ねない。そもそも、どうして河本はあんなにもぼくに敵意を剝き出しにするのだろう。恭子のことで嫉妬するなら相手が違う。

八雲のはずだ――。

ふっと目の前に八雲の赤い声が蘇る。

八雲は、遊び半分で呪いに関わるな――という忠告をしてきた。どうして、わざわざあんなことを言ったのだろう。

あの口ぶりからして、八雲が呪いの絵について何か知っているのは間違いない。

いったい何を知っているのか？

問い質したい気持ちがない訳じゃない。でも、相手が八雲となると、どうにも聞き出しにくい。

血のように赤い声は、まるで望んで誰かを傷付けているように見える。

視界に入るもの全てに対して、憎しみをぶつけているような――いや、もしかしたら、あれは自分自身に向けられたものなのかもしれない。

己の存在を否定するあまり、他者を近付けようとしない……。

「考え過ぎか」

呟いたところで、携帯電話が鳴った。

ディスプレイに表示されたのは、知らない数字の羅列だった。誰だろう？　困惑しながらも電話に出る。

「もしもし――」

〈琢海君。私、私。恭子〉

独特の黄色い声が目に飛び込んできた。

「え？　何で？」

まさかの相手に、自然と声が出てしまった。

〈何でってことはないでしょ。今日、せっかく話そうと思ったのに、逃げちゃうんだから〉

確かに教室を出るとき、恭子に声をかけられたのに振り切って出て来た。

だが、問題はそこじゃない。

「どうして番号知ってるの？」

恭子に携帯電話の番号を教えた覚えはない。

〈マサ君から聞いた。塾が一緒でさ〉

恭子は、ぼくの中学時代の同級生の名前を挙げた。

電話番号を知った理由には合点（がてん）がいったけど、どうして恭子がそうまでして電話してきたのかが分からない。

「そうなんだ。それで、どうしたの？」

〈だから、話の続きをしようって思ったの〉

「話の続きって、呪いの絵のこと？」

〈うん。琢海君も呪いの絵を見たんでしょ。違う？〉

「どうしてそれを？」

〈私たちが幽霊を見た次の日、琢海君が美術室から出て来るのを見ちゃったんだよね〉

　言い逃れしようかと思ったが、よくよく考えるとこれは情報を引き出す好機だ。電話なら河本に横槍（よこやり）を入れられることもない。

「うん。見た」

〈やっぱり……〉

「あのさ。改めて訊きたいんだけど、呪いの絵は、美術室の何処にあった？」

〈河本が言ってた通り、真ん中に置いてあったよ。何で？〉

「ぼくが見たときは、違う場所にあったから……」

河本のあの話は、嘘ではなかったようだ。まあ、苦手意識があるからといって、その発言全てを疑ってしまうのも良くない。

〈ねぇ。それより、これからどうしようか?〉

恭子は、呪いの絵があった場所には、さほど興味がないらしい。

「どうするとは?」

〈だって、呪いの絵を見ちゃったたってことは、災いが降りかかるってことでしょ。私たち、これからどうすればいいと思う?〉

恭子の黄色い声が、やたらと視界にまとわりついてくるような気がした。

「それは河本も一緒だろ」

〈河本は、もう災いが降りかかったんだからいいんだよ。私と琢海君はまだでしょ〉

——ああ。そういうことか。

そういう意味では、彼女も含めて三人ってことになるのだが、そのことは敢えて伏せておいた。

「でも、本当に災いなんて起きるのかな? 河本は階段を踏み外しただけだろ」

〈違うよ。私もちゃんと見たんだもん。あのとき、確かに制服を着た女の幽霊がいたの。頭から血を流していて、恨めしそうにこっちを見ていた……〉

「どんな顔をしていたのか覚えてる?」

ぼくが訊ねると、恭子は少し黙ったあと、〈暗くて見えなかった〉と答えた。だが、それを責めることはできない。

ぼくも、準備室で見た幽霊の顔をはっきりとは覚えていない。

〈河本はあの程度の怪我で済んだけど、私たちはそうじゃないかもしれない。もしかしたら、殺されるようなことになるかも。現に交通事故に遭った美術部の生徒は、未だに入院中なんだって〉

「そんな怯える必要はないって」

ぼくは、優しく慰めたのだが、恭子は不安が大きくなっているらしく、言葉が止まらなかった。

〈でも、絶対にヤバいと思う〉

「大丈夫だよ。あんなのは迷信だから」

〈どうして、そう言い切れるの？〉

「呪いなんて無いよ」

〈嘘吐き〉

「え？」

〈呪いを信じてないなら、どうして三年の先輩と色々と調べてるの？〉

別に隠し立てしていた訳ではないが、恭子の情報の速さに驚かされる。

「いや、あれは……」

〈私の話は聞かなかった癖に、あの先輩とは色々と調べちゃうんだ〉

恭子は怒っているらしく、その黄色い声の塊(かたまり)は、ぎざぎざに尖っていた。

「別に、そういう訳じゃ……」

〈っていうか、あの先輩は止めた方がいいよ〉

「何の話?」

〈私、同じ部活の先輩から聞いたんだ。あの人、小山田先生の愛人なんだって〉

「……………」

言葉が出なかった。

恭子の声は尖っていたけど、嘘を示す黒い染みはなかった。

〈まあいいや。こんなことが言いたかったんじゃないの。ただ、呪いの絵の災いから逃れる為に、協力しようって話〉

「あ、うん。そうだね……」

ぼくは、曖昧に返事をして電話を切った。

鬱々(うつうつ)とした気分になって、ぼくはベッドに倒れ込んだ。

色々と頭の中がぐちゃぐちゃになっている。呪いの絵のこともそうだけど、何より、彼女にまつわる話が、ぼくの心に重くのし掛かってくる。

彼女が小山田先生の愛人——否定しようと躍起になってみたけれど、ぼくにはそうするだけの材料が何もない。

こんな風に、考え事をしているときは、眠れないことが多いのだけれど、どういう訳かどんどんと瞼が重くなってきた。

意識が別の何かに引き摺り込まれるような感覚だった。抗おうとするほどに、ぼくの意識が闇に包まれる。

気付くと、ぼくは学校の校舎のベランダに立っていた。

振り返ると窓とその奥にある部屋が見えた。自分の教室ではなく、美術室らしかった。

部屋の中から、じっとこちらを見ている人の姿があった。

いや、あれは人ではない。

絵だ——。

呪いの絵が窓越しにじっとぼくを見ている。

その冷たい視線に誘われるように、ぼくはのろのろとベランダの手すりを登った。

登りたかった訳でもないのに、自然に身体が動いてしまった。

気付いたときには、ベランダの手すりの上に立っていた。

風が吹く度に身体が揺れる。

——嫌だ。

そう思っているのに、どうしても身体が言うことを聞かない。

ずるっと足が滑り、ぼくの身体は真っ逆(まさか)さまに転落していく。迫ってくるアスファルトを見ながら、「うわっ!」と声を上げる。

目の前に広がっていたのは、見慣れた自室の天井だった。

どうやら、また夢を見ていたらしい。

これは、本当に夢なのだろうか?

もしかしたら、これこそが呪いの絵からもたらされる災いなのかもしれない——。

5

昨晩、色々と考えてしまい、今日の授業はほとんど集中できなかった。

眠ってしまうと、また嫌な夢を見るような気がして、うとうとはするものの、慌てて身体を起こすということを繰り返していた。

「大丈夫?」

昼休みに、恭子が声をかけてきた。

いつもは眩しいくらいの黄色なのに、今日はいつもより暗い色をしていた。やはり、呪いの絵のことが相当に引っかかっているのだろう。

「あ、うん。全然、大丈夫」

「急に電話とかしちゃってごめんね」

囁くように恭子が言う。

多分、ぼくが眠そうにしているのは、昨晩、自分が電話をしてしまったせいだと思っているのだろう。

「全然大丈夫だよ」

作り笑いを浮かべつつ、曖昧に誤魔化しておいた。

恭子が立ち去るのと同時に、ちっと舌打ちが聞こえた。顔を見るまでもなく、それが誰なのか分かった。滅紫色の声から大量に棘が飛び出して、ぼくに襲いかかろうとしている。

河本は、ぼくと恭子が話をしているのが気に入らないのだろう。事情を説明する気にもならず、ぼくは無視することにした。

午後からの授業は、睡魔に襲われて完全に眠ってしまっていた。幸いなことに夢を見ることはなかった。

授業が終わると、ぼくは手早く帰り支度をして美術室に向かった——。

気を抜くとすぐに歩調が速まってしまう。彼女の顔を早く見たいという願望がそうさせているのだろう。

呪いの絵について話すだけなので、彼女のパーソナルな情報は未だにほとんど知らない。

分かっているのは、三年生ということくらいで、個人的な連絡先も知らないし、名前すら聞き出せていない始末だ。

先輩と呼んでしまったのが間違いだった。名前を知らなくても、会話が成立してしまう。そうなると、今さらという感じもする。

パーソナルな情報は全く知らないけれど、短い時間の中で、彼女の人となりは理解しているつもりだ。

彼女は、考えるときにシャーロックハンドをする。楽しくなってくると、身振り手振りが大きくなる。少し息を吸った引き笑いをする。

些細(ささい)なことだけれど、彼女の存在を身近に感じられるし、青い声色を背景に、その表情を眺(なが)めているだけで楽しかった。

だけど——。

美術室の戸の前で足を止めた。

昨晩、恭子から聞いた話が頭から離れない。忘れようとするほどに、深く刻みつけられていく気がする。

彼女は、本当に小山田先生と？　いや、考えるのは止めよう。そもそも、小山田先生は既婚者だ。そんな人が、女子生徒に手を出したりしないはずだ。

ぼくは、気持ちを切り替える為に大きく深呼吸してからノックをした。

返答はなかった。

そっと戸を開けて中を覗いてみる。誰かいたら、気まずいなと思っていたのだが、がらんとした空間が広がっているだけで、人の姿はなかった。

少し早く来過ぎたのかもしれない。

取り敢えず待つしかなさそうだ。近くにあった椅子に腰掛けようとしたとき、ガチャッと準備室のドアが開き、彼女が顔を出し、こっちにおいで——という風に手招きする。

ぼくは、思わず緩みそうになった頬を、慌てて引き締め、準備室に向かって歩みを進める。

いつもは、美術室で話すのに、どうして今日に限って準備室にいるのだろうか？　何かそうしなければいけない理由があるのかもしれない。

彼女に招かれて、準備室に入ったぼくは、思わず息を詰まらせた。

そこには、彼女以外の人物の姿があった——。

「斉藤八雲——」

その名を口にすると、彼は眠そうな目でぼくを一瞥した。

鋭く尖った視線は、ぼくの心の深い部分に突き刺さり、何とも言えない痛みを生み出した。

「あれ？　君たち知り合い？」

彼女がぼくと八雲を交互に見ながら訊ねてくる。

「はい。同じクラスです。今日、午後の授業に出ていなかったよね？」

八雲は学校には来ているが、ときどき教室を抜け出すことがある。ホームルームはいたのに、一限目に教室にいなくて、三限目に戻って来たりということを繰り返している。今日は、昼休み以降にいなかったので、早退したものとばかり思っていた。

「出る必要性を感じなかった」

八雲が例の赤く冷たい声でボソッと言う。

彼の声の音量は小さいのに、なぜかぼくの視界に鮮烈な色を残す。

「何だ。知り合いだったのか。だったら都合がいいね」

何が都合がいいのかさっぱり分からない。だけど、嫌な予感しかしなかった。

「どういうことですか？」

おそるおそる訊ねる。

「さっき、美術室の前を斉藤君がうろうろしていたんだよ。それでね、何をしているのか問い質したの。そしたら、斉藤君も美術室の呪いの絵について調べているんだって」

彼女が、大げさに手を動かしながら口にする。

その動きからしても、声からしても、彼女が興奮しているのが分かる。分かってしまう。だからこそ余計に、ぼくの中に落胆が広がった。

彼女は喜んでいる。

「それで、今日から斉藤君も一緒に呪いの絵について調べようってことになったんだ」

ある程度、予想はしていたけれど、彼女の言葉によって奈落の底に突き落とされたような気分になる。

ぼくにとって、彼女と二人で過ごす時間は、何にも替え難いものだった。

でも、彼女にとっては、そうではなかったのだろう。好奇心を満たす為なら、相手はぼくでなくても良かったんだ。だから、八雲を引き入れようとしている。

こうやって改めて見ると、八雲と彼女はお似合いな気がした。八雲は寡黙で、彼女は饒舌とタイプは違うが、そのアンバランスさが、逆にマッチしているように思えてしまった。

「そんな話をした覚えはない」

八雲の赤く冷たい声が視界を切り裂いた。

「あれ、そういう話だったと思うけどな」

「ぼくはただ、呪いの絵について、知っていることがあるなら教えろと言っただけだ」

「そうだっけ……」

「悪いが、ぼくはアホみたいな探偵ごっこに付き合うつもりはない」

「ごっこって、別にそういう訳じゃ……」

「なら、どういう訳だ？　面白半分に心霊現象に首を突っ込んで、引っ掻き回すのは止めろ。だいたい……」

「斉藤だって同じだろ」

ぼくは、堪らず二人の会話に割って入った。

これ以上、彼女のことを悪く言われるのは我慢ならなかった。

「どういう意味だ？」

八雲が視線をぼくに向けた。

睨んだ訳ではない。ただ見ただけだ。それなのに、ぼくは一瞬、彼の迫力に息を呑んだ。でも、このまま黙っているなんてできない。

「斉藤だって、呪いの絵のことを調べているんだろ。だったら、ぼくたちと同じじゃないか」

「ぼくは遊びじゃない」

「こっちだって遊びじゃないよ。真剣に謎を解こうとしているんだ」

「解いてどうする？　青山には何もできないだろ」

「だから、それは斉藤だって同じじゃないか。幽霊に対して何もできないだろ。それとも、除霊ができるとか言い出すのか？」

勢いで口から出た言葉だった。だが、それは踏み込んではいけない領域だったのかもしれない。

八雲の表情が、さっきまでとは明らかに違った。

それは、声にも現れていた――。

「そうだよ。何もできない。だけど、それでも違う」

あれほど鮮やかな八雲の声に、どす黒い何かが混じったような気がした。

「一緒だって」

「何も知らない癖に、偉そうに喋るな。とにかく、これ以上、面白半分に心霊現象に首を突っ込むな。本当に死ぬぞ――」

それだけ言い残すと、八雲はぼくを押し退けるようにして準備室を出て行こうとする。

彼は、これ以上の会話を拒絶している。それは分かるけど、ぼくは退き下がることができなかった。

彼女にあんな酷い言葉を浴びせたのだ。せめてひと言謝るべきだと思ったのだ。

「待って」

ぼくは、咄嗟に八雲の腕を摑んだ。

八雲は小さくため息を吐くと、ゆっくりとこちらを振り返った。

光の加減のせいか、彼の左眼が少しだけ赤みを帯びているように見えた。

「ぼくに触るな」

「先輩に謝れよ」

「放せ」

八雲は、短く言うと強引にぼくの腕を振り払った。

踏ん張ろうとしたけど上手くいかず、ぼくは尻餅を突く格好になってしまった。

「大丈夫？」

彼女がすぐにぼくの方に駆け寄って来る。

「は、はい」

ぼくが立ち上がるのと同時に、準備室のドアがバタンっと閉まった。その刹那、もう一度だけ八雲と目が合った。

それが、酷く悲し気に見えてしまった。

「ごめん。私のせいで……」

ぼくの前に立った彼女は、申し訳なさそうに項垂れた。目の前に広がる彼女の声に波紋が広がる。

こんな哀しい彼女の声は見たくなかった。

「違いますよ。先輩が悪い訳じゃないです」

「違うの。私が悪いんだよ。斉藤君の言う通りだよ。呪いの絵の真相を暴いたところで、何かできる訳じゃないのに……」

「それは、彼も同じだと思います」

「そういうことじゃないよ。私が呪いの絵のことを調べようって言い出したのは、単なる自己満足なんだよ。だから、ごめん。この件は、もうなしにしよう」

「え？」

「今まで、付き合わせちゃってごめんね」

――嫌だ。

この時間がなくなったら、彼女との接点が消えてしまう。せっかく、近付けたと思ったのに、こんなにもあっけなく終わってしまうのは、どうにも我慢ならなかった。

だけど、彼女の声から発せられた深い青からは、迷いも躊躇も感じられなかった。

それが分かってしまったからこそ、ぼくは何も言えなくなった。

「じゃあね」

彼女は、そう言って準備室を出て行った。

——追いかけなきゃ。

別に呪いの絵のことなんてどうでもいい。彼女が真相究明を止めるなら、それでもいい。ただ、このまま行かせてしまったのでは、二度と彼女との繋がりが持てない。これからも、一緒に話をしましょう——そう言うつもりで準備室のドアを開けた。だけど、美術室に彼女の姿はなかった。

廊下に出て見たけど、やっぱり彼女の姿を見つけることはできなかった。

6

コンビニのレジに立ちながらも、ずっと彼女のことばかり考えていた——。

彼女は、呪いの絵の真相を暴くことを自己満足だと言った。

普通に考えれば、自らの好奇心を満たす為——ということになるのだろうが、それとは少し違っていたような気がした。

具体的に何なのかは分からないけれど、呪いの絵の調査をすることで、別の何かを引き出そうとしていたような気がする。

まあ、今さら、そんなことを考えても意味はない。彼女との繋がりは絶たれてしまったのだ。もちろん、同じ学校の三年生ということは分かっているのだから、直接会いに行けばいいのだが、それをする口実がない。

「琢海君」

珍しくシフトが一緒になった店長に声をかけられ、ぼくは我に返る。見ると、レジ前に行列ができていた。考えごとをしていて、全く気付いていなかった。ぼくは、慌てて接客を始めた。

「大丈夫？　体調が悪い？」

客足が引いたところで、店長が声をかけてきた。

「いえ。全然大丈夫です」

「そうは見えないな。最近、ずっと出ずっぱりだっただろ」

「はあ」

確かに、このところ出勤が続いていたのは事実だが、さっきぼうっとしていたのは、違う理由だ。

説明しようかと思ったが、そうすれば余計にややこしくなるだけだ。

「うん。今日は、もう上がりにしよう。大丈夫、あと少しでエミちゃんも来るから」

「でも……」

「琢海君は、貴重な戦力なんだ。倒れられたりしたら大変だよ」

店長が、半ば強引にぼくの背中を押して休憩室に追いやる。体調は悪くないが、寝不足のせいもあってか、集中できていないのは確かだ。ここは、素直に従っておこう。ぼくは「すみません」と頭を下げて帰らせてもらうことにした。

店の外に出たところで、いつもより早く帰ることを海空に連絡しておこうと思い立ったのだが、ポケットに入れておいたはずの携帯電話が見当たらなかった。

休憩室に置きっぱなしにしたのかもしれない。ぼくは、慌てて舞い戻ったが、やはり見つからなかった。

ここにないということは、おそらく学校だ。

まだ七時を少し過ぎたくらいだ。学校には誰かいるだろう。店長が早上がりにしてくれたのが幸いした。もし、通常のシフトだったら取りに戻るのは難しかったかもしれない。とにかく、急いで学校に戻ろう。

ぼくは再び店の外に出て、自転車に跨(また)がると、猛スピードで学校を目指した。

校門は少しだけ開いていて、一階にある職員室の窓には明かりがポツンと灯っていた。良かった。まだ教師の誰かが残っているらしい。

ぼくは、門の脇に自転車を停めたあと、学校の敷地(しきち)に足を踏み入れると昇降口に向かった。

「こんな時間に何をしている？」

校舎に入ろうとしたところで、声をかけられた。

灰色の声。三井先生だった。

「あ、えっと、携帯電話を学校に忘れてしまったみたいで……」

「そうか。閉じ込められないように、職員室に声をかけていくようにしなさい」

三井先生は、それだけ言い残すと校舎を出て、帰って行ってしまった。

確かに三井先生の言う通りだ。

閉じ込められたりしたら、かなり厄介なことになる。一応、中にいることを伝えておく必要があるだろう。

「失礼します」

ノックしてから職員室の戸を開けると、中には島崎先生が残っていた。

「青山君。こんな時間にどうしたんですか？」

「携帯電話を忘れてしまいまして。少し入ってもいいですか？」

「分かりました。終わったら、声をかけて下さい」

島崎先生は、そう言うと慌ただしく何処かに電話をかけ始めた。

「ありがとうございます」

ぼくは一礼してから、急いで教室に向かう。

暗いせいか、階段や廊下の空気が、いつもより密度が濃い気がした。このまま、ぼく自身を呑み込み、押し潰してしまうのではないかという、奇妙な感覚だった。

教室の戸を勢いよく開ける。

当然、誰もいないものとばかり思っていた。

それなのに——教室の窓際に立っている人影が見えた。

「はっ」

あまりのことに、悲鳴を上げそうになったが、両手で口を塞いで慌ててそれを呑み込んだ。

その人影は、ぼくの存在に気付いたらしく、ゆっくりとこちらに顔を向ける。

こっちは驚きで飛び上がりそうだというのに、その人物の緩慢ともいえる動きに、違和感を覚える。

——誰だ？

ぼくは、硬直したまま内心で呟く。

その問いに答えるように、その人影は、暗い影から窓から差し込む月明かりの中に歩み出た。

青白い光を浴びて、その顔が浮かび上がる。

八雲だった――。

放課後の美術室での一件が尾を引いていて、何だか複雑な心境だった。

八雲が余計なことを言わなければ、彼女との繋がりを断ち切られずに済んだのに――。

ぼくの視線に気付いたのか、彼は僅(わず)かに眉間に皺を寄せたあと、視力検査をするみたいに、左手で自らの左眼を覆った。

――何をしているんだ？

「そうか。そういうことか……紛らわしい」

八雲の赤い声が、矢のように鋭くぼくの視界を斜めに横切った。

紛らわしいってどういうことだ？　そもそも、彼はどうしてこんな時間に、こんな場所にいるのか？

色々と疑問が浮かんだが、それを口に出すことはできなかった。

困惑するぼくを尻目に、八雲はガリガリと頭を掻きながら、教室を出て行こうとする。

「ちょっと」

ぼくは思わず八雲を呼び止めた。

「何？」

「美術室でのことだけど……」

「ぼくは忠告はした。後は好きにすればいい」

それだけ言い残すと、八雲は教室を出て行ってしまった。

「何なんだ……」

苛立ちが募ったが、今はそのことより携帯電話だ。

ぼくは、自分の机の中を確認してみたが、携帯電話は入っていなかった。

──絶対、ここだと思っていたのに。

改めて頭の中で自分の行動を反芻する。やがて、美術室での出来事に行き当たった。

あのとき、ぼくは八雲に突き飛ばされる格好になり、尻餅を突いてしまった。落としたとしたら、美術室かもしれない。

ぼくは、教室を出ると美術室に向かった。

──でも、この時間はもう閉まっているかもしれない。

階段を昇りながら、そのことに思い至った。職員室に戻って、美術室の鍵を借りようと思ったけれど、もうすぐ四階に着いてしまう。

先に、開いているか確認してからにしよう。

四階に到着したところで、ふっと誰かが廊下を走って行く後ろ姿が見えた。黒く長い髪が揺れている。

——あの後ろ姿は、彼女なのだろうか？

ぼくが足を止めているうちに、彼女は美術室の中に入って行ってしまった。

部活動は、もうとっくに終わっているはずなのに、こんな時間まで何をしているのだろう？

この先には、足を踏み入れてはいけない感じがする。だけど、その反面、引き寄せられる部分もあった。

気付いたときには、廊下を進み、美術室の戸を引いていた。

すんなりと戸は開いた。さっき、彼女が入って行ったのだから当然だ。だけど、妙なことに電気が点いていなかった。

どうして暗いままなのだろう？

疑問を抱いたとき——青い声がすっと視界に流れてきた。

「お願い。もう止めて。あなたは、いったい何人の人を傷付けたら気が済むの」

彼女の声に違いなかった。

それは、青くはあったけれど、これまで感じていた透明な青さではなく、視界を遮る暗さをもった青だった。

でも、美術室に彼女の姿はない。おそらく、準備室からなのだろう。ドアの隙間（すきま）から、微かに光が漏れているのが見えた。

暗闇の中、気付かれないように一歩ずつ慎重に歩みを進める。

心臓が激しく脈動して、胸を内側から強く叩く。

「私を弄(もてあそ)んだだけじゃ、気が済まないの？　お願いだから、もう誰も傷付けないで」

ぼくは、彼女の放った言葉にドキリとする。

弄ぶとは、いったいどういうことだ？　彼女は、誰かに傷付けられたのだろうか？

いったい誰に？

考えるまでもない。昨日、恭子が言っていた。彼女と小山田先生は、交際している
――と。

認めたくはないけれど、会話の内容からしても、これは彼女と小山田先生の諍(いさか)いの声なのだろう。

「お願いだから、もう終わりにして――」

彼女の青い声は、一際大きく広がったかと思うと、すぐに泣き声に変わった。とても、悲しい色だった。

こっちまで泣きたくなってしまうほどだ。

さらに、歩みを進めようとしたのだが、その拍子にうっかり机を蹴(け)ってしまった。

バタンっと大きな音がして机が倒れる。

慌てて机を元に戻したけれど、それで音をなかったことにはできない。確実に気付かれた。

案の定、準備室のドアが開いて、中から小山田先生が出てきた。

「青山か。こんな時間に何をしているんだ？」

小山田先生のパープルの声は、昼間に見たのと別人なのではと思うほど歪んでいた。

「あ、えっと、携帯電話を落としたみたいで……その……多分、美術室だと思ったんですけど……」

「ああ。それなら、落とし物として預かっていたな。これか？」

小山田先生は、ポケットの中から携帯電話を取り出し、それをぼくに差し出した。

「あ、それです。ありがとうございます」

ほっとしつつ携帯電話を受け取る。

「用が済んだら、帰りなさい」

「はい」

返事をして背中を向けたが、やはりどうしても気になった。

「あの。さっき女子生徒が美術室に入って来ませんでしたか？」

ぼくが訊ねると、小山田先生は眉を顰めて「ん？」と首を傾げる。

「小山田先生は、こんな時間に何をしているんですか？」

ぼくは、ぎゅっと拳を握りながら質問を重ねる。

「一人で生徒たちの成績を付けていただけだ」

嘘だった――。

小山田先生の声が、中心から黒く染まっていく。

やはり、今、準備室の中には彼女がいる。

聞こえてきた内容から察するに、小山田先生が彼女を傷付けたのだ。

弄ぶという言い方をしていたからには、恋愛のいざこざといったところだろう。もしかしたら、彼女が呪いの絵の真相を突き止めるのは、自己満足だと言っていたが、その辺のことが関係しているのかもしれない。

「本当に誰もいませんか？　確認してもいいですか？」

「さっきから何を言っているんだ。いいから早く帰りなさい」

小山田先生が、ぼくの胸を強く押した。

ここまで抵抗するからには、やはり準備室に彼女がいるのは間違いないだろう。強引に踏み出そうとも思ったけれど、結局、ぼくは何もできなかった。

二人の恋愛のいざこざなのだとしたら、ぼくが出て行ったところで、どうなるものでもない。むしろ邪魔者でしかない。

ぼくは、小さくため息を吐いてから美術室を後にした。

そもそも、名前すら知らない彼女が、誰と恋愛をしていようと、ぼくには関係のないことだ。それなのに——。

「嫌だな……」

階段を降りながら、思わず言葉が口を突いて出てしまった。

職員室に行き、島崎先生に要件が終わった旨を伝え、昇降口から校舎を出た。ふと視線を上げると、美術室のベランダに、美術準備室には、まだ明かりが灯っていた。

美術室のベランダに、人が立っているのが見えた。学生服を着た少女だ。ロングの黒髪が風に揺れている。

あれは、彼女かもしれない——。

だけど声をかける気にはならなかった。とぼとぼと歩みを進め、校門を出て自転車に跨がろうとしたところで、また彼の姿を見かけた。

——斉藤八雲。

校門の脇に立った彼は、左眼を押さえてじっと美術室の窓を見つめていた。

そういえば、さっき教室で会ったときも、左眼を押さえていた。痛みでもあるのだろうか。

ぼくに気付いたのか、八雲が一瞬だけこちらに目を向けたが、すぐに美術室に視線を戻してしまった。

小山田先生に、絵の呪いが降りかかればいいのに――自転車を漕ぎ出しながら、ふとそんなことを思った。

7

帰宅したときには、夜の八時を回っていた――。

仁美叔母さんがもう帰っているかと思っていたが、家にいたのは海空だけだった。いつものようにキッチンで料理をしている。

「ただいま」

「お帰り」

海空が料理をしながら応じる。

その声は、何処かくすんでいるようだった。あまり元気がないのだろうか。

「疲れてる？」

「どうして？　全然、元気だよ」

海空は笑顔を見せたが、目の辺りが少し赤く腫れぼったい。

「目どうした？」

「あ、ゴミが入ってちょっと擦っちゃったんだよね」

笑顔を浮かべてはいたが、そこには嘘の色があった。

友だちと喧嘩でもしたのかもしれない。あるいは、年頃だし失恋ということも考えられる。

「何かあったんなら、相談乗るぞ」

「別に、お兄ちゃんに相談するようなことないし。それより、そっちこそ何かあったんじゃないの？」

「別に何も無いよ。あっ、学校に携帯忘れて取りに戻ったくらいかな」

「嘘吐き」

海空が怒ったように睨んできた。

「何で嘘吐きになるんだよ」

「だって、お兄ちゃんここ最近、ずっとにやにやしてたんだよね。いいことあったのかなって思ってたのに、今は世界の終わりみたいな顔してる。多分だけど、女の子に振られたんでしょ」

鋭い指摘に思わず息を詰まらせる。

当たらずとも遠からずという奴だ。だが、それを素直に認める気にはならなかった。

「お前の洞察力も宛てにならないな」

「絶対に当たってると思うんだけどな」

「全然外れだよ。それより、何か手伝うぞ」

「ご飯はもうすぐ作り終わるから配膳手伝って」

「はいよ」

「あと、仁美叔母さんは仕事が長引いて、ちょっと遅くなるから先に食べていていいって」

「このところ毎日だな」

「そうだね。もっと負担を減らしてあげたいんだけど、私にできることって限られてるから……」

海空がふうっとため息を吐いた。

きっと海空も、ぼくと同じことを考えているのだろう。負担にならないようにと、進学も諦めているに違いない。

ここ数日、彼女と再会したことで、色々とあったけれど、今になって思えば、これで良かったような気がする。

恋愛にうつつを抜かしているような状況にない。仁美叔母さんに迷惑をかけない為にも、海空の可能性を奪わない為にも、今はできるだけお金を貯める必要がある。微々たるものかもしれないけれど、今は辛いかもしれないけれど、きっといつか甘くなるから――。

食事を終え、部屋に戻ったぼくは、ベッドに仰向けに倒れた。

そうだ。携帯電話――。

ぼくは鞄の中から携帯電話を取り出した。

ふと、頭の中に美術室で聞いた彼女の声が蘇った。とても、悲しい声だった――。

彼女と小山田先生が恋愛関係にあった。最初は疑念だったけれど、改めて考えると、それは確定事項のように思えた。

別に、彼女の恋愛に口を出すつもりはない。

だけど、小山田先生は既婚者だ。いわゆる不倫ということになる。彼女が道ならぬ恋に走っているなんて、考えただけで頭がおかしくなりそうだった。

でも――。

それは、ぼくの勝手なイメージに過ぎない。ぼくが、彼女に対して幻想を抱いてしまっているだけだ。自分の想像と違ったからといって、それを責めるのも、失望するのも、お門違いなのだ。

想い出の中で彼女を憧(あこが)れとしておけば良かった。変に知ろうとしたのが、そもそもの間違いだったのだ。

ぼくは、深呼吸をしつつ携帯電話の画面のロックを解除しようと、パスワードを入力したのだが、どういう訳かエラーが表示されて、画面を開くことができなかった。入力を間違えたのだと思い、改めてパスワードを入れてみたが、何度やっても結果は同じだった。

パスワードを変えた記憶はないのに、おかしいな。

「あれ？」

思わず声が出た。

パスワードのことで頭がいっぱいで、全然気付かなかったが、よく見ると機種は全く同じだけど、これはぼくの携帯電話ではない。

確認の為に、携帯電話の背面のパネルを外してみる。

そこには、家族で旅行に行ったときに撮ったプリクラが貼り付けてあったはずなのに、それがなかった。剝がした跡も残っていない。

小山田先生から渡され、その場で確認せずに持って来てしまった。ぼく自身、彼女のことで頭がいっぱいだったというのもあるが、おそらく小山田先生もそうだったのだろう。突如として現れたぼくの存在に動揺していて気付かなかった。

今から戻ったとしても、流石に学校には誰もいないだろう。本当は、会いたくないけれど、明日、改めて小山田先生のところに行くしかない。

――嫌だな。

嫌な記憶を振り払うように、小説を手に取ってみたが、いつもと違って作品世界に没頭することができなかった。

本を閉じ、しばらくベッドに横になっていたのだけれど、ふと思いつき身体を起こすと、部屋の隅に纏めて置いてあった画材の中からスケッチブックを取り出した。

空白のページを開くと、そこに彼女の姿を描き始めた。

窓際に佇み、黒い髪を揺らしている彼女の姿。ぼくの知っている彼女。それを描くことで、恭子から聞いた話とか、美術室で聞いた声とか、そういうことを全部記憶から抹消できる気がした。

ぼくが知る、ぼくのイメージする彼女の姿――。

現実と違っていてもいい。幻想を抱いて何が悪い。ぼくは、ぼくの理想とする彼女の姿を記憶に留めておけば、それでいい。

紙の上を、鉛筆が走る音が心地良かった。

一通り描き終えたところで、ガチャッと玄関のドアが開く音がした。仁美叔母さんが帰って来たようだ。

いつもなら、海空がすぐに出迎えに行くところだが、今日はその気配がない。誰もいかないのは感じが悪い。ぼくは、ベッドから身体を起こして部屋を出た。

リビングに顔を出すと、仁美叔母さんは、かなり疲れているらしく、ソファーに身体を預けてぐったりしていた。

「お帰りなさい。遅かったですね」

ぼくが声をかけると、仁美叔母さんは慌てて身体を起こした。

「そうね。会議とかあって仕事が長引いちゃって……」

――嘘の色だ。

元の色が失われるほど、仁美叔母さんの声は黒かった。

きっと、帰りが遅くなったのは、仕事ではなく、この前見た男性と何かあったからに違いない。

本当は気遣うべきなのかもしれないけど、ぼくは気付かないふりをする。

こうして、都合のいいときだけ、子どもとして振る舞うのは、卑怯だろうか――。

「食事、温め直しますね」

ぼくが、ダイニングテーブルの皿を運ぼうとすると、仁美叔母さんは「そのままでいいわ」と力なく首を振った。

「ちょっと食欲がなくて……」

「体調が悪いんですか？　薬とか買って来ましょうか？」

「大丈夫。ちょっと疲れただけだから」

「そうですか……」

本人が大丈夫だと言っているのであれば、それ以上、どうこうするつもりはない。

「ねぇ。琢海君。どうして敬語を止めないの？」

立ち去ろうとしたところで、唐突に質問を投げかけられた。

「どうしてって言われると……自分でも、ちょっと分からないです」

ぼくが共感覚のことで、仁美叔母さんに相談に乗ってもらっていたときは、こんな風に敬語を使っていなかった。

お互いに、もっとフランクに話をしていた。

自然に笑い、心の内にあるモヤモヤを吐き出していたように思う。何より、今みたいに声に黒さが混じることとなんてなかった。

「私って、そんなに頼りない？　あなたたちの保護者として、ちゃんとしようって頑張ってきたつもりだったけど、他人のままなのかな？」

今の言葉で理由が分かった気がする。

仁美叔母さんは、いい保護者であろうと頑張り過ぎている。それが分かるからこそ、ぼくも迷惑をかけまいと気を遣う。きっと海空も、聞き分けのいい子どもであろうとしている。

そうやってお互いに気を遣い合っているから、弱みは絶対に見せない。それは、無意識下で壁となってしまっている。

そこまで分かっているなら、改めればいいのかもしれないけれど、ぼくにはそこを踏み出す勇気がなかった。

「別に、そういうつもりじゃないんです。すみません。今後、気を付けるようにします」

ぼくが敬語で答えると、仁美叔母さんは「まあ、いいわ。そのうちね――」と苦笑いを浮かべた。

「状況によっては、引っ越すっていうのもありかもしれないわね」

ぼくが部屋に戻ろうとしたところで、仁美叔母さんがポツリと言った。

両親が死んだとき、京都に住んでいる父方の祖父母が引き取るという話もあった。ただ、ぼくと海空が中学在学中であったこともあり、あまり環境を変えない方がという判断から、仁美叔母さんと同居することになったのだ。

ただ、仁美叔母さん一人で、ぼくたち二人の面倒を見るというのは、やはり無理があったのかもしれない。

ぼくたちの存在が、仁美叔母さんの自由を束縛してしまっているのだとしたら、そういう選択もありかもしれない。

「そうですね」

ぼくは、囁くように答えると、仁美叔母さんの返答を待たずに部屋に戻った――。

8

翌朝ぼくは、いつもよりかなり早い時間に家を出た――。

小山田先生も、携帯電話の取り違いに気付いているだろうから、連絡があると思っていたのだが、結局音沙汰(おとさた)なしだった。

なので、朝一で学校に行って、小山田先生を捕まえようと考えたのだ。

早朝の学校は、しんと静まり返っていた。

まだ、誰も来ていないようだ。仁美叔母さんより、早い時間に家を出た。少しばかり早過ぎたかもしれない。

ただ、校門の門扉が半開きになっていた。

ぼくは自転車を押して、校門を抜けて敷地の中に入った。

校舎を見上げると、四階の美術室の窓が開いていた。カーテンが風に煽られて、ばさばさとなびいている。

「もう、いるんだ」

美術部が朝練をしているなんて話は聞いたことがないが、窓が開いているということは、誰かが来ているということだ。

本人がいてくれればラッキーだ。

ぼくは、昇降口に向かい、扉を開こうとしたが、鍵がかかっているらしく開かなかった。

――あれ？

念の為、隣の扉に手をかける。こちらも開かなかった。やっぱり閉まっているのかな？　そう思ったのだが、もう一つ隣の扉は開いた。

――良かった。

ぼくは、靴を下駄箱に仕舞い、上履きに履き替えると廊下に出たところで、思わず「あっ」と声を上げた。

階段を駆け降りて来た女子生徒と、ぶつかってしまった。

思わず尻餅を突いたが、すぐに立ち上がった。目を向けると、すぐ目の前に、ぼくと同じように尻餅を突いている女子学生がいた。

彼女だった――。

「す、すみません。先輩、大丈夫ですか？」

ぼくは、手を差し出したが、彼女は「平気」と答えながら、すっと立ち上がった。

何か言わなきゃと思ったのだけど、昨日の今日で、何と言っていいのか分からず、ぼくはその場にフリーズしてしまった。

「は、早いですね」

ようやく絞り出したのは、そんなどうでもいい言葉だった。

「あ、うん。ちょっと友だちと約束があって……」

彼女の青い声に、黒い染みが滲んだ。

——嘘の色。

彼女の青い声に、嘘の色が混じったことがショックだった。

誰だって嘘を吐く。ぼくだって。人間はそういう生き物だ。だけど、彼女の青に黒が混じるのは、どうにも耐えられなかった。

彼女は、黒い髪をなびかせて、逃げるようにその場を立ち去ってしまった。

——どうして彼女は嘘を吐いたのか？

考えを巡らせながら、ぼくは階段を昇る。多分だけど、小山田先生と会っていたのだろう。昨晩の話の続きをしていたと考えると辻褄が合う。

考えないようにしようと思ったのだけれど、どうしてもそこに考えが及んでしまう。

ぼくはため息を吐きつつ階段を昇り、「失礼します」と声をかけながら美術室の戸を開けた。

「は？」

ぼくは思わず声を上げた。

美術室の机や椅子が、全て端に寄せられていた。そして、中央にはイーゼルが置かれていて、一枚の絵が飾られていた。

呪いの絵だった——。

彼女は、他の人が見ないように隠しておいたと言っていたのに、どうしてこんなところに置いてあるのだろう。

まるで見せつけるように。

それだけではない。呪いの絵の前に、大きなずた袋のようなものが置かれていた。

——何だこれ？

ぼくは、屈み込むようにして、その物体を覗く。

「いい」

その物体の正体を認識すると同時に、電気を流されたみたいに身体中の筋肉が硬直して、動けなくなってしまった。

それは、ずた袋なんかじゃなかった。

人間だった。人が仰向けに倒れているのだ。

深呼吸をして気持ちを落ち着け、何とか距離を取ろうと後ろに足を引いたが、その拍子につるっと滑って転倒してしまった。

倒れている人と目が合った。

自分に何が起きたのか分からず、驚愕したように目を見開いている。

その人物に、ぼくは見覚えがあった。

「小山田先生……」

今、目の前に倒れているのは、小山田先生だったのだ。

それだけじゃない。小山田先生の周辺の床に、赤黒い染みのようなものが広がっていた。

それは――血だった。

――嘘だろ。

これは、いったい何なんだ。どうして小山田先生が血を流して倒れているんだ。

パニックに陥っているぼくの耳に、こちらに近付いて来る足音が聞こえた。はっと振り返ると、そこには思いがけない人物が立っていた。

「さ、斉藤……」

どうして、八雲がこの時間に、こんな場所にいるのかはこの際、どうでも良かった。ぼくには、今の状況を一人で受け止めることができない。誰でもいいから、共有してくれる人が欲しかった。

助けを求めて声をかけようとしたが、喉がひくひくと痙攣してしまい、声が出なかった。

何も言ってはいないが、ぼくの異変を感じ取ったらしく、八雲がもの凄い勢いで美術室に入って来た。

倒れている小山田先生を見た八雲は、ぼくのように動揺することなく、小山田先生の脇に歩み寄ると、手早く呼吸や脈を確認する。

どうして、こんなにも落ち着いていられるんだ？　これまでも、読めない人物ではあったが、余計に八雲のことが分からなくなった。

八雲は、一通りの確認を終えると、「遅かったか……」と呟き、深く長いため息を吐いた。

「し、死んでるってこと？」

「そうだ。絵の呪いだな——」

八雲のひと言が、ぼくの視界を真っ赤に染め上げた。

Chapter4

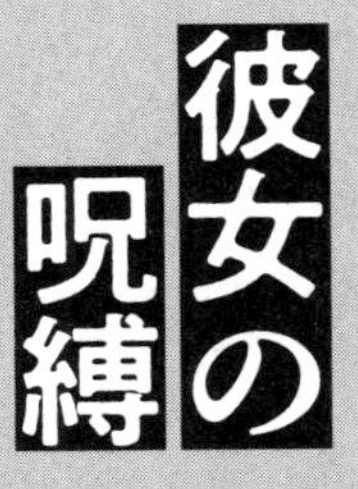

1

ぼくは、保健室のベッドに寝ながら、ぼんやりと窓の外を見ていた——。

正直、まだあのときのショックから立ち直れていない。

あのあと、教師だけでなく、救急隊員や警察官が駆けつける騒ぎになった。それらを全て手配したのは八雲だった。

放心状態のぼくとは対照的に冷静そのもので、教師や救急隊員、警察に的確な状況説明をしてみせた。

目の前に死体があるというのに、一切の迷いも躊躇いもなく。まるで、場慣れしているように見えた。

どうして、そんなに平然としていられるのか、ぼくにはさっぱり理解できなかった。

救急隊が小山田先生を搬送した後、ぼくは駆けつけた島崎先生に連れられて、保健室に足を運ぶことになった。

精神的にショックを受けているぼくを、休ませようという配慮だろう。

「少しは顔色が良くなって来たわね」

島崎先生のライムイエローの声が、少し眩しく感じられた。

「はい。もう大丈夫です」

ぼくは身体を起こし、ベッドに腰掛けながら頷く。

「良かった。報せ（しら）を聞いたときは、どうなることかと思ったわ」

「すみません」

「青山君が謝ることじゃないわ。でも、実咲さんのこともあったし、本当に心配で……」

「実咲さんって、美術部の人ですよね？」

呪いの絵を見たあとに、交通事故に遭ったという女子生徒だ。

「ええ。私のクラスなのよ」

「そうだったんですか」

昨晩、島崎先生が遅くまで学校に残っていたのは、その辺りのことが関係しているのかもしれない。

「この前は、あなたのクラスの河本君が、怪我をしたでしょ。今日は、小山田先生――嫌なことばかり起きるわね」

島崎先生が、そう感じるのはもっともだ。

しかも、その三人には呪いの絵を見たという共通点がある。呪いの絵の災いについて、半信半疑なところがあったけれど、これだけ連続して起きると、疑いようのない事実だと思えてくる。

「あの――実咲さんという人は、まだ入院中なんですか？」

「ええ」

「事故の状況なんかは、分かっているんですか？」

状況次第では、呪いの絵との関連が分かる。

「本人は、何も覚えていないって言っているそうよ」

「そうですか」

「ただね……カウンセラーさんとも話をしたんだけど、実咲さんは何かを隠しているような気がするの」

「何かって何ですか？」

「さあ。そこまでは分からないわ」

島崎先生の声に、黒い染みが広がる。

今の返答に嘘があったということだ。デリケートな問題だから伏せたのか、あるいはもっと別の理由があったのか。

「話が逸れてしまったわね。警察の人が、話を聞きたいと言っているんだけど、通しても大丈夫？」

島崎先生が咳払いをしてから言う。

警察という言葉に、過敏に反応してしまった。

「それって……」

「大丈夫よ。保護者も同伴だから」

島崎先生の言葉を待っていたようなタイミングで、保健室の戸が開いて仁美叔母さんが入って来た。

保護者として、駆けつけてくれたようだ。

「すみません。遅くなりました」

動揺しているせいか、仁美叔母さんの声が大きく歪んでいる。

「叔母さん」

「琢海君、大丈夫なの？」

「はい」

ぼくが答えると、仁美叔母さんは力が抜けたのか、壁に手を突いて大きなため息を吐いた。

本気で心配してくれたことはありがたいが、その分、負担をかけてしまったと思うと心苦しい。

「本当に良かった。あなたにまで、何かあったら私は……」

仁美叔母さんの声に波紋が広がった。

その姿を見て、ぼくは自分が今までいかに自己中心的な考え方をしていたのかを思い知らされた気がした。

ぼくは肉親を失ったことで、悲観的に物事を捉えていた。

だけど、それは叔母さんも同じだ。叔母さんは、姉を失ったのだ。その上、保護者としてその子どもたちの面倒を見ている。

どうして、もっと仁美叔母さんの悲しみを汲み取ることができなかったのだろう。

ごめんなさい――そう言うべきなのだろうけど、どうしてもぼくの口からは、そのひと言が出なかった。

「じゃあ、警察の方たちを呼んで来るわね」

島崎先生は、湿り気を帯びた空気を振り払うように言うと、保健室を出て行った。

2

コンコン――と戸をノックする音がした。

「どうぞ」

仁美叔母さんが答えると、スーツ姿の男女が部屋に入って来た。

男性の方は三十代くらいだろうか。よれたシャツに、無精髭を生やしていた。体格はがっちりしていて、粗野な印象がある。例えるなら熊といったところだろうか。

「世田町署の後藤だ」

後藤と名乗った刑事は、深い森のような濃い緑色の声をしていた。

「同じく島村です」

女性の方が続けて名乗った。

年齢は後藤という刑事と同じくらいだろう。髪を後ろで一つにまとめ、化粧っ気がなく、さばさばした印象だった。

砂漠のような薄茶色の声が、そう感じさせるのかもしれない。

「青山琢海君でしたね。幾つか質問させてもらいたいんだけど、大丈夫ですか？」

島村が近くにある椅子に腰掛けると、丁寧な口調で切り出した。だが、後藤は座ることなく、腕組みをして戸を塞ぐように立っている。

威圧されているようで、何とも落ち着かない気分になりながらも、ぼくは「はい」と返事をする。

「今日は、部活か何かあったんですか？」

「え？」

「かなり早い時間に学校に来たようですから、何か用事があったのかなと思ったんですが、どうですか？」

穏やかな笑みを浮かべているが、その声は鋭い刃物のように尖っていた。

この感じからして、警察は、ぼくのことを疑っているのかもしれない。

「実は、昨日、携帯電話を学校に忘れてしまって……それで、今日、早く学校に行って探そうと思ったんです」

ぼくは、汗の滲む手を握り締めながら口にした。

「そうだったの？」

仁美叔母さんが、少し驚いたような声を上げる。

「はい」

「それで、携帯電話は見つかったんですか？」

「はい。教室の机の中に入っていました」

──嘘だった。

緊張で口の中が干上がっていく。もし、今、ぼくが自分の声色を見たら、きっと真っ黒に染まっているだろう。

今、ぼくが持っている携帯電話は、自分のものではない。状況から考えて、小山田先生のものに違いない。

本来なら、携帯電話の取り違えを警察に伝えるべきなのだが、ぼくは嘘を吐くという選択をした。

きっと、彼女のことがあったからだろう。

ぼくは今朝、階段のところで彼女と鉢合わせした——。

あのとき、彼女はぼくに嘘を吐いた。状況から考えて、小山田先生と会っていたと考えるべきだ。

もしかしたら、彼女が小山田先生を——信じたくないけれど、その可能性が頭を過った。

だからこそ、今は携帯電話のことを隠しておく必要がある。

「確か、琢海君の教室は三階の南側でしたよね。どうして美術室に足を運んだんですか？」

——細かいところを気にする人だ。

刑事の性分という奴かもしれないけれど、咄嗟の嘘なので、あまり突っ込んで質問されると困る。

ぼくは、頭の中で考えを整理してから口を開く。

「授業が始まるまで、まだ時間があったので、何となくぶらぶらと歩いていたんです。ぼく、一応、美術部なんですけど、家庭の事情があって、ほとんど部活には参加していなかったんです」

ぼくの話が真実であるかを確認する為なのだろう。後藤と島村が同時に仁美叔母さんに目を向ける。

仁美叔母さんは黙って頷くことで、ぼくの話を肯定してくれた。

「それで」

島村が話を続けるように促してくる。

「ぼくは幽霊部員だったんですけど、小山田先生は気にかけてくれていたみたいで、この前、たまには顔を出せって声をかけてくれたんです。それで、時間もあったし、美術室に顔を出してみようと思ったんです」

ぼくは、できるだけゆっくりな口調を心がけて口にした。

多少強引なところはあるけど、辻褄は合うはずだ。

後藤と島村は、お互いに顔を見合わせる。言葉は発しないが、お互いに目線で会話をしているようだった。

「そうですか。それで、美術室に行く間に、誰かの姿を見かけたりしませんでしたか？」

島村に問いかけられたあと、ぼくは意識的に視線を漂わせて、考えるような間を置いてみせた。

「美術室に行く途中では、誰にも会いませんでしたけど、小山田先生を見つけたとき、同じクラスの斉藤が来てくれて……」

「斉藤というのは、斉藤八雲だな？」

後藤という刑事が呟くように言った。

まるで、八雲のことを知っているかのような口ぶりだったが、それを問い質すのは止めておいた。

今は、自分の証言を成立させることが最優先だ。

「そうです。斉藤が救急車や警察に通報をしてくれたんです」

「他に誰か見たりしませんでしたか？」

島村が改めて訊ねてくる。

「いいえ。見ていません」

「本当に？」

「本当です」

額に汗が浮かぶ。

それを拭おうと腕を動かしかけたが、慌てて押し留めた。そんなことをすれば、動揺していることがバレバレだ。

推理小説の犯人は、こんな風に緊張しながら、刑事や探偵と対峙しているのかと思うと、何だか見方が変わりそうだ。

「物音なんかは聞いてませんか？　誰かの声だったり、何かが落ちるような音だったり、何でもいいです」

「聞いていません」

ぼくは首を左右に振った。

これは事実だ。音を聞いたりはしていない。

——どうして嘘を吐く必要があったんだろう？

今さらながら、その疑問が頭をもたげた。早朝に、階段で彼女と鉢合わせしたけれど、それで事件に関係していると決めつけてしまうのは、時期尚早だったような気もする。

ぼくが嘘を吐いたことで、余計に彼女の立場を悪くしてしまったのではないだろうか。

「もう一つ訊いてもいいですか？」

島村の声に、はっと我に返る。

「何でしょう」

「琢海君は、死体、もしくはその周辺にあるものに触れましたか？」

「覚えていません。凄く動揺していたので、触ったかもしれませんし、そうでないかもしれません。とにかく、テンパってしまっていたので」

記憶する限りは、ぼくは小山田先生には触れていないけれど、敢えてどちらとも取れる返答をしておいた。

何時、何処で何があるのか分からない。今は、明言を避けた方がいい。

自分の為ではなく、彼女の為に――。

「そうですか……」

島村はチラリと後藤に目で合図する。

後藤は、もういいだろうという風に、黙って頷いてみせた。

「ありがとうございました。また、お話を伺うかもしれませんが、今日のところは、ここまでで結構です」

島村の声の形は、竜巻のように渦を巻いていた。

ぼくの話を信じていない。直感的にそう思った。だが、それ以上、何かを問い質すことはなく、後藤と共に部屋を出て行った。

もしかしたら、後藤と島村の二人は、ぼくが嘘を吐いていることを承知で、敢えて泳がせているのかもしれない。

3

ぼくが教室に入ると、クラスメイトたちの視線が一斉に注がれた。

ひそひそと囁き声が飛び交う。

好奇心に満ちたその色が、目の前でチカチカと瞬き目眩がした。

「静かにしなさい。青山、席に着け」

三井先生が告げる。これまで灰色だった声色が、濃紺に近い色に変わっていた。多分、学校で起きた事件のせいで、さすがの三井先生も疲弊しているのだろう。

何れにしても、三井先生が生徒たちを黙らせてくれたことはありがたい。ぼくは「はい」と頷き、そのまま自分の席に着いた。

「一限目は数学の予定だったが自習にする。くれぐれも、先生が戻るまで教室から出ないように――」

三井は伝達事項だけ口にすると、そのまま教室を出て行った。

教室の戸が閉じられると、さっきまで口を閉ざしていた生徒たちが一斉に騒ぎ出した。

「小山田、死んだって本当かよ」

「マジだよ」

「ええ、ショックなんだけど」

「自殺らしいぞ」

ぐちゃぐちゃに混ざり合った声色は、色とりどりだけど、決して綺麗ではない。夢の島に積み重なるゴミの山のように見えた。

その声の矛先は、全てぼくに向けられている。

勘違いではない。第一発見者となってしまったぼくに、奇異の視線を向けているのだ。その癖、訊くに訊けないでいる。

その中途半端な空気が耐え難かった。

「ねぇ。それって、やっぱり呪いの絵の災いなんじゃない？」

クラスの女子の誰かが言った。

これだけ色が混沌としていると、誰が放った言葉なのか判断ができない。

「あり得る。だって、小山田先生って美術部の顧問だったんでしょ。呪いの絵を見てるかもしれないじゃん」

別の誰かが追従した。

ふと視線を向けると、恭子が肩をすぼめるようにして俯いていた。

恭子は呪いの絵の災いが自分に降りかかることになると信じていた。そんな恭子からしてみると、小山田の死は相当にショックなはずだ。

かくいう琢海も、平然としていられる訳ではなかった。

実咲という美術部員、河本、そして小山田先生と、呪いの絵を見たとされる人間のうち、三人に災いが降りかかっているのだ。

「違うって。あれは、呪いの絵の災いじゃねぇよ。小山田は殺されたんだ」

滅紫の声が、一際大きくぼくの視界に広がった。

河本だ――。

「え？　それ本当？」

「ガセネタじゃないの？」

方々から声が上がる。

「ガセじゃねぇって。ネットの記事で出てるぞ。東高校の教師が刺殺されて発見されたって――」

河本は、勝ち誇ったように携帯電話を掲げ、ディスプレイに表示されたネット記事を見せびらかす。

そうか。やっぱり小山田先生は殺されたのか――。

じわっと布に染み込む水のように、その事実がぼくの中に広がっていく。

ただ、驚きとかそういうこととは違う。頭の中で、それを予見していたところがある。

美術室の真ん中に呪いの絵が置かれていて、その前に小山田先生が倒れていた。胸にナイフが刺さっていて、床が染まるほどの血を流して――。

あれが、事故や自殺であるはずがないのだ。

「琢海。犯人はお前じゃねぇの？」

河本のアメーバーのように歪んだ声が、ぼくにまとわりつく。

絡んでくるとは思っていたが、いくら何でも露骨過ぎる。逆上して言い返すのは簡単だけれど、それでは余計に河本の思う壺だ。ぼくは無視するという選択をした。

「なあ。聞こえてんだろ。よく言うじゃんか。第一発見者が一番怪しいって」

やり過ごそうとしているのに、河本の声は否応無しにぼくの視界に飛び込んでくる。こんな汚い色をちらつかされるのは、本当に不快としか言い様がない。

「琢海君。無視ですか？　喋ると何か都合の悪いことでもあるんですか？」

どうして、河本がここまでしつこく琢海に絡んでくるのか、その理由が今になって分かった。

おそらく河本は、恭子を安心させようとしているのだ。

琢海を犯人に仕立てることで、小山田先生の死が、超常現象的なものではなく、現実的なものだと主張したいのだろう。

河本が恭子のことを好きだということは、充分過ぎるほどに分かった。

だけど――。

そのとばっちりで殺人犯にされたのでは堪ったものではない。

「都合が悪いとか、そういうことじゃないよ。ただ、警察に事件のことは喋らないように言われているんだ」

正論をぶつけて回避しようとしたが、それが逆効果だったらしい。

河本からしてみれば、恥をかかされたと思ったらしく、顔を真っ赤にして席を立ち、ぼくの前まで歩み寄って来た。

「何？　それで勝ち誇ってる訳？」

「別にそういうんじゃ……」

「だったら何だよ。お前のこと見てると、本当にむかつくんだよ。斜に構えて、おれらのことバカにしてんだろ」

「そんなつもりは……」

「うるさいぞ」

三井先生が教室に戻って来たことで、河本は不満そうにしながらも、自分の席に戻って行った。

教室の中も、しばらくはざわざわとしていたけれど、次第に落ち着きを取り戻す。

静かになったところで、三井先生から、今日と明日は臨時休校になることを告げられた。

理由については、誰も問わなかった。

校舎の中で人が殺されたのだ。授業などやっている場合ではないだろう。

さらに、報道関係者に質問されても、答えたりしないようにすること。臨時休校中は基本的に自宅待機で、連絡が取れる状態にしておくことなどが伝えられた——。

4

教室を出たぼくは、階段を昇り始めた。

今さら、死体発見現場を見たところで、どうなるものでもない。それは分かっているのだけれど、まるで光に吸い寄せられる虫のように自然と引き寄せられた。

ぼくが、そうまでして足を運んだのは、きっと彼女に会えるかもしれないという期待があったからだろう。

できるだけ早く彼女に会って、なぜあの時間に学校にいたのかを確かめたかった。

そして、事件とは関係ないことを彼女の口から告げて欲しかった。

そうすれば、ぼくは警察に朝、彼女とバッタリ顔を合わせたことを正直に話すことができる。

――本当にそれで嘘が清算できるのか？

ぼくは、ポケットの中に手を突っ込み、その中に入っている携帯電話に触れた。

この携帯電話はぼくのものではない。ロックが解除できていないので、確かなことは分からないが、小山田先生のものである可能性が極めて高い。

朝、彼女と会ったことを隠す為に、ぼくはあまりに多くの嘘を吐いてしまった。今さら、後戻りなどできない気がする。

「来ると思っていた」

四階に上がったところで、赤い声が、ぼくの視界を鋭く切り裂いた。

はっと顔を上げると、廊下の壁に背中を預けるようにして、斉藤八雲が立っていた――。

全く気配がしなかった。それなのに、一度、その姿を認めてしまうと、異様な存在感を放っているように見えるから不思議だ。

「な、何？」

ぼくが問うと、八雲はすっと目を細める。

「美術室に行くつもりだったのなら諦めろ。警察が封鎖している」

八雲が廊下の奥にある美術室の方に目を向けた。

彼が言った通り、美術室の戸の前には〈立入禁止〉と書かれた黄色いテープが張られていた。それだけでなく、見張りらしき制服警官の姿も見える。

「場所を移動して、少し話をしよう」

八雲から思いがけない提案がなされた。

いや、本当は意外でも何でもない。昨日の放課後のこともあるし、小山田先生のこともある。八雲が話をしたいと考えるのは至極当然だ。

だけど——。

「な、何を話すんだ？」

ぼくは、敢えてそれを訊ねた。

八雲と話すことで、何か情報が得られるのであれば、それを聞き出したいという思いもある。彼もまた、今日の朝に彼女の姿を見ているかもしれないのだ。それを確かめる必要がある。

ただ、同時に怖さもあった。

ぼく自身、頭の中が整理できていない。今、下手に八雲と会話をしてしまうと、襤褸(ぼろ)が出てしまう可能性がある。

「何を話すかは、青山次第だ」

八雲は、そう告げると美術室とは反対の方向に向かって廊下を歩いて行く。

――ぼく次第？

それは、どういう意味なのか。気になる以上、後について行くしかない。

八雲は四階から屋上へと通じる階段を昇り始める。

この先に進んだら、もう二度と戻って来られない。何か根拠がある訳ではないけれど、そんな予感がした。

「どうした？　来ないのか？」

八雲が足を止め、ぼくに声をかけてくる。

彼の赤い声は、いつもと違って丸みを帯びているように感じられた。

「行くよ」

ぼくは、そう答えると階段を昇り始める。

八雲は階段を昇りきると、屋上へと通じるドアの前に立った。

「屋上は、普段は施錠されているはずだけど……」

八雲は屋上に出るつもりかもしれないが、安全の為にドアは施錠されている。実際に確かめたことはないが、入学したときに教師からそういう説明があった。

「鍵なら持ってる」

八雲はポケットの中からシリンダーキーを取り出すと、それを使ってドアを開けてしまった。

「どうして斉藤が鍵を持っているんだ?」

予め職員室から借りていたということはなさそうだ。それが証拠に、八雲が持っている鍵には、場所が書き込まれたプレートのキーホルダーが付いていない。

「スペアキーを作ったんだよ」

「それって許可は?」

「意外と真面目なんだな」

――は?

八雲の声色に、あまりに変化がなかったせいで、ぼくの方が間違っているのかもしれないと錯覚してしまう。

いや、そんな訳ない。

無許可で学校施設のスペアキーを作って持ち歩いていいはずがないのだ。ただ、それを指摘すれば、またこっちがおかしいみたいに言われそうで、何も指摘できなかった。

「退屈な授業のときは、よく屋上で暇を潰している」

八雲は軽い調子で言うと、屋上に出て行った。

なるほど。八雲は興味のない授業はサボる傾向がある。何処に行っているのか不思議だったが、屋上で過ごしていたということのようだ。

そういえば、雨の日に、八雲が授業をサボったことはない気がする。

「呪いの絵が描かれたのは、今から十年前だ――」

ぼくが屋上に出ると、八雲が独り言のように語りながら鉄柵に向かって歩みを進める。

その声は、いつもと同じ色のはずなのに、ぼくの視界を過度に刺激することなく、ゆったりと流れていく。

「描いたのは、塩見日菜という女生徒だと言われている。四階にある美術室のベランダから転落死した。事件当時、美術室には、日菜さんが描いたと思われる絵が残されていた。イーゼルに設置された自画像が、ベランダの方を向いていたそうだ」

八雲は鉄柵の前で足を止める。

ぼくは、八雲から少し距離を置いたところで足を止めた。

「その絵は、血で描かれたとされていて、以来、見るだけで災いをもたらす呪いの絵として語り継がれるようになった」

「どうして、そんな詳しく知ってるんだ？」

「調べたんだよ」

「どうやって？」

「方法なんて、どうだっていい。問題は、別のところにある」

「別のところ？」

「そうだ。どうして、日菜さんはわざわざ、自画像を美術室に置いたのか？　しかも、自分の死ぬ姿を見せつけるように――」

八雲がゆっくりと振り返った。

彼の声の音量は小さいはずなのに、ぼくの視界が、一瞬、真っ赤に染まり、他のものが何も見えなくなった。

何度か目を瞬かせてから、改めて八雲に目を向ける。

彼は睨んでいる訳ではない。ただ、ぼくを見ているだけだ。なのに、呼吸が苦しくなるほどの圧迫感を覚えた。

「今の話だと、塩見日菜さんが自殺したと断定しているように聞こえるけど……」

彼女が持って来た新聞記事には、転落したというだけで、詳しい状況までは記載されていなかった。

続報に関しても、見つかっていないということだったはずだ。

「塩見日菜さんは自殺だよ」

「え？」

「警察がそう断定した。まあ、何か見落としがあれば、話は別だが、資料を見る限り、自殺と判断して問題ないはずだ」

彼女が見つけられなかった資料を、八雲は見つけていたということか。

「それで、何が言いたいんだ？」

「だから言ってるだろ。どうして、塩見日菜さんは、自殺する前に、わざわざ自分の描いた自画像を美術室に展示したのか――だ」

「そんなの、ぼくに訊かれても知る訳ないだろ」

「本当にそうか？」

「そりゃそうだよ。ぼくは、自殺した女性じゃないんだから……」

「確かに、塩見日菜さんではない。だが、何かを見たはずだ。彼女が、影響を及ぼしていることは、間違いない」

――全く意味が分からない。

抽象的過ぎて、質問の趣旨すら理解できない。いったい、ぼくが何を見たというんだ。影響って何のことだ。

「こんな訳の分からない話をする為に、ここに来たのか？」

堪りかねて訊ねると、八雲はふっと空を見上げた。

ぼくも釣られて視線を上げる。

彼女の声によく似た、抜けるような青空が広がっていた。

「いや。今のは本題じゃない」

八雲の赤い声が青い空を横切る。

嫌な予感がした。

このまま、もう話すことはないと立ち去ることもできる。だけど、八雲が何かを知っているのは間違いない。彼女の為にも、それを確かめる必要があると感じた。

「本題は何？」

「今朝、美術室にいたのは、本当に青山だけだったのか？　そこに足を運ぶ前に、人の姿を見たりしなかったか？」

――やっぱりそうか。

八雲は、美術室にぼく以外の誰かがいたことを疑っている。ただ、この口ぶりからして、朝の校舎に彼女がいたことは知らないようだ。

「もちろんぼくだけだった」

ぼくは、きっぱりとそう言い切った。

表情は変わっていないはずだし、嘘が見抜かれることはないはずだ。

「そうか」

「どうして、ぼくが誰かに会ったと思うんだ？」

ぼくが訊ねると、八雲は返事をする代わりに、何かを投げて寄越した。

それは、襟に付ける校章だった。

一瞬、どうして八雲がこんな物を投げて来たのか理解できなかったが、次第に胸の奥で不安が広がる。

自分の襟に手を当てると、校章が付いていなかった。

「階段の下で拾った」

「何かに引っかけて、落としちゃったのかも」

慌てて言い訳を口にしたけれど、自分でも分かるほどにたどたどしいものだった。

「誰かにぶつかった拍子に、落としたと思っていたんだけど、違うのか？」

「違うよ」

否定をしてみたけれど、自分でも嘘臭いと思う。

八雲は、これを拾ったことで、ぼくが階段のところで誰かとぶつかったと推測したようだ。そして、それは合っている。

「そうか」

「どうして、そんなこと訊くんだ？」

「小山田先生を殺害した犯人は、おそらく学校関係者だ。もし、青山が誰かと会っていたとしたら、その人物が事件について何か知っている可能性が高い」

八雲の声色からは、何の感情も読み取れなかった。それ故に、余計に不気味さを感じてしまう。

「学校関係者とは限らないだろ」

「いいや。間違いなく学校関係者だ」

「どうしてそう言い切れるんだ？」

昇降口も美術室も鍵は開いていた。外部の人間がこっそり入ることは可能だった。仮に、鍵がかかっていたとしても、八雲のように予めスペアキーを持っていれば、侵入することは容易い。

「学校というのは、特殊な空間だ。関係者以外が出入りすると、異様に目立つんだよ」

それは確かにそうかもしれない。

生徒や教師以外の人が、学校の敷地に入るだけで周囲の目を引く。だけど——。

「人がいない時間なら、問題ないはずだろ」

「一度なら、それも成立する。だけど、そうじゃない」

「どういうことだ？」

「犯行現場を見れば明らかだ。犯人は、死体の脇に、わざわざ呪いの絵を飾っておいた。これが何を意味するか分かるか？」

「呪いの絵の災いによって、小山田先生が死んだとアピールしたかった」

ぼくが思いついた推理を口にすると、八雲はふっと頬を緩めた。

「概ね正解だ。おそらく、呪いの絵を飾ることで、何かしらのメッセージも込めていたんだろうな。何れにしても、犯人は呪いの絵の噂を知っていた人物——ということになる」

「でも、それだと学校の卒業生も含まれるだろ。それに、学校の関係者じゃなくても、誰かから噂を聞いたかもしれない」

それこそ、バイト先のヒデさんも噂のことは知っていたのだ。

「もちろんその通りだ。ただ、犯人は噂を知っていただけではない」

「え？」

「あれだけの状況を、いきなり作り出せたと思うか？　呪いの絵が何処に置いてあるかを把握し、わざわざそれを持ち出したんだ。行き当たりばったりの犯行ではない。計画的な殺人だ。事前に何度も美術室に足を運び、綿密な準備を行っていたはずだ」

「犯人は、事前に複数回美術室に出入りしていた——ってことか？」

「そうだ。つまり、犯人は何度も学校に足を運んで、怪しまれない人物——ということになる」

反論しようと思ったけれど、返す言葉が見つからなかった。

八雲の推理は筋が通っている。

「もう一度訊く。青山は、今朝、階段のところで誰と会ったんだ？」

「さっきも言った。誰にも会っていない」

ぼくは即答した。

もし、本当のことを言えば、間違いなく八雲は彼女に疑念を向けることになる。それは、避けたかった。

「分かった。話は終わりだ」

八雲は、それだけ口にすると、ぼくの横を擦り抜けて歩いて行く。

もっと追及されると思っていただけに意外だった。何か裏があるような気がしてならない。だけど、だからといって、自分から呼び止めるようなことはしなかった。

ただ、屋上から校舎に入って行く八雲の背中を黙って見つめた。

5

校門の前は物々しい空気に包まれていた——。

学校の教師が校内で殺害されたという事件を聞きつけ、報道陣が詰めかけて来たのだ。それを追い払おうとした教師と、押し問答になり、怒声が飛び交う始末だった。

混迷を極めた声色は、ぼくの視界を縦横無尽に駆け巡り、目の奥が締め付けられるように痛んだ。

何とか人だかりを抜けると、自転車に跨がり、全速力で漕ぎ出した。

学校から離れるほどに視界がクリアになっていく。だけど、頭の中はモヤモヤとしたままだった。

その原因は、おそらくは八雲だ。

屋上での彼との話の内容が、ぐるぐると頭の中を巡る。

八雲は、ぼくが朝、誰かと会ったと確信している風だった。ただ、その相手は分かっていないはずだ。

――本当にそうか？

ぼくは誰にも会っていないと嘘を吐いた。別に、関係ない誰かだったとしたら、そんな嘘を吐く必要はなかった。

それは、八雲も分かっているのではないだろうか？　だから、しつこく追及することなく、その場を後にした。

そもそも、ぼくはなぜ嘘を吐いたのだろう？　もしかしたら、ぼく自身が彼女を犯人だと疑っているのかもしれない。

彼女がそんなことをするはずがない――そう思おうとしたけれど、ダメだった。

もちろん、ぼくは彼女の全てを知っている訳ではない。分かっているのは、三年生で美術部の副部長というだけだ。

ここ数日、色々と見てきたつもりだったけれど、それは彼女のほんの一部に過ぎない。彼女と小山田先生との関係に気付かなかったように、彼女には、ぼくが知らない一面がたくさんある。

だから、痴情のもつれから、小山田先生を殺すということだって、あり得るかもしれない。

「違う！」

ぼくは空に向かって叫んだ。

ぼくは、彼女のことは何も知らないけれど、それでも、やっぱり彼女が小山田先生を殺したなんて思いたくなかった。

それが、単なる願望だとしても――だ。

何れにしても、このモヤモヤを拭い去る方法は一つしかない。それは、事件を解決することだ。

その結果、やはり彼女が犯人だと分かったら、ぼくはいったいどうするのだろう？

答えを探してみたけれど、それを見つけることはできなかった。

6

バイト先のコンビニに行くと、ちょうどヒデさんがゴミ箱の片付けをしているところだった。

「お疲れさまです」

声をかけると、ヒデさんが「おう」と軽く手を挙げた。

「ずいぶん早いな。シフトインまで、まだ時間あるだろ」

「そうなんですけど、実は学校が臨時休校になっちゃって……」

「だったら、休憩室で時間潰しとけよ」

ヒデさんの声色は、いつもと少しも変わらなかった。

この反応からして事件のことは知らないのだろう。まあ、こまめにニュースをチェックするような人ではない。

「そうします。ヒデさんって、休憩何時からですか？」

「おれ、今日はこれ片付けたら終わり」

ヒデさんがゴミ箱を軽く蹴る。

それは好都合だ。

「あの。そしたら少し話せますか？」

「別にいいぞ」

「ありがとうございます。ぼく、外で待ってるんで」

「何で？　中入ってりゃいいじゃん」

「いえ。外の方がいいです」

ぼくの言葉に何かを察したらしく、ヒデさんは「ははぁん」とニヤけた顔をした。

その声色が、やけにチカチカしていることからも、邪推していることが窺える。ただ、ここであれこれ説明しても、話がこじれそうなので止めておいた。

「さっさと終わらせるから待ってな」

ヒデさんは、手早くゴミ袋を纏めると、店舗の裏側にある資材置き場に姿を消した。

ふと空を見上げると、さっきまであれほど青かった空に、雲がかかり始めていた。

それが、ただ漂っているだけのものなのか、それとも雨をもたらすものなのか――ぼくには判断ができなかった。

「お待たせ――」

しばらくして、私服に着替えたヒデさんが駆け寄って来た。

Tシャツにジーンズというラフな出で立ちだが、ネックレスやらブレスレットやら、じゃらじゃらとした装飾品を身に着けている。

まるで、自分がバンド活動をしていることをアピールしているみたいだ。

「何かすみません。時間取らせて」

「いいって。それより、ここで話すのもあれだから、移動しようぜ」

ヒデさんに先導される形で、コンビニの近くにあるファストフード店に入り、窓を向いて設置されたカウンター席に、並んで座ることになった。

こっちが誘ったというのに、ヒデさんが二人分のコーラとフライドポテトの料金を出してくれた。

臨時休校で購買が使えず、昼食を取っていなかったので本当にありがたい。

「で、琢海の話ってのは、ズバリ恋バナだろ？」

ヒデさんの明るい声色のせいで、目がチカチカする。

――やっぱりそういう勘違いをしていた。

「違いますよ」

「え？　違うの？　何だよ。琢海は、結構、かわいい顔してるから、女の子にキャーキャー言われて困ってるのかと思ったのに」

「バカにしてます？」

「ちょっとな。それで、恋愛相談じゃないとすると、話ってのは何？」

ヒデさんが、フライドポテトを摘まみながら訊ねてきた。

ぼくは、一口コーラを飲んで、口を湿らせてからヒデさんの方に顔を向ける。

「ヒデさん、小山田先生って知ってます？」

「知ってる。美術の小山田だろ。あいつ、まだ東高にいんの？」

ヒデさんは答えながらも、フライドポテトを摘まんでは口に運んでいる。

「はい。今は、もうあれですけど……」

「何その含みのある言い方」

「小山田先生、今日、死んだんです」

「マジ？　事故か何か？」

「いえ。殺されました」

ぼくが言うと、ヒデさんの指からフライドポテトがポトリと落ちた――。

「は？　殺された？　マジで言ってんの？」

ヒデさんの声が、弾かれたビリヤードのボールみたいに、ぼくの視界の中を飛び交った。

「本当です。学校が臨時休校になったのも、その影響なんです」

「でも、殺されたっていったい誰に？」

「まだ、犯人とかは分かってないんですよ」

「そうか。でも、小山田のことだから、どっかの女に刺されたのかもしれねぇな」

　ヒデさんが、再びフライドポテトを口に放り込む。

「どうしてそう思うんですか？」

「え？　お前、知らないの？　小山田の女癖の悪さ」

「いえ。全然」

　女子生徒から人気があるというのは耳にしていたけれど、ぼくが知っているのは、その程度のことだ。

「今はどうか知らないけど、おれらの頃は、しょっちゅう女子生徒に手を出してたって噂があったぞ」

「そうだったんですか？」

「あいつさ、そこそこイケメンじゃんか。で、何たらとかいう絵画の賞も取ってたし、アーティストみたいな感じで、女子生徒の憧れの存在なんだよ」

「そうですね」

　それは今も変わらない。

　小山田先生を推している女子生徒は、かなりいると思う。美術部員のほとんどが、小山田先生狙いだって噂もあるくらいだ。

「女子高生なんて、ぶっちゃけ子どもな訳よ。大人が、上手いこといい寄れば、それこそ自由にできちゃうんだよ」

「でも、教師が女子高生に手を出すなんて、問題にならないんですか？」

「普通はそうだよな。でも、告発するような奴はいなかったな。上手いことやってんじゃねぇの？」

「上手いこと……」

「証拠がなきゃ訴えるもクソもねぇからな」

「まあ、そうですね」

「何かさ、おれらの前の代とかに、あいつに捨てられて自殺した女子高生もいるって噂があったくらいだしな」

ヒデさんのその言葉に、ぼくの脳が刺激された。

「呪いの絵――」

ぼくは、思わず口にする。

「そういえば、前もそんなこと言ってたな」

「実は、小山田先生が殺されたのって、その呪いの絵を見たせいなんじゃないかって噂があるんです」

「マジ？」

ぼくが頷くと、ヒデさんはフライドポテトを煙草（たばこ）みたいに口に咥（くわ）え、考え込むように視線を漂わせた。

「呪いの絵の災いとか、本当にあるのかね？」

少し前なら、ある訳ないと笑い飛ばしていただろう。

だけど、実際に呪いの絵を目にしてから、河本が怪我したり、小山田先生が殺されたり、様々なことが起きた今は、否定しきれなくなっている。

「災いが本当にあるかどうかは分かりません。でも、何か引っかかるんです」

「何かって何？」

「呪いの絵は、十年前に自殺した少女が描いたとされているんです。名前は、塩見日菜さん。もしかしたら、今回、小山田先生が殺されたことと、関係あるのかなと思って……」

「十年前ってなると、おれが入学する二年前か……先輩に聞けば、色々と分かるかもな。調べといてやろうか？」

「お願いします」

ぼくは即座に答えた。

小山田先生を殺したのが誰なのか、はっきりさせる為には、呪いの絵が生み出された十年前に、何があったのかを調べる必要がある。

7

ヒデさんと別れたあと、ぼくはコンビニに戻り、バイトのシフトに入った。

事件のニュースを知っていた店長は、「今日は休みにしていいよ」と気遣ってくれたのだが、ぼくはそれを固辞して、通常通りに仕事をこなした。

お金のこともあるけれど、朝からイレギュラー続きで、何処か落ち着かない気分になっていた。普段取りにバイトをすることで、少しでも日常を取り戻したかったのかもしれない。

バイトを終えて店の外に出たところで、ポツッと水滴が頬に当たった——。

空を見上げると、どんよりとした灰色の雲が広がっている。

雨が降りそうな気配はあるが、家に帰るまでは何とかなりそうだ。急いで帰ろう。

自転車に跨がろうとしたところで、「わっ！」と誰かに背中を押された。

ぼくは、あまりのことに飛び上がりながら振り返る。

すぐ目の前には、彼女が立っていた。

驚き慌てているぼくの姿がよほどおかしかったのか、彼女は声を上げて笑う。その度に、青い光がオーロラのようにゆらゆらと揺れて、彼女の笑顔を幻想的に彩る。

ただ、同時に戸惑いも隠せなかった。

どうして、彼女がここにいるのか？　ぼくには、その理由がさっぱり分からない。

それに、彼女がどうしてこうも楽しげに笑っていられるのかも理解できない。

小山田先生が死んだというのに——。

その考えが浮かんだところで、はっと我に返る。こんな風に考えるということは、ぼく自身が、彼女を疑っているのと同じだ。

「ごめんね。驚き方が可愛かったから、つい笑っちゃった」

彼女の青い声が、ふわっとぼくの視界を包み込む。

別に笑われたことは、気にしていないからいい。それよりも、ぼくは、どうして彼女がここにいるのかの方が引っかかる。

偶々、通りかかったのだろうか。それとも——。

「さっきさ、コンビニの前を通ったら、仕事をしている琢海君を見かけたんだ。それで、ちょっと驚かしてやろうと思って」

彼女は悪戯（いたずら）をしたあとのように、ニコッと笑みを浮かべた。

「そうだったんですか……」

「琢海君の家はどっち？」

「えっと、あっちです」

ぼくが指差す。

「私も。途中まで一緒に帰ろう」

彼女は、そう言うとステップを踏むような、軽やかな足取りで歩き始めた。

ぼくは自転車を押しながら、そのあとに続いたが、違和感を覚えていた。ぼくのバイト先のコンビニは、家とは反対方向にあり、帰るのには学校の前を通過する。彼女も、同じ方向に帰るということは、ぼくと同じことをしたということだ。

「大変なことになっちゃったね――」

そう切り出した彼女の声色は、いつもと同じで透明な青だった。

「そうですね」

「絶対に呪いの絵のせいだ――ってクラスは大騒ぎになってたよ」

「ああ、うちのクラスでも、そんな話になっていました」

「やっぱりか。琢海君はどう思う？　やっぱり、これは呪いの絵の仕業だと思う？」

今朝の美術室の光景が脳裏にフラッシュバックする。

胸にナイフを刺され、夥(おびただ)しい量の血を流している小山田先生。そして、それを見下ろすように置かれた呪いの絵――。

あの光景だけ見たら、呪いの絵の災いだと受け取れなくもない。だけど、そんな単純なことには思えなかった。

「どうでしょう。ぼくには分からないです」

「琢海君は嘘が下手だ」

彼女は、ピタリと足を止めると空を見上げた。

その白い頬に、ぽつっと水滴が落ちる。ぼくには、それが涙のように見えた。

「嘘なんて吐いてないですよ」

「そう。ならいんだ」

彼女は、そういうと再び歩き出した。

さっきまで饒舌に喋っていたのに、急に水を打ったように静かになった。こういうとき、雑音が酷く大きく聞こえる。

やがて、校舎が見えてきた。

あんな事件があったせいか、コンクリートの校舎が巨大な柩(ひつぎ)のように見える。

彼女は、校門の前まで来たところで再び足を止めた。

「一つ訊いていい？」

青い波紋がぼくの目の前に広がる。

それは、とても小さく、そして弱々しかった。

「何ですか？」

「死体の第一発見者は、琢海君だったんだよね？」

否定しようかと思ったが、止めておいた。隠したところで、どうせすぐに知れ渡ることだ。

「はい」

「警察から事情聴取を受けたんでしょ？」

「受けました」

「どうして、私と会ったことを警察に言わなかったの？」

すぐに返事ができなかった。

青い光が真っ直ぐにぼくの網膜に突き刺さった気がした。

「なぜ、先輩はそのことを知っているんですか？」

「分かるよ。だって、私のところには警察が来なかったから……」

――そうか。

もし、ぼくが警察に先輩と会ったことを伝えていたら、同じ時間帯に校舎にいた人間として、事情聴取をされたはずだ。それがなかったことから、彼女はぼくが口を閉ざしたのだと判断した。

やはり、コンビニに来たのは偶々などではなかった。

ぼくに真意を確かめる為に、こうして足を運んだという訳だ。

それを確かめなければいけないということは、やはり彼女は事件に関係しているということになる。

「そうでしたか」

「ねぇ。どうして言わなかったの？」

「言って欲しかったですか？」

ぼくが訊ねると、彼女は驚いたように目を見開いた。

ぽつぽつと雨の水滴が肩に落ちる。

「質問に質問で返すのは良くないよ。訊いているのは、私なんだけど――」

「そうでしたね。正直、ぼくも何でかは分かりません。でも、多分、この先も言わないと思います。だから、安心して下さい」

「何それ。私は、別にやましいことないし。全然、言ってくれて良かったのに」

彼女は笑い声を上げた。

でも、ぼくの視界に広がる青は、まるで泣いているように冷たい色だった。そして、小さな黒い染みがあった。

「言いませんよ」

「琢海君は、本当に言わなそうだね。そこは信じるよ」

「ありがとうございます」

「お礼を言うのは、私の方だよ。そうだ。この前は、終わりにするって言っちゃったけど、また一緒に呪いの絵の真相を暴かない？」

彼女が再び接点を持とうとしてくれているのは嬉しい。

だけど、それは純粋にぼくに興味を持っているからではない。ぼくが、何を知っているのか探りを入れる為だ。それが分かってしまうからこそ、虚しい気分になった。

でも、断ることなんてできない。

さっきは、なぜ警察に言わなかったか分からないと答えたけれど、本当はそうじゃない。ぼくは彼女を守ろうとしたのだ。

多分、彼女のことが好きだから——。

「そうですね。やりましょう」

「じゃあ、連絡先教えて。私も教えるから」

彼女が鞄の中から携帯電話を取り出すのを見て、ぼくは思わず息を呑んだ。

「あっ、えっと……」

「連絡先、交換するのは嫌？」

「いえ。そういう訳じゃないんですけど、その……今、携帯電話が壊れていて……」

ぼくは、しどろもどろになりながら答える。

今、ぼくが持っているのは、自分の携帯電話ではない。おそらくは、小山田先生の携帯電話だ。だから、この場で出す訳にはいかない。

「そっか。壊れているのか。じゃあ、仕方ないね」

「すみません。あっ、アドレスとか紙に書くので、それを渡しますね」

紙とペンを探して鞄の中を漁っていたのだが、彼女が「いいよ」とそれを制した。

その目には、薄ら涙が浮かんでいるように見えた。

「やっぱり琢海君は嘘吐きだね」

彼女はそう言うと、ぼくに自分の持っていた携帯電話を握らせると、くるりと背を向けて走り去って行った。

すぐに彼女を追いかけるべきだったのだろうが、あまりに唐突に携帯電話を渡されたことで、呆けてしまってその機を逸してしまった。

やがて、彼女の手から渡されたのが、ぼくの携帯電話だということに気付いた。

――なぜ彼女が、ぼくの携帯電話を？

追いかけて話を訊こうと思ったのだけれど、それを遮るように大粒の雨が降り始め、彼女の存在を搔き消してしまっていた。

8

帰宅してリビングに向かうと、海空の姿はなかった。

ラップのかかった食事だけがダイニングテーブルに置かれていた。靴はあったから部屋にはいるのだろう。

海空が顔を出さないなんて、珍しいとは思ったが、今は誰にも会いたくない気分だったのでむしろ都合がいい。

食事に手を付けたものの、全く味がしなかった。

精神状態が不安定になると、味覚が麻痺（まひ）するのかと驚いた。感覚がおかしくなっているのは、味覚だけではない。サウンドカラー共感覚のせいで、どちらかというと静寂を好むはずなのに、今はそのことがぼくを不安にさせる。

何か音を欲してテレビの電源を入れた。

ちょうど、ニュースの時間らしく、恭子によく似た黄色い声をした女子アナウンサーが淡々と記事を読み上げていた。

ぼんやりと、その声色を見ていたのだが、不意に見慣れた建物が目に飛び込んできた。

東高の校舎だ。

ぼくは、リモコンを操作してテレビの音量を上げる。

〈今朝、七時頃、都立世田町東高校で、教員である小山田俊一郎（しゅんいちろう）さんの遺体が発見さ

れました――〉

ぼくは、食べるのを止めて、引き寄せられるようにテレビ画面に近付いて行く。

〈死亡したのは、昨晩の午後九時から午前七時の間とみられ、胸にナイフのようなものが刺さっていたことから、警察は殺人事件と断定し、捜査を続けています――〉

ニュースは、既に次の話題に切り替わっていたが、ぼくの頭の中は小山田先生の事件でいっぱいだった。

死亡推定時刻が午後九時から、午前七時というかなり広い範囲であることが引っかかった。昔ならいざ知らず、今ならもっと細かく死亡推定時刻を割り出すことができるはずだ。

もしかして、秘密の暴露かもしれない。

前に推理小説で読んだことがある。こうした事件捜査において、敢えて情報を伏せることで、犯人しかしり得ない情報を作り、それを知っているか否かで自白の信憑性を図る。

小山田先生が殺されたのは、夜だったのだろうか？　それとも朝だったのだろうか？　考えを巡らせているときに、玄関のドアが開き、仁美叔母さんが帰宅した。

「ただいま」

表情には出ていないが、声の明度が落ちている。今日はより一層、疲労が蓄積しているらしい。

あれだけのことがあったのだから、当然だろう。

「お帰りなさい」

「あれ？　海空ちゃんは？」

「部屋だと思います」

「そう。琢海君、今ちょっといい？」

「すみません。色々あって疲れていて……」

ぼくを気遣い、声をかけてくれたのだろうけど、正直、今は誰とも話をしたくなかった。

「それでも、少し話をしましょう」

「何だか事情聴取みたいですね」

ぼくが言うと、仁美叔母さんの表情が急に険しくなった。

せっかく心配してくれているのに、酷い言い草だと自分でも思うけれど、ぼく自身、ぐしゃぐしゃの感情を処理できないでいる。

「そんなつもりはないわ。でも、私は、あなたたちの保護者として……」

「その言い方、あまり好きではないです」

「え？」

「保護者だから、その義務を果たす為に心配しているみたいに聞こえます」

——言い過ぎだ。

自分を責めたけど、出した言葉を引っ込めることはできない。

「そんなつもりじゃないの。ただ、知っておきたかったの」

「何をです？」

「琢海君は、本当は何かを見たんじゃないの？」

「どういうことです？」

「警察に何かを隠している。私は、そう感じたの」

「やっぱり事情聴取みたいです。仁美叔母さんは、ぼくのことを疑っているんですか？」

「そんな訳ないでしょ。琢海君が、小山田先生を殺していないのは、私が一番よく分かっている」

仁美叔母さんの声色は、その瞬間、強い輝きを持った。

嘘ではなく、本心から出た言葉だ。それだけ、ぼくを信じてくれているということなのだろう。

だけど、ぼくの方は嘘を吐いている。そのことがいたたまれなくなった。

「すみません。本当に、今日は疲れているんです」

ぼくは、それだけ言うと、逃げるように自分の部屋に戻り、ベッドに仰向けに倒れ込んだ。

両腕で目を覆い、長いため息を吐いた。

――やっぱり琢海君は嘘吐きだね。

彼女の言葉が青い色とともに、ぼくの脳裏に蘇る。

携帯電話を渡してきたときの彼女の声は、何とも言えない哀しい青色だった。

なぜ、これがぼくのものだと分かったのかという疑問が浮かんだが、おそらくパネルの裏のプリクラを見たのだろう。

家族で写っている写真。だけど、問題はそこではない。

彼女がどうしてぼくの携帯電話を持っていたのか――だ。

小山田先生が、誤ってぼくに自分の携帯電話を渡してしまったのだとすると、ぼくの携帯電話は小山田先生が持っていたはずだ。

ここから導き出される推測は二つある。

一つは、小山田先生が生前に、彼女に渡すように頼んでおいた。そうであって欲しいと思うが、それだと辻褄が合わない。

単にぼくが携帯電話を落としただけなら、それでもいいが、小山田先生からすると、ぼくが持っている自分の携帯電話を回収する必要があったのだ。自分でやるのが普通だ。

受け容れがたいことではあるが、もう一つの推測の方が可能性が高い。

彼女が小山田先生の携帯電話を盗んだ——。

小山田先生の死体から、ポケットに入っていた携帯電話を盗み出した。そして、慌てて階段を駆け下りて来たところで、ぼくと出会すことになった。

ぼくが、彼女と会ったことを警察に言わなかったことを確認してきたのも、後ろめたさがあったからなのだろう。

それはつまり——。

彼女が小山田先生を殺したことを意味する。

「違う」

ぼくは声を上げて否定した。

彼女のように、青く美しい声を持った人が、人を殺すはずなんてない。

別に声の色で人格まで決まる訳ではない。それでも、ぼくにはどうしても彼女が人を殺すなんて信じられなかった。

——そうだ。

彼女は、こうしてぼくに携帯電話を渡してきたじゃないか。もし、彼女が犯人なら、ぼくに携帯電話を渡す必要はないはずだ。

——本当にそうだろうか？

彼女にとっては、ぼくの携帯電話を持っていようが、渡そうが、大したメリットはない。追及されたとしても、落ちていたものを拾ったと言えば済む話だ。

彼女もまた、ぼくと小山田先生との携帯電話の取り違いが起きていたことに気付いたのではないか。それを確認する為にぼくに声をかけた。そうして、事前にぼくに携帯電話を持っているかを訊ね、カマをかけたのだ。

それで、彼女はぼくが小山田先生の携帯電話を持っていると確信した。だから、「嘘吐き」と批難して走り去って行った。

考えが纏まると同時に、心の奥がざわざわと揺れ、新たな疑問が浮かび上がってきた。

彼女は、どうして小山田先生の持っていた携帯電話を盗んだのか？

それこそが、今回の事件の鍵である気がした。

ぼくは、身体を起こすと鞄の中から小山田先生の携帯電話を取り出した。四桁の数字によるロックがかかっている。

これを開くことができれば、事件の謎が解けるような気がした。

でも、暗証番号が分からない。四桁だから総当たりで一万回入力すれば、解除することは可能だが、あまりに非効率的だ。

もし、大切なものだとしたら、誕生日とか電話番号とか分かり易いものにするはずがない。そもそも、ぼくは小山田先生の誕生日も電話番号も知らない。

適当に幾つか数字を入力してみたが、解除には至らなかった。

やっぱり、ロックを解除するのは現実的ではない。諦めかけたとき、ふと思いついた数字があった。

1・618という数字。1対1・618はもっともバランスが取れているといわれる比率。黄金比と呼ばれるものだ。美術教師だった小山田先生なら、この数字が染みついていても不思議ではない。

試しに1618という数字を入力してみた。

ロックが解除された。

ぼくは、興奮で叫びそうになったが、慌ててそれを呑み込んだ。まずは落ち着こう。大きく深呼吸をしてから、改めて携帯電話に目を向ける。

ディスプレイには、家族の写真が壁紙として設定されていた。

小山田先生と、その奥さんと思(おぼ)しき女性と、七歳くらいの女の子――。

皆、カメラに向かって穏やかな笑みを浮かべている。

その写真を見て、今さらのように、小山田先生にも家族がいたのだということを実感した。

突然の父親の死に、家族はどれほど心を痛め、絶望していることだろう。両親を失った経験のあるぼくには、その痛みがリアルなものとなって襲いかかってきた。

本来、この携帯電話は、こんな風に無理矢理中身を見るのではなく、そのまま家族に返すべきものだったのかもしれない。

だけど——。

そうした感傷よりも、好奇心の方が勝った。

まずは、携帯電話の着信履歴を確認する。表示されているのは、学校や自宅のものがほとんどだった。

次にメールフォルダに目を向ける。

これも着信履歴と同じで、ほとんどが奥さんと思われる人物からだった。ただ、一つだけ異なる名前の表示があった。

及川真希（おいかわまき）という人物からで、昨日の夕方に送られてきたメールだ。開いてみると、以下のような文章が表示された。

〈例の件で、先生に、どうしてもお話ししたいことがあります。明日の朝、七時に美術室でお待ちしています。来て頂けなかったときは、私の知っていることを暴露します〉

それを見て、ぼくは息が止まった。

敢えて具体的なことは書かれていないが、小山田先生を脅しているようにも受け取れる内容だ。

これは、まさに小山田先生を殺した人物からのメッセージなのかもしれない。このときの交渉が決裂して、殺害に至ったと考えるとしっくりくる。

ただ、現状ではこのメッセージが差す〈例の件〉が何なのかが不明だ。それに、差出人である及川真希という人物が、何者なのかが分からない。

——何か手掛かりはないか？

携帯電話の写真フォルダにカーソルを合わせ開いたのだが、ディスプレイに表示された画像を見て、ぼくは驚きから携帯電話を取り落とした。

さあっと音を立てて血が引いていく——。

「何だこれ……」

ぼくはしばらく、床に落ちた携帯電話を眺めていた。

自分の見たものが信じられなかった。そうだ。きっと何かの見間違いだ。ぼくは、覚悟を決めて携帯電話を手に取り、改めてディスプレイに目を向けた。

——見間違いなどではなかった。

ぼくは、思わず目を背けた。

そこに映っていたのは、女性の裸体だった。それが、インターネットなどで拾った、セクシー女優のそれであるなら、別にどうということはない。ぼくだって持っている。だけど、そうではなかった。

小山田先生の携帯電話の写真フォルダに保存されていた裸体には、共通点があった。

皆、学校の制服を身に着けていたことだ。

ブラウスを脱いでいたり、スカートをたくし上げたりしているが、それでも、その制服が東高校のものだということが分かる。

写真はどれも顔の部分が切れた構図で撮影されているから、誰なのかは判別できないが、背景に映っているものから、うちの学校の美術室だということが分かる。

ヒデさんから聞いた噂話が脳裏に蘇る。

あのときは酷い噂だと思っていたが、どうやらそれは本当だったらしい。いや、こんな風に、女子生徒の裸体を撮影しているなんて、噂以上に劣悪だ。

ヒデさんは、小山田先生と恋愛関係になった女生徒たちが、告発するようなことは無かったと言っていたが、その理由はおそらくこの写真だろう。この写真を弱みとして握り、口を封じていたという訳だ。

胃がぎゅっと収縮して、吐き気を覚えた。

家族の写真をディスプレイに壁紙として設定しながら、同じ携帯電話の中に、こんな下劣な写真を保存しておくなんて――。

怒りもあるが、それ以上に気持ちが悪かった。

ぼくは、二つ折りの携帯電話を閉じると、電源を切って部屋の隅に投げ捨てた。

両手で顔を覆い、今見たものを忘れようとしたけれど、網膜に張り付いて剝がれなかった。

――そうか。だから、彼女は小山田先生の携帯電話を盗もうとしたのか。

言いしれない不快感の中で、ぼくはその結論に達した。

このいかがわしい写真が、表に出ることを阻止しようとしたからこそ、彼女は携帯電話を何とかしようとしたのだろう。

つまり、この写真の中に、彼女の裸体も混じっている――。

「いや、違う」

ぼくは声に出して否定した。

何か根拠があった訳ではない。心が受け容れることを拒絶したのだ。ただの幻想に過ぎないかもしれないけれど、彼女はそんな人ではないと思いたかった。

そんな人ってどんな人だ？

彼女には、彼女の事情があり、理由がある。

名前すら知らないぼくが、それをこういう人だと勝手に決めつけていい訳がない。

もう、何も考えたくない。

ぼくは、再びベッドに仰向けに倒れ込むと、自分の携帯電話を取り出した。

紺色で光沢のあるプラスチックの物体。これを、取り違えてしまったばかりに、ぼくは知らなくてもいいことを知ってしまった。

だけど、今さら悔やんでも、もう全てが手遅れだ。ぼくは、知ってしまったのだ。

ぼんやりと取り留めのない考えを巡らせながら、ぼくは二つ折りの携帯電話を開いた。

小さな紙片がひらひらとぼくの胸の上に落ちた。

携帯電話の間に挟まっていたらしい。

それを手に取ったぼくは、驚愕のあまり意識が遠のきそうになった。

そこには、電話番号とメールアドレスが記載されていた。きっと、彼女が間に挟んでいたに違いない。

単純に、繋がりを持ってくれたのだと喜ぶことはできなかった。

連絡先と一緒に、次のような一文が書かれていたからだ。

〈もし、琢海君が小山田先生の携帯電話を持っているなら、絶対に中身を見ないで欲しい。　真希〉

――もう手遅れだ。

ぼくは、見てしまった。知ってしまった。

何よりぼくの心を痛めたのは、最後に記された彼女の名前だ。彼女が、小山田先生と会っていたことの証明に他ならない。

Chapter5

1

ぼくは、薄暗い部屋の中にいた――。

この場所は見覚えがある。板張りの床に、油絵の具の独特の匂いが入り混じった空間。ここは美術室だ。

――助けて。

ヴェールのように薄い青色が、すっとぼくの目の前を横切る。

この声色は、彼女の――真希さんのものに間違いない。ぼくは、彼女の姿を探して辺りを見回す。

だけど、彼女の姿は何処にも見当たらなかった。

その代わりに、部屋の中央にはイーゼルに設置されたキャンバスが置かれていた。黒い布が掛けられている。

変な話だけれど、さっきの声は、このキャンバスから聞こえてきた気がする。

ぼくは、おそるおそるキャンバスにかかった黒い布を摑んで引き下ろした。そこから現れたのは、一枚の絵だった。

構図は呪いの絵と同じなのだけれど、赤黒い絵の具で描かれたのではない。現実の色に則した淡い色使いで、とても美しい。

そして、絵に描かれた少女に、ぼくは見覚えがあった。

真希さんだ。

この絵は、真希さんをモデルに描いたものに違いない。いったい誰が描いたんだろう。

——助けて。

また青い声がした。その声に合わせるように、絵の中の真希さんの唇が動いた。

絵が喋っている。

——お願い。助けて。

絵の中にいる真希さんが、そこから逃れようと手を伸ばす。ぼくは、その手を掴もうとキャンバスに触れた。

だけど、ぼくのいる世界と、真希さんのいる世界は、隔絶(かくぜつ)されていて、直接その肌に触れることはできなかった。

何とか、絵の中に閉じ込められている真希さんを助けなければ——。

必死になってキャンバスを引っ掻いているときに、ふと目を覚ました。

——夢だったのか。

このところ嫌な夢ばかり見る。

ベッドから起き上がり、窓際に歩み寄った。昨日の夜から降り出した雨は、まだ止んでいなかった――。

時計に目を向けると、間もなく十二時になろうとしていた。

こんな時間まで眠ってしまっていたとは、自分でも驚きだ。それだけ身体が疲弊していたのだろう。

部屋を出てリビングに向かい、ソファーに腰を下ろした。

結局、あのあと彼女に――真希さんにメッセージを送ることはできなかった。小山田先生の携帯電話に保存されたデータの中身を知ってしまった以上、今さら連絡をするのは、真希さんの意に背くことのような気がした。

良心の呵責(かしやく)があり、写真をちゃんと確認はしていないが、あの中には真希さんの裸体の写真もあるはずだ。

だから、真希さんは携帯電話の中身を見ないようにメモを残した。

小山田先生が、女子生徒とふしだらな関係を持ちながら、それをうやむやにしてこられたのは、この写真の存在があったからだ。

写真の存在を知られたくなくて、黙っていたに違いない。

真希さんは、小山田先生を好きになった。その気持ちに嘘はない。でも、それは道ならぬ恋だった。だから別れようとした。

それなのに、あの写真のせいで逃げられなかった、追い詰められていたのだ。

——お願いだから、もう終わりにして——。

夜、美術室で彼女の悲しい声を聞いたとき、どうしてぼくは何もせずに出て行ってしまったのだろう。

もし、あのとき、ぼくが無理にでも準備室に入り、真希さんと顔を合わせていたら、少なくとも彼女は小山田先生を殺すことはなかっただろう。

——違う。

ぼくは、慌てて自分の頭の中に浮かんだ考えを否定した。

確かに携帯電話に保存されていた写真データは、殺害動機になり得る。だけど、まだ彼女が殺したと決まった訳ではない。

考えを巡らせていると、携帯電話にヒデさんから電話がかかってきた。

「お疲れさまです」

〈おう〉

「どうしたんですか？」

〈どうしたじゃねぇよ。昨日の件、色々と面白い話を仕入れたから、教えてやろうと思ったんだよ〉

「もうですか？」

情報が集まるまでに、何日かかると思っていただけに、素直に驚いた。

〈そんなもん、おれにかかればすぐだよ。まあ、琢海だけじゃなくて、妹からもせっつかれてな〉

どうして、ここで妹が出てくるのか引っ掛かったけれど、仕入れた話の方が気になった。

「それで、どんな内容ですか？」

〈琢海、今日はシフト入ってるか？〉

「いえ。今日は休みです」

〈おれ、これからバイトなんだわ。終わったら、また連絡するわ〉

「休憩何時からですか？　その時間に合わせて店に行きますよ」

この時間から、バイトということは、終わるのは夜遅くになってからだろう。そんな時間まで待っていられなかった。

〈了解。三時くらいかな〉

「分かりました。では、後ほど」

〈はいよ〉

電話を切ったあと、身仕度を整えてマンションを出た。

2

昨日と同じ、コンビニ近くにあるファストフード店に入り、ハンバーガーのセットを注文して、カウンターの席に腰掛けた。

ハンバーガーを頬張りながら、紙ナプキンの上に彼女の顔を描いてみた。

その笑顔は、脳裏に刻み込まれているので、諳(そら)んじた歌のように、迷うことなくペンを走らせることができる。

顔の全体像から、首筋、そして肩に差し掛かったところで、ぼくは思わずペンを止めた。

昨日見た携帯電話の画像が、フラッシュバックしたからだ。

首から下だけの裸体。あれが、真希さんのものだとしたら、ぼくはこの先を描くことができてしまう。

それが、堪らなく嫌だった。まるで、真希さんを蹂躙(じゅうりん)しているような気がする。

ぼくは大きくため息を吐くと、ペンを置いて窓の外に目をやった。

雨は相変わらず降っている——。

この雨が記憶を洗い流してくれたらいいのに。本気でそんなことを考えた。もし、記憶を消すとしたら、いったい何処からがいいのだろう？

携帯電話の写真を見る前？　小山田先生の死体を発見する前？　それとも、真希さんと再会する前？

——それは嫌だ。

ぼくは、もう真希さんのことを知ってしまったのだ。忘れることなんてできない。

「ダメだ」

ぼくは首を左右に振って悪い考えを追い払う。

まだ、真希さんが小山田先生を殺した犯人だと決まった訳ではない。あの日の朝、真希さんが学校にいたのは事実だ。

だけど、だからといって、真希さんが殺したことにはならない。

——冷静に考えよう。

警察の発表では、小山田先生の死亡推定時刻は、夜九時から翌朝の七時の間ということになっている。

ぼくは別の紙ナプキンに、〈二十一時〜七時〉と書き記す。

次いで、ぼくが真希さんと階段の前で鉢合わせになった時間を〈七時十五分〉と書く。

仮に、小山田先生が殺害されたのが、午前七時だとして、真希さんは僅か十五分の間に、殺したことになる。

単に殺すだけなら可能だっただろう。

でも、真希さんは返り血を浴びたりはしていなかった。頭からポリ袋のような物を被（かぶ）っていれば、それを防ぐことができるけれど、今度はそのポリ袋を処分しなければならなくなる。

十五分で、それらを全てこなすのは、不可能のように思えた。

やはり、彼女は犯人ということはあり得ない。希望が持てた気がしたが、それはすぐに萎（しぼ）んでしまった。

死亡推定時刻は、前日の二十一時から翌朝の七時の間なのだ。

つまり、七時より前であった可能性もあるのだ。真希さんが学校に来たのが、七時より前であれば、いくらでも殺害することが可能だ。

さすがに浅知恵だった。

だけど、今の考えは完全に無意味だった訳ではない。小山田先生が殺害されたのが、前日の夜の時間帯だったとすると話は違ってくるはずだ。

「また会ったな」

唐突に深い緑色の声が視界に飛び込んできた。

はっと振り返ると、よれよれのスーツを着た熊のような男が、紙コップを持って立っていた。

昨日、ぼくに事情聴取をした刑事——後藤だ。

「隣いいか？」

不思議な人だった。顔はいかついし、喋り口調も素っ気ないのに、緑色の声は丸みを帯びていて、温かみすら感じる。

だけど、だからといって警戒しない訳ではない。

偶然、居合わせたというのは考え難い。タイミングから見ても、気付かないところで行動を監視されていた可能性が極めて高い。

「すみません。ぼく、ちょっとバイト先に行かなきゃいけなくて……」

「今日は、シフトに入ってるのか？」

ほんの一瞬だけ、後藤の声の形が尖った気がした。

見た目は粗野でも、刑事としての鋭さは兼ね備えている。下手な嘘を吐くと、そこを徹底的に追及され兼ねない。

「いえ。バイトは入ってません。ただ、先輩に少し用事があるんです」

「そうか。まだ時間はあるんだろ。少し話そう」

「はい」

ぼくは、逃げることを諦めた。

この場を逃げたところで、しつこくされるのは目に見えている。それなら、大人しく質問に答えた方がいい。

「おっ、絵を描くのか。上手いもんだな」

後藤が紙ナプキンに手を伸ばしたので、慌ててそれを引っ掴み、ポケットの中に押し込んだ。ついでに、死亡推定時刻などをメモした紙ナプキンも回収する。

「せっかく描いたのに、もったいない。綺麗な娘じゃないか」

「ただのイタズラ描きですよ」

「隠すことはないだろ」

「完成してない絵を見られるのって嫌なんですよ」

「そうか。悪かったな」

「それで、話というのは何ですか？」

ぼくが訊ねると、後藤は「おっと、そうだった」と苦笑いを浮かべてみせる。

「この前、携帯電話を忘れて教室に取りに戻ったと言っていたな」

「はい」

――やはりそのことか。

「携帯電話が見つかったと言っていたが、それは間違いないか？」

「ええ」

「見せてもらえるか？」

「いいですけど……」

ぼくは、ポケットの中から自分の携帯電話を取り出し、それを後藤に見せた。

「それがお前のものだって証拠はあるか？」

「証拠ですか……これで、証拠になりますか？」

ぼくは携帯電話の写真のフォルダを開き、家族の写真を表示させると、それを後藤に見せた。

後藤は「ちょっといいか」と、ぼくから携帯電話を取り上げ、写真を確認してから戻してくれた。

真希さんから、携帯電話を返してもらった後で本当に良かった。

自分の携帯電話がない状態で、こういう追及を受けたら、間違いなく襤褸(ぼろ)が出ていただろう。

「どうして、そんなことを気にするんですか？」

答えを知ってはいるが、敢えて惚けた調子で訊ねてみた。

「被害者の小山田先生が持っていた携帯電話が紛失したまま、見つかっていない。状況から考えて犯人が持ち去ったのだと考えている」

後藤の声色の深みが増す。

多分、後藤は口が軽くてこんな話をしているのではなく、あくまでぼくの反応を見る為に情報を開示しているのだろう。

「つまり、携帯電話が事件解決の鍵ってことですか？」

「そうかもしれないし、そうではないかもしれない」

「曖昧ですね」

「そうだな。今回の事件は、色々とややこしいんだ」

「ぼくが携帯電話を持っているか確認したということは、ぼくも容疑者なんですか？」

ぼくの問いが意外だったのか、後藤は驚いた顔をして足を止めた。

「そこまでは言ってない」

「そこまでは――ということは、疑ってはいるんですね」

「お前、八雲に似て嫌なところを突くな」

何気なしに言ったのだろうが、ぼくの中でもやっとした感情が広がる。

「どうして急に斉藤の話をするんです？」

「あいつとは、色々とあってな……」

「色々？」

「そう色々だ。あいつは、クラスに馴染めているのか？」

まるで親戚のおじさんがするような質問だ。

後藤と八雲が、どういう関係なのか気になったが、それを問い質す気にはなれなかった。

「どうでしょう？　ぼくは、あまり接点がないので……」

「そうか。まあ、相変わらずなんだろうな。あいつは、徹底して他人を遠ざけるからな。青春してるイメージも湧かないな」

後藤は苦い表情を浮かべたものの、その声色は、これまでにないほど丸くて明るかった。

本当によく分からない人だ。

「あの。もういいですか？　そろそろ行かないと」

ぼくはトレーを持って席を立った。

「ああ。引き留めて悪かったな」

「では」

そのまま立ち去ろうとしたのだが、後藤に呼び止められた。

「一つ言い忘れていた」

「何です？」

「さっき、お前を疑っているかって話だけど、とっくに容疑者リストからは外れている」

その声に嘘の色はなかった。

容疑者から外れているのはありがたいけれど、逆にその理由が気になった。

「どうしてですか？」

「お前には、アリバイがあるんだよ」

「え？」

「正確な検死報告書が上がってきた。被害者が殺されたのは、午後十時前後だ。その時間、家にいたことは、妹と叔母さんが証言している」

「身内の証言ってアリバイになるんですか？」

「証言だけじゃ無理だ。マンションの防犯カメラの映像を確認したんだよ」

ぼくが気付かないうちに、そこまで調べているなんてさすがだ。

「そうですか。良かったです」

ぼくは、笑顔を返してからトレーを片付けて店を出た。

本当に心の奥底からほっとしていた。自分が容疑者から外れたことにではない。真希さんのことだ。

朝、真希さんと鉢合わせしたことで、ずっと彼女が犯人なのではないかと考えていた。だけど、小山田先生が殺されたのが、前の日の夜ということなら、真希さんと会ったことは、事件とは無関係ということだ。

――本当にそうか？

耳の裏で声がした。その声は、どういう訳か、ぼくの視界を赤く染める。

ただの空耳のはずなのに、視線を上げると、道路の反対側に傘を差して立っている少年の姿が見えた。

その少年は、ぼくの視線から逃げるように歩き去って行った。

「斉藤八雲……」

ぼくは、その少年の名を呟いた。

どうして彼が、あんなところに立っていたのか？　後藤がぼくのところに来たのは偶然なのか？

様々な疑問が頭の中を駆け巡ったが、ぼくは答えを見出すことができなかった――。

3

「あいつ、殺されて当然だわ」

休憩室で顔を合わせたヒデさんは、吐き捨てるように言った。

ヒデさんにしては珍しく、ギザギザに尖った声だったので、相当腹に据えかねたものがあるのだろう。

「それって、小山田先生のことですよね？」

「そうそう。まあ、噂が本当なら――だけどな」

「どんな噂ですか？」

そう訊ねながら、聞きたくないという気持ちもあった。

さっきの後藤という刑事が言っていた。小山田先生が殺されたのは、前の日の夜十時前後だと。

ぼくは、朝の学校で真希さんと会ったことで、彼女が事件に関係していると考えていたが、殺されたのが夜なのであれば、真希さんは関係ないということになる。

もう調べる必要はない。妙に嗅ぎ回ることで、知りたくもない事実を突きつけられることになるかもしれないのだ。

それでも、こうして耳を傾けようとしているのは、心の何処かに引っかかりがあるからだ。

「どうした琢海。ちゃんと聞いてる？」

「あ、はい」

どうやら、心ここにあらずの顔をしていたらしい。ぼくは、すっと背筋を伸ばしてみせた。

「小山田が女癖が悪いって話はしただろ。だけど、あれは少し違っていたらしい」

「違うってどういうことですか？」

「小山田は、女子高生と普通に恋愛関係になったって訳じゃなくて、騙して言いなりにさせていたらしいんだ」

「騙す？」

「そう。目を付けた女子生徒がいると、最初は絵のモデルにならないかって声をかける訳だ。まあ、年頃の女子が、コンクールで賞を取っている教師から、そんなこと言われたら、悪い気はしないわな」

「そうですね」

受けるにしろ、断るにしろ、特別だと褒められて喜ばない人はいないだろう。

「ただ、問題はそこからだ。何だかんだ口実を作って、女子生徒を脱がしちまうらしいんだ。で、その姿をこっそり撮影しちまう」

「なっ……」

「あとは、お決まりのコースだ。写真をばら撒かれたくなかったら、言いなりになれって脅して、好き勝手やってるって寸法だ」

ヒデさんの話を聞いているうちに、目眩がしてきた。

それが本当だとすると、真希さんは、小山田先生と恋愛関係にあったのではなく、写真を撮られて脅されていた——ということになる。

「被害に遭った女子は、結局、誰にも言えないままになるって訳だ」

「最低ですね」

「なっ、殺されて当然だろ。知ってたら、あいつボコボコにしてたわ」

ヒデさんが舌打ちをする。

確かに、ヒデさんがそれをしてくれていたら、今のような状況は生まれなかったかもしれない。

ただ、引っかかることがあった。

「ヒデさんは、その情報、何処から仕入れたんですか？」

「元カノの友だちがさ、小山田の被害者だったらしいんだ。元カノも、その話を聞いたとき、訴えた方がいいって勧めたらしいんだけど、何せ証拠がないだろ」

「そうですね」

「それに、何年も経ってから、実は学校の教師に性的虐待されてました——なんて言える訳ねぇよ。おまけに、自分の裸の写真が出回るってリスクもある訳だしな」

ヒデさんの言う通りだ。

証拠を集めるのも大変だし、辛い記憶を掘り起こすことにもなる。おまけに、自分の裸の写真が晒されるというリスクまで背負っているのだ。

「死んで喜んでいる人が、結構いるかもしれませんね」

ぼくが呟くように言ったところで、女子大生のバイトが休憩室に顔を出した。

「ヒデさん。ちょっといいですか?」

女子大生に手招きされ、ヒデさんは席を立ちレジの方に歩いて行った。

——何だろう?

ぼくは、疑問を持ちつつも、休憩室からそっと店内を覗いてみる。

中学生くらいの女子五人が、雑誌コーナーの前に溜まっていた。その挙動は、明らかに不自然だった。

女子大生の店員と何か話したあと、ヒデさんはカウンターを離れ、それとなく女子中学生の一団に近付いて行く。

やがて、女子中学生の一団は何気なく店を出て行こうとする。

「ちょっと待て」

ヒデさんが、中学生たちの前に立ち塞がった。前のときみたいに、痴漢と騒がれないように身体に触れたりはしなかった。

「君たち、支払いが済んでいない商品があるよね?」

ヒデさんが詰め寄ると、女子たちはなぜかクスクスと含んだような笑い声を上げた。

「私たち、盗んでませーん」

「そうそう。盗んだのは、この子だけです」

少女たちは、口々に言いながら仲間であるはずの一人の少女を指差した。

――え？

ぼくは呆気に取られた。

これまで、周囲に紛れていてよく見えなかったが、犯人だと指名された少女は、妹の海空だった――。

どうして海空がここに？ 万引きってどういうことだ？ 何でそんなことを？

パニックに陥っているぼくを余所に、少女たちは海空だけを残して、一斉に店を飛び出して行った。

泥のように、黒くて茶色い不快な笑い声が、ぼくの視界いっぱいに広がり、一瞬、何も見えなくなった。

「本当に君が盗んだのか？」

ヒデさんが、一人店内に取り残された海空に訊ねる。

「海空！」

いても立ってもいられず、ぼくは休憩室から飛び出しながら叫んだ。

振り返った海空の目がぼくを捉える。

途端、驚愕からか、溢れんばかりに目が大きく見開かれた。

「お、お兄ちゃん……」

絞り出すように発せられた海空の声は、ぼくが記憶している鮮やかさはなく、まるでコンクリートのように灰色に染まっていた。

「え？　琢海の妹なのか？」

ヒデさんが訊ねてきた。

「はい。そうです。海空。お前、本当に盗んだのか？　どうして？」

ぼくの問いに答えることなく、しばらく、わなわなと震えていた海空だったが、やがて「ごめんさい！」と繰り返し叫びながら店を飛び出して行ってしまった。

「追いかけろ」

ヒデさんが背中を押してくれた。

「あ、はい。でも……」

「いいから行け。この件は黙っておくから、後でちゃんと説明に来い」

「はい」

ぼくは、胸の内でヒデさんに感謝しつつ、雨が降りしきる中、海空を追って走り出した。

4

海空の背中を必死に追いかけたのだが、雨のせいで視界が悪く、いつの間にか見失ってしまった。

ヒデさんが黙っておくと言ってくれていたので、警察に通報されるようなことはないだろうが、もし、あの場にぼくがいなかったら、間違いなく補導されることになっただろう。そうなれば、進学にも影響する。

「何でだよ……」

泣きそうになりながら、呟いてみたが、答えてくれる者は誰もいなかった。

とにかく、早く海空を見つけなければ。気持ちは逸(はや)るが、宛てもなく歩き回ったところで、見つかるとは思えない。

――何処か、海空の行きそうな場所は？

何も思いつかなかった。

普段、遊びに行っている場所も、友だちの名前も、何も知らないことに気付き愕然(がくぜん)とする。ぼくは、海空のことを見ているようで、何一つ見ていなかったのだと思い知らされる。

そういえば、前にマンション近くの公園で海空を見かけたことがあった。あのとき、海空は何だか居心地悪そうにしていた。

——あれ、友だち？

ぼくが、そう訊ねたとき、海空の声の色が見えなかった。ぼくは、それを暗さのせいだと勝手に解釈してしまった。

でも、そうじゃなかった。あのとき、海空の声は黒く染まっていたのだ。嘘の色に。あんな人たちは、友だちじゃない——と心の中で叫んでいた。だけど、ぼくはそれに気付くことができなかった。

いったい、何時からぼくたちはこんなにも崩れてしまったのだろう？

考えるまでもなく答えはすぐに出た。あの日の事故のせいだ。単に両親の命を奪っただけでなく、全てを変えてしまったのだ。

強く拳を握り締めたところで、ぼくははっとなった。

もしかしたら、海空は両親のところに行ったのかもしれない。両親のお墓があるお寺は、この近くだったはずだ。

一か八かの可能性に懸けて、ぼくは走り出した。

顔に降りかかる雨を拭い、銀杏並木の坂道を駆け上がると、寺の門が見えてきた。

一度呼吸を整えてから、門を潜り、墓地に向かって歩き出した。

墓地の中を碁盤の目のように走る小道を抜け、両親の墓を目指して早歩きで進む。

やがて、両親の墓のある一画が見えてきた。

――いた。

両親が眠る墓石の前で、蹲るようにして座っている海空の姿を見つけた。

よく見ると、海空だけではない。その傍らに僧侶が立っていて、海空が濡れないように傘を差し出している。

「海空」

声を掛けながら、歩み寄ろうとしたのだが、誰かに肩を摑まれた。

振り返るぼくの目に映ったのは――斉藤八雲だった。

どうして、彼がこんなところにいるのか？　訊ねようとしたのだけれど、混乱してしまって、思うように言葉が出てこなかった。

「今は行かない方がいい」

雨でうす暗い中でも、彼の赤い声は鮮やかにぼくの目に映った。

ただ、学校で見たそれとは違い、包み込むような丸みを帯びた形をしていた。

「何を言っているんだ？　妹が……」

「分かっている」

「え？」

「彼女は、よくここに来ていた」
「海空が？」
「来る度に、いつもお墓の前で泣いていた」
——嘘だろ。
そんなこと、全然知らなかった。両親が死んでから、海空は強くなったと思ってい
た。家事を支え、前向きに生きていると思っていた。そんな海空が、一人で両親の墓
石の前で泣いていたなんて、受け容れられなかった。
そう感じたのはきっと、自分が海空のことをまるで見ていなかったと、思い知らさ
れたからだろう。
バイトをしている時間があったなら、何でもっと海空の話を聞いてやらなかったの
だろう。悔しさは怒りに変わり、八つ当たりだと分かっていながら、八雲を睨み付け
てしまった。
「どうして、斉藤がそんなことを知ってるんだ。いい加減なことを言うな」
「知っているさ。見ていたから」
「見ていた？」
「ここは、ぼくの叔父さんの家なんだ。ぼくは、ここに居候させてもらっている」
「…………」

「叔父さんは、ずっと彼女のことを心配して、時折声をかけていた」

そう言って八雲は、海空とその傍らに立つ僧侶に目を向けた。あの僧侶が、八雲の叔父ということのようだ。

「どうして、そんなことを……」

「理由なんてない。叔父さんは、そういう人なんだ。すぐに他人の世話を焼く。難儀な性格だ」

「だけど……」

「青山が出ていけば、彼女は余計に混乱するだけだ。大丈夫だ。悪いようにはしない。今はそっとしておいた方がいい」

八雲は、そう言うと琢海から手を離し、くるりと背中を向けて歩いて行く。

放っておけと言われても、だからといって、このまま家に帰る訳にはいかない。海空が、いったい何を抱えているのかを、ちゃんと聞かなければならない。

ぼくは、八雲の言葉を聞かず海空の方に足を踏み出した。

「そんなに大事なら、どうしてちゃんと見てやらなかった？」

八雲の赤い声が、ぼくの進路を阻んだ。

さっきのような丸みはない。刃物のように鋭く尖った声だった。

振り返ると、八雲はぼくに背中を向けたまま立っていた。雨に打たれながら、佇むその姿は、酷く悲し気に見えた。

「見ていたさ！　ちゃんと見ていたんだ！　恵まれた環境にいる斉藤には分からないだろうが、ぼくたちには両親がいないんだ！　だから二人で生きて行かなきゃいけないんだ！　何も知らない癖に、偉そうなことを言うな！」

こんなの間違えている。怒りをぶつける相手は、八雲ではない。それが分かっているのに、どうしても止められなかった。

「それがどうした？」

さっきまであれほど鮮やかだった八雲の赤い声に、どす黒い何かが混じった。まるで、悪意を練り込んだような色だった――。

「…………」

「両親がいないから、何だと訊いている」

ぼくの態度が、同情を買っているように見えたのだろうか？　だとしたら、それは間違いだ。ぼくは、ただ必死に日々を過ごしていただけだ。

それなのに、どうしてこんな言われ方をしなければならないのか――。

「斉藤は、ぼくがどれだけ辛かったか知らないんだ。だから、そんなことを平気で言う。理不尽に大切なものを奪われた絶望が、斉藤には分からないんだ」

「絶望だって？　笑わせるな」

「え？」

「お前らは、愛されていただろ」

八雲の声が、一気に赤みを取り戻し、まるで炎のようにぼくの目の前で燃え上がったような気がした。

「なっ……」

「望まれてこの世に生まれて、愛されて育ったんだろ。それの何処に絶望がある？」

「…………」

「何も知らないのは、青山の方だ」

八雲の赤い声が、鋭い刃となって何度もぼくを斬り付ける。

「ぼくは……」

「もう聞きたくない。もう少しマシな奴かと思っていた」

「な、何を……」

「両親の事故を言い訳に、都合の悪いことから逃げているだけだ」

「違う！　ぼくは、一人で生きて行くと決めたんだ！　妹の、海空の為に！　言い訳なんかするものか！」

「だったら、どうしてもっと妹をちゃんと見てやらなかった？　なぜ、泣いていることに気付いてやらなかった？」

「…………」

返す言葉が見つからなかった。

身体が怒りで震える。だけど、この怒りは八雲に対して抱いていたものではない。ぼく自身に向けられたものだ。

「まあ、別にぼくにはどうでもいい話だ」

八雲はそう言うと、すたすたと歩いて行ってしまった。

「何なんだよ」

遠ざかっていく背中に向かって、吐き捨てるように言い放ったが、それは単なる負け惜しみに過ぎなかった。

「くそっ」

呟くように言ったぼくの肩に、ぽんっと手が置かれた。

振り返ると、そこには弥勒菩薩（みろくぼさつ）のように穏やかな笑みを浮かべた僧侶が立っていた。オッドアイらしく、左眼が赤かった。そして、その傍らに立つ海空の姿があった。

ぼくは、二人を見て固まったまま動くことができなかった。

海空にはもちろん、この僧侶にも、何と言葉をかけていいのか分からなかった。いや、違う。ぼくが何か言ったら、二人揃（そろ）って幻のように消えてしまう。そんな気さえした。

「海空ちゃんのお兄さんの琢海君だね――」

僧侶が落ち着いた口調で声をかけてきた。

冷たい雨も、ぼくの心の暗さも、全て呑み込んでしまうような、真っ白い光が視界いっぱいに広がった。

こんなにも、混じりっけのない白を見たのは、初めてのことだ。

「は、はい」

「雨も降っている。今日のところは、もう帰った方がいい」

そう言って、僧侶は傘をぼくに差し出してくれた。

「いえ。大丈夫です」

「何を言っているんだ。風邪をひいてしまうだろ。君も、海空ちゃんも」

僧侶はぼくの手に、強引に傘を握らせた。

「あ、あの……」

「分かってる。大丈夫だから。まずは、海空ちゃんの話をきちんと聞いてあげるといい。海空ちゃんは、誰にも本心を言えず、ずっと一人で堪えていたんだ。支えてあげられるのは、君しかいないはずだからね」

僧侶の言葉が、ぼくの心の深いところに突き刺さった。

「ありがとうございます」

ぼくは、深々と頭を下げたあと、海空の手を取って歩き出した。

海空と手を繋いだのは、何時以来だろう。こんなにも冷たくて、小さかったんだということを、改めて知った——。

5

目を覚ますと、頭痛と倦怠感があった——。

多分、昨日、雨に打たれながら海空を追いかけたせいで、風邪をひいたのだろう。

僧侶に言われた通り、帰りの道中で海空の話を聞こうと試みたのだが、「ごめんなさい」と謝るばかりで、詳しいことは何も話してくれなかった。

家に帰ると、体調が悪いと部屋に閉じ籠もり、それきり出て来なくなってしまった。

こうなると無理に聞き出すのは、逆効果なのではないかと考え、ひとまずそっとしておくという選択をした。

だけど、それが本当に正しいことかは分からない。もしかしたら、単に都合の悪いことから逃げているだけなのかも——。

仁美叔母さんも、さすがに海空の異変を察し、色々と聞かれることになった。

どうすべきか判断に迷ったが、黙っている訳にもいかず、海空がコンビニで万引き未遂をしたことは伝えた。

仁美叔母さんは、ぼく以上にショックを受けているようだった。

責任感の強い彼女のことだ。保護者としての自分の至らなさを責めているのだろう。

だけど、今回の海空の一件は、そういうこととは違うような気がしていた。単に、両親がいないことによる寂しさとか、精神的な不安定がもたらした行為ではなく、もっと別の理由があるように思える。

敢えて、仁美叔母さんには言わなかったけれど、多分、一緒につるんでいた中学生たちにそそのかされた。いや、強要されていたに違いない。

あの女子中学生たちが、誰なのかを突き止める必要があるのかもしれない。

とにかく、もう一度、海空と話をする必要がある。

ぼくは、重い身体を引き摺るようにベッドから起き上がると、海空の部屋のドアをノックした。

「海空」

呼びかけてみたが、返事はなかった。改めてノックしたが、結果は同じだった。

まだ眠っているのだろうか。それとも、話をしたくないので、拒絶しているのだろうか。多分、後者だろうけれど、無理にドアを開けるのは躊躇われた。

「琢海君」

仁美叔母さんが声をかけてきた。

「はい」

「海空ちゃんは、私が見ておくから、琢海君はバイト先に説明に行ってもらえるかしら？」

「そうですね……」

すっかり失念していた。

ヒデさんが店長には黙っていると言ってくれたものの、迷惑をかけてしまっている。直接会って、現状を説明しておく必要があるだろう。

それに、ぼくには話せなかったとしても、仁美叔母さんであれば、話すこともあるかもしれない。

仁美叔母さんはカウンセラーだ。こういうときに聞き出す術も知っているだろう。

「分かりました。お願いします」

ぼくは、ひとまず仁美叔母さんに任せることにして、身仕度を済ませて玄関に向かった。

靴を履いているときに、傘立てに刺さっている傘を見て、はっとなる。

昨日、僧侶に借りた傘がそのままになっている。これも返しに行った方がいいだろう。もしかしたら、再び八雲と顔を合わせることになるかもしれないけれど、それでも、借りた物をそのままにするのは居心地が悪い。

ぼくは、傘を持って家を出た――。

昨日とは違い、自転車でコンビニに向かい、店舗の裏に停めてから店の中を確認する。幸いなことに、ヒデさんがレジに立っていた。

自動扉を潜り会釈をすると、ヒデさんが目配せをしてきた。

休憩室で待っていろ――という意味だと解釈して、ぼくは頷いてから休憩室に入り、パイプ椅子に腰掛けた。

ぎしっと軋んだ音がする。

背もたれに身体を預け、汚れた天井に目を向けた。

バイトを始めて、まだ二ヵ月にも満たないけれど、この休憩室にはそれなりに愛着がある。でも、今日で来るのは最後かもしれない。

ヒデさんとの話の内容にもよるが、やはり海空があんなことをした後では、働き難いというのが本音だし、ヒデさんを含めて周囲の人間も、ぼくを信用して仕事を任せることはできないだろう。

などと考えていると、ヒデさんが休憩室に入って来た。

休憩時間という訳ではなく、仕事を他のバイトに任せて抜けて来たといった感じだ。

「昨日は、本当にすみませんでした――」

ぼくは椅子から立ち上がり、誠心誠意ヒデさんに謝った。

「バカ。そういうのはいいって」

ヒデさんが、いつもと変わらない声色で言うと、ぼくの頭を軽く小突いた。

深刻になるでもなく、敢えて軽い調子で応じてくれたヒデさんに救われた気がする。ヒデさんのミュージシャンとしての実力は知らないが、本当にいい人なのだと思う。

「ありがとうございます」

「とにかく、座れって」

ヒデさんに促され、向かい合うかたちで椅子に腰掛けた。

「昨日、妹は見つかったのか？」

「はい。お陰様で」

「話はしたか？」

「それが……本人は謝るばかりで、何であんなことをしたのか、全然答えてくれなくて……」

本当なら、ちゃんとヒデさんに事情を説明すべきなのだが、全くそれができていないのが申し訳ない。

「あれさ、多分だけど、無理矢理やらされたんだと思うぜ」

「無理矢理――ですか」

驚いた声を出してみたが、実はぼくもそれを疑っていた。

「そう。ぱっと見ただけだけど、お前の妹って、万引きするような子に見えなかったんだよな。まあ、兄貴のお前見てても、それは分かるけどさ」

「はい」

「お前の妹だけ残して逃げた取り巻きの連中だけど、この前、おれが捕まえようとして逃げられた奴らと同じだった」

「そうですね」

それは、ぼくも気付いていた。

あの連中は、以前にヒデさんに万引きを咎められて、痴漢呼ばわりして逃げて行ったグループだった。

「あのときの腹いせに、お前の妹を脅して、万引きやらせたんじゃねぇかって、おれは思ってんだよね」

その可能性は充分にある。

正直、そうでもなければ、海空が万引きをするなんて思えなかった。だけど、それがヒデさんの口から出て来たのが驚きだった。

「妹のことを信じてくれるんですか？」

「おれは、お前の妹のことは知らねぇよ。だけど、兄貴であるお前のことは見ているからな。お前は、真面目過ぎるくらい真面目だ」

「真面目ですか？」

「暑苦しいくらいに真面目だね」

「バカにしてます？」

「違ぇよ。店長も心配してたぞ。お前ってさ、真面目に考え過ぎるから、全部腹の中溜め込んじまうタイプだろ」

「そうですかね？」

惚けてみせたが、当たっている。

正直、これまで店長やヒデさんが、ぼくのことをどう見ているかなんて、考えたこともなかった。心の何処かで、どうせ自分のことなんて、誰も見ていないと思い込んでいたところもある。

だけど、そうではなかったようだ。

少なくとも、ヒデさんや店長は、ぼくのことを見てくれていた。

「ああ。両親がいないのに、それを言い訳にしないで、一人で全部どうにかしようとしている」

「知ってたんですか？」

これまで、ヒデさんとそういう話をしたことはなかった。分かっていて黙ってくれていたようだ。

「実はさ、おれも両親がいねぇんだよ」

「え？」

「離婚して、母親だけだったんだけど、その母親も去年病気でな……。おれは成人してるから、一人暮らしで適当にやればいいんだけどさ、妹はまだ高校生だから、そういう訳にはいかねぇ」

そういえば、前に妹がいるという話をしていた。

「今は、どうしているんですか？」

「おれは、迷惑かけないように、一人暮らしを始めて、妹は爺さん婆さんとこで世話になってる」

「そうだったんですか……」

ぼくは、海空に限らず、周囲を何も見ていなかったんだと思い知らされる。

ヒデさんが、ぼくに優しかったのは、きっと自分たちの境遇と重ねていたからなのだろう。

「そんな顔するなよ。別にしみったれた話をしたいんじゃないんだ。おれはいい加減な奴だから、色々あるけど好き勝手やってる。それに引き換え、お前は少しでも迷惑かけないようにって、文句の一つも言わずに頑張ってる」

「そんなんじゃ……」

「お前を見てるとさ、自分が情けねぇなって思うんだよ。本当は、ミュージシャンとかバカなこと言ってないで、ちゃんとしなきゃいけないって――」

ヒデさんは笑顔を浮かべていたが、その声色は、薄いヴェールのように、ひらひらと揺れていた。

「ヒデさん……」

「まあ、好き勝手やってきたおれが言うことじゃねぇかもしれねぇけど、逆に痛々しいって思うこともある」

「それって、どういうことです？」

「ちゃんとしようって気持ちは分かる。だけどさ、もう少し、肩の力を抜いてもいいんじゃねぇのか？」

「抜いてますよ」

「それ本当か？　おれには、お前がずっと我慢しているように見えるぞ」

「我慢なんて……」

強く否定することができなかった。

自分でも、何となく分かっていた。両親の死後、自分が何とかしないといけないと、色々なことを諦めてきた。そうせざるを得ないと思っていた。だから、絵を描くのも止めた。それも我慢といえば、我慢だったのかもしれない。

「だったら、誰にも遠慮せず、好きなことやればいい。そうやって、自分を抑えこんじまうと、いつかは破裂しちまうぜ。まあ、おれが言っても説得力ねぇけどな」

ヒデさんの笑い声は、いつもの輝きを取り戻していた。

きっと、この人は、自分に正直なのだろう。ダメなところとかも理解した上で、やりたいことをやっている。だから、こんな風に声が輝いている。

「悪い。話が逸れちまったな。お前の妹のことだけど、実はおれの方でも探りを入れているから」

「探りですか？」

「おれ、まだインディーズだけど、一応、それなりにファンがいるんだよ。その中には、中学生とかもいるわけ。それで、お前の妹の学校の様子とか、この前のグループ奴らのこととか、色々と調べてるから、また分かったら教えてやるよ」

命令されたにせよ、どうして海空があんなことをしたのかを知るには、そうした情報は是非とも欲しいところだ。

「何から何まで、本当にありがとうございます」

ぼくが深々と頭を下げると、ヒデさんは「止せよ」と照れ臭そうに手を振った。

「でも……」

「本当にいいんだって。話は戻るけど、頑張るのは大切だけど、自分の好きなことまで止めちまう必要はねぇと思うぞ」

「はい」

返事はしたものの、ぼくの中で迷いが晴れた訳ではなかった。

6

お寺の前に自転車を停め、大きく深呼吸をした。

ただ、傘を返すだけだ。ぼくは、自分自身に言い聞かせて、寺の敷地に足を踏み入れる。

庫裡の方に行けば、昨日の僧侶に会えるだろうか？　足を踏み出したものの、すぐに迷いが生まれた。

八雲は、この寺に居候していると言っていた。

庫裡に顔を出せば、八雲と顔を合わせることになってしまう。昨日のことがあるだけに躊躇いが生まれる。

そういう感情が生まれるのは、八雲に八つ当たりをしたと自覚しているからだろう。

昨日のことは、ぼくがいけないのだ。

分かっているなら、顔を合わせて謝ればいい。そう思ったのに、足を踏み出すことができなかった。

「おや。琢海君——」

ぼくの視界に白い光が差した。

眩しさを感じて目を細めつつ視線を向けると、そこには昨日顔を合わせた僧侶の姿があった。やはり、オッドアイらしく左眼だけが赤い。

その傍らには、三歳くらいの女の子の姿もあった。

「あ、えっと、その……昨日、お借りした傘を返そうと思って」

ぼくが傘を差し出すと、僧侶は「わざわざ、ありがとう」と笑顔で傘を受け取った。

その声が白いほどに、ぼくは自分の小ささを突きつけられているようで、何だか落ち着かない気分になった。

「それと、妹のことも、ありがとうございました」

八雲の話では、この僧侶は日頃から、両親の墓の前で泣いている海空を気にかけてくれていたらしい。

その心遣いには、感謝してもしきれない。同時に、そこまで追い詰められているのに、気付くことができなかった自分が恥ずかしい。

「妹さんとは、ちゃんと話ができたかな？」

ぼくは「はい」と返事をしかけたのだが、途中で言葉が止まってしまった。

この僧侶の前では、嘘は吐いてはいけないという気がした。

「いえ。海空は――妹は何も話してくれなくて」

「そうか。まだ、時間が必要かもしれないね。これからも注意して見ておくよ。だから君も、海空ちゃんの力になってあげて欲しいな」

「はい。ありがとうございました」

ぼくは、一礼して立ち去ろうとしたのだが、僧侶に呼び止められた。

「八雲のことなら、気にしなくていいよ」

「え？」

「昨日、口論になったんだろ」

「知っていたんですか？」

「近くで、あれだけ大きな声を出せば、嫌でも気付くよ」

僧侶は楽しそうに笑った。

嫌みがなく、本当に何処までも白い声だった。そのせいか、ぼくの中にある警戒心がみるみる溶かされていくような気がした。

「すみません。斉藤にも謝っておいて下さい」

「気にすることはない。あれは、八雲も悪いんだ。八雲は不器用だからね。それに、見えすぎてしまう。そのせいで、他人との距離の取り方が分からないんだよ」

「そ、そうなんですか？」

敢えて他人と距離を置いているという印象を持っていた。

孤高の存在。達観して、物事を斜めに見ている。他人を見下しているところがあるとすら思っていた。

それだけに、僧侶の言葉は意外だった。

「こんなことを言うのは変かもしれないけれど、私は正直、嬉しかったな」

「嬉しい？」

「そう。八雲が同級生に対して、あんな風に感情をぶつけるのは、初めてだったんじゃないかな」

確かに、八雲がクラスメイトたちと口論している姿は、これまで見たことがない。河本たちに絡まれたとしても、軽くいなしている感じだ。

でも、どうして僧侶がそれを嬉しいと感じるのかが分からない。

「それって……」

「誰に対しても、心の内を打ち明けなかった八雲が、ああやって自分の気持ちを主張するのは、大きな進歩だよ。それが、口論だとしても。だから、琢海君には、とても感謝している」

まさか、あれを感謝されるとは思わなかった。

「そんな……」

「それに、琢海君は八雲を庇ってくれたんだろ」

「庇う？」

「財布を盗んだと因縁をつけられた八雲を、助けてくれた――」

すっかり失念していたけれど、そういえば、そんなことがあった。河本とのあの一件のことだ。

「いや、あれは……」

「琢海君にとっては、何気ないことだったかもしれない。でも、八雲からすれば、とても大きなことだったんだ」

「そうですか」

八雲が、そんなことまでこの僧侶に話していたことが意外だった。

「きっと八雲は、琢海君と境遇が似ていたから、シンパシーを抱いていたのかもしれないね」

「似ているって、どういうことですか？」

ぼくが訊ねると、僧侶は何かを思いついたように、うんと一つ頷く。

「本堂の前で、少し待っていてくれるかな？」

僧侶はそう言うと、少女を連れて庫裡の方に歩いて行った。

途中、少女が物珍しそうに振り返り、ぼくの顔を見てにっこりと笑みを浮かべた。

春の日差しのように明るい笑みだった。あの少女の声は、いったいどんな色をしているのだろう。ぼくは、軽く会釈を返したあと、本堂の前に移動した。

しばらくして、庫裡から僧侶が出て来た。

「いや、待たせてしまったね」

「いえ」

「少し座ろうか」

僧侶は、そう言うと本堂の前の階段に腰を下ろした。ぼくも、それに倣(なら)って僧侶の隣りに腰掛ける。

近くで見て、僧侶の左眼が赤いのは、カラーコンタクトを入れているからだと気付いた。

どうして、わざわざ左眼だけ色を変えているのか気になったけれど、訊ねてはいけない気がした。

しばし沈黙が流れる――。

僧侶は、その沈黙を楽しむように目を細めると、ふっと空に目を向けた。

その表情は、何処か寂しげだった。

「さっき、君と八雲の境遇が似ていると言ったね――」

僧侶の白い声が、ぼくの視界にふわっと舞う。

「はい」

「八雲には両親がいないんだ。それで、叔父である私が親代わりをしているんだ」

「そ、そうだったんですか……」

――知らなかった。

あれだけ、好き勝手に振る舞っているのだから、てっきり我が儘に育ったお坊ちゃんだと思っていたけれど、それは偏見だったようだ。

「八雲は非嫡出子というやつでね。望まれぬかたちで生まれたんだ。だから父親の存在を知らない。八雲の不幸は、それだけではなかった……」

僧侶の声は、相変わらず白いのに、なぜか空気がどんどん重くなっていくような気がして、ぼくは相槌すら打てなかった。

「私の姉は、愛情をもって八雲を育てようとした。だけど、色々と災いが降りかかり、精神的に追い詰められて行った。私はね、それに気付いてやることができなかった……」

僧侶が顔を上げて遠くを見つめた。

さっきまで透き通るような白さだった声に、一瞬だけ影が差した気がした。

それは、後悔の色なのだろう。

僧侶がなぜ、海空を気に掛けていたのか。そして、ぼくにこんな話をしたのか、その理由が分かった気がする。

精神的に追い詰められていた海空。それに気付けなかったぼく。兄と妹の姿を見て、過去の自分の後悔を重ねていたのだ。

「それで、お姉さんはどうなったんですか？」

訊ねるぼくの声が自然と震えた。

それはきっと、この先に待っているのが、決して明るい現実ではないことが、分かっていたからだと思う。

「姉は、八雲を殺そうとしたんだ」

「結局、通りかかった警察官によって救われたのだが、姉は現在に至るも行方不明のままだ」

「え？」

「…………」

想像を上回る過酷な現実に、ぼくは言葉を発するどころか、呼吸をすることさえできなくなってしまった。

昨日、八雲の言っていた言葉が脳裏に蘇る。

――お前らは、愛されていただろ。

その言葉の意味が、今になって耐え難い重みとなってのし掛かってきた。

両親がいない為に、叔父叔母に育てられているというところは、確かに似ているが、八雲の置かれたそれは、ぼくとは明らかに違う。

ぼくは、交通事故で両親を一度に失うことになった。だけど、八雲が言っていたように、ぼくは少なくとも、家族の写真が心の支えになるくらいには愛されていた。

だが、八雲は違った――。

自らの母親に殺されかけるなんて、想像しただけでぞっとする。八雲からすれば、ぼくが味わったのは悲劇ではあるけれど、絶望ではなかったのだろう。

八雲には、記憶の中にすら拠り所がなかったのだから――。

彼は、達観して他人を見下していると思っていたけれど、本当はそうじゃなかった。

自らの母親にすら必要とされなかった八雲は、誰も信じることができなかった。裏切られることを怖れ、信じることを止めた。そうせざるを得なかった。

八雲は孤立したくてした訳じゃない。そうするしかないほどに、追い詰められていたのだ。

「泣いてくれるのか。君は優しい子だ」

僧侶に言われて、ぼくは初めて自分が泣いていることに気付いた。

7

「どうして、青山がここにいる？」

お寺の前に停めておいた自転車に跨がろうとしたところで、赤い光が鋭くぼくの眼前を横切った。

顔を上げると、そこには思いがけない人物が立っていた。いや、そうではない。彼に会う可能性は充分にあった。

「八雲――」

　ぼくが口にすると、彼は眉間に皺を寄せて怪訝な表情を浮かべる。

「どうして急に呼び方を変えたんだ？」

　そういえばそうだった。これまで、ぼくは斉藤と呼んでいた。おそらく、さっき僧侶と話したことで、その呼び方が移ってしまったようだ。

　それだけでなく、僧侶から八雲の過去を聞かされたことも影響しているのだろう。八雲とぼくの間には、驚くほど共通点があった。性格もクラスでの立ち位置も全然違うけれど、抱えているものは似通っていた。そのせいで、これまでとは違う距離感に思えた。

　もちろん、それはぼくが一方的に抱いている感情に過ぎないのだけれど——。

「ご、ごめん」

「別にいい。それより、何でここにいる？」

「昨日、君の叔父さんに傘を借りたんだ。だから、それを返そうと思って……」

「それだけか？」

「うん。それだけ」

「嘘を吐くのが下手だな」

「え？」

「まあいい。それより訊きたいことがある」

八雲の声が、赤い糸となって絡みついてくるようだった。逃れようとすればするほどに、身体の自由が奪われる気がした。

「何？」

「青山は共感覚を持っているんだろ」

突然の投げかけに、言葉を失った。

サウンドカラー共感覚のことは、周囲には告げていなかった。言ったところで理解されないし、偏見を生むだけだということを、これまでの経験でよく分かっていた。

人の集団とは不思議なもので、誰かと同じであることで安心するところがある。その為に、自分たちと違う特性を持った人間を平気で蹴落とす。理解して、受け容れるなんてことはしてくれない。

小学校の頃などは、変人扱いされるばかりか、何度となく心ない言葉で切り付けられた。自分が他人とは違う、欠陥品のように思えて、引きこもりがちになった時期もある。

仁美叔母さんの勧めで、絵に出会ったことで、自分の特性と向き合うことができたが、そうでなければ、そのまま自分を肯定できず、完全な不登校になっていたかもしれない。

何れにしても、それ以来、共感覚のことは、誰にも言わずに過ごしてきた。それなのに、どうして八雲がそのことを知っているのか？

「急に何を言い出すんだ？　そもそも共感覚って何？」

ぼくは惚けるという選択をした。

証拠を示せるようなものではない。認めなければ、それで成立すると思っていた。

「惚けても分かる。おそらくサウンドカラー共感覚だ。音に色が見えている。全ての音じゃない。人の声にだけ反応している」

呆気に取られた。

八雲は、音に色が見えるサウンドカラーということだけでなく、その範囲が人の声だということまで把握している。

仁美叔母さんや海空から聞いた可能性を考えたが、それはないだろう。二人は、そもそも八雲と接点がない。

小学校のときの同級生から聞いた可能性も考えたが、それもあり得ない。

あの頃は、サウンドカラー共感覚ということを、自分でもはっきり認識していなかった。周囲の人間には、変わり者と思われていただけだ。

「どうしてそうだと思うんだ？」

ぼくが訊ねると、八雲は少し苛立ったように頭をガリガリと掻いた。

「見ていれば分かる」

「答えになっていないよ」

「なっているさ。青山は、人と話をしているとき、瞼や涙袋のあたりがよく動く。それは、強い光を受けたときなどに起きる筋肉の反射に似ている。近くに光源がある訳でもないのに、そうした反応が起きている」

「……………」

「そして、青山の目の周辺が動くときは、決まって誰かが喋っているときだ。音に視覚が反応していることは察しがつく。人の音声以外の音のときは、そうした反応が見られない。つまり、人の声に視覚が反応するサウンドカラー共感覚だという推論が成り立つ」

驚きで言葉も出なかった。

これほど正確に言い当ててしまう洞察力もそうだが、まさか、自分がここまで八雲に見られているとは思わなかった。

「青山がサウンドカラー共感覚であると思った理由は、他にもある――」

ぼくが返事をしないことで、認めていないと判断したらしく、八雲はさらに話を続ける。

「青山は中学のときに、美術コンクールで賞を受賞している。その絵を見せてもらった。描かれているのは人物画なのに、その色使いは実に独創的だった。緑だったり、紫だったり、本来、人の肌の色には使用しない色を使っている」

ただ推測するだけではなく、それを裏付ける為に、確認作業を行っていたということか——。

「あれは、奇をてらっただけだよ」

苦し紛れの言い訳をする。

「違うね。青山は、共感覚で見ている世界を絵に投影することで、被写体の心情を描写したんだ」

ここまで言い切られてしまうと、もう返す言葉がない。

「もう止めてくれよ。隠していることを暴いて、何が楽しいんだ？」

「別に楽しくてやってる訳じゃない」

「ぼくには楽しんでいるように見える。ぼくが共感覚の持ち主だって知って、それでどうするんだ？　八雲は、ぼくが他人と違うことで、どれだけ嫌な思いをしたかは分からないだろ」

「分かるさ——」

八雲は呟くように言って視線を空に向けた。

その声は、舞い落ちる花びらのように、揺れながら落ちていった。

「分かる訳ないだろ」

「ぼくも、似たようなものだからな」

――どういうことだ？

八雲も、サウンドカラー共感覚の持ち主ということだろうか？　いや、そんなはずはない。ただ、表面だけの同情をしているに過ぎない。

「何でも知ってますって感じだけど、常に自分が正しいと思わない方がいい」

「そんなことは分かってる。だから悩むし、迷うんだ」

「とても、そうは見えないけど……」

入学式のときもそうだったけれど、八雲はいつだって自分の考えを曲げない。誰にも流されず、自分の道を歩んでいる。

「ぼくだって迷うさ。今もそうだ。だから、これ以上、事件を引っ掻き回すのは止めてくれ」

「引っ掻き回す？　ぼくが？」

「ああ。例えば小山田先生の携帯電話――とか」

八雲の放った声は、ぼくの心の一番深いところに突き刺さった。動揺して、危うく叫んでしまうところだった。

「何の話をしているんだ？　そもそも、八雲は警察でも何でもないだろ」

ぼくの言葉に、八雲はふっと小さく笑みを浮かべた。

「そうだな。青山の言う通りだ。ぼくは、警察ではない。だから、小山田先生を殺害した犯人を捕まえるつもりはない」

「だったら……」

「ぼくが解決しようとしているのは、呪いの絵について——だ」

「呪いの絵？」

「そうだ。自分で望んだ訳じゃない。叔父さんに頼まれて、仕方なく首を突っ込んでいるだけのことだ」

八雲が、いかにも面倒だという風に、寝グセだらけの頭をガリガリと掻いた。

「さっきから、何を言っているんだ？」

「そのうち嫌でも分かる。自覚症状が無いようだけど、青山も呪いの絵の呪縛に捕らわれているからな」

八雲はぼくの心情などお構い無しに一方的に告げると、話は終わりとばかりに、ぼくの横を擦り抜けて寺の敷地に入って行ってしまった。

8

八雲は、いったい何処まで知っているのか？

ぼくは自転車を漕ぎながらも、そのことばかりを考えていた。

なぜ、八雲はぼくが小山田先生の携帯電話を持っていることを、知っていたのか？

もちろん、ただカマをかけただけという可能性もある。

だけど——。

ぼくのサウンドカラー共感覚を見抜いていた八雲が、何の根拠もなく、そんなことを言うはずがない。

八雲が単なる高校生であるなら、さして気にすることもない。

だが、おそらくそうではない。屋上での八雲の口ぶり。それに、後藤という刑事の言葉を考えると、あの二人は繋がっていると考えた方がいい。

そうなると、かなり厄介なことになる。

死亡推定時刻から、真希さんが犯人ではないことは分かった。だからといって、今さら、警察に渡しに行く訳にもいかない。それに、真希さんの裸体を警察に晒すのも我慢できない。早めに処分した方がいいかもしれない。

或いは、データだけ削除して、何処かに落としておくというのも手だ。

ただ、一つ引っかかることがある。真希さんが小山田先生を殺したのではないとすると、いったい誰が殺したのか？

そこまで考えたところで、津波のように不安が押し寄せてきた。

真希さんが殺したのではないという根拠は、小山田先生の死亡推定時刻だけだ。メールで朝に会う約束をしていて、実際、彼女は美術室に足を運んだ。でも、その時間帯に真希さんにアリバイがあったかどうかは分からない。

ふと、一つの可能性に思い立ったぼくは、自宅があるマンションの前まで来たところで、自転車のブレーキをかけ、小山田先生の携帯電話を取り出すと、真希さんからのメールを確認した。

メールが送信されたのは、午後十一時になっている。

小山田先生が、既に死亡していた時刻だ。もしこれが、真希さんのアリバイ工作だったとしたら？

夜に一旦学校に足を運び、小山田先生を殺害。その上で、敢えて翌朝に話がある旨のメールを送信しておく。そして、彼女はメールの通りに美術室に足を運び、そこで第一発見者になろうとした。

ところが、予定が大幅に狂った。自分が送ったメールを受信しているはずの、小山田先生の携帯電話が紛失していた。しかも、途中でぼくに会ってしまっただけでなく、そのぼくが死体の第一発見者になってしまった。

そう考えると、辻褄が合うように思える。

「琢海君――」

急に目の前に青い声が飛び込んできて、ぼくは思わず携帯電話を落としそうになったが、慌てて掴み、ポケットの中に押し込んだ。

顔を上げると、すぐそこに真希さんが立っていた。

「ど、どうしてここに……」

驚くぼくを見て、真希さんはふて腐れたように頬を膨らませた。

「どうしてじゃないよ。全然、連絡してくれないから、こっちから会いに来たの」

真希さんの声は、驚くほど明るい青だった。

空のように澄みきった純粋な青色が、ぼくの視界いっぱいに広がる。そのことが、ぼくを余計に戸惑わせる。

どうして、こんな晴々とした色を出せるのだろう。それに——。

「何で、このマンションが分かったんですか？」

「島崎先生から聞いたの」

「島崎先生？」

「うん。島崎先生は、私の担任なの。美術部の伝達事項があるって、嘘吐いちゃったけど」

——そういうことか。

「そうでしたか。それで、あの……」

その先の言葉に詰まってしまった。

真希さんが、どうしてわざわざぼくのマンションまで訪ねて来たのか。その理由は分かる。分かってしまうからこそ、どうしていいのか分からなくなる。

「琢海君と話をしたいと思ったの。今、出かけてるって聞いたから、ここで帰るのを待たせてもらった」

「そうですか」

「話っていうのは、もう分かっていると思うんだけど、小山田先生の携帯電話を私に渡して欲しいの」

さっきまで視界いっぱいに埋め尽くされていた真希さんの声が、ぐにゃりと歪んだ気がした。

それはきっと、真希さんが抱える苦悩の顕れなのだろう。

正直、何が正しいことなのかぼくには分からない。警察も小山田先生の携帯電話の行方を捜していた。

このまま、真希さんに渡してしまうことは、証拠隠滅になるような気がする。

それでも——いや、だからこそ、携帯電話は真希さんに渡すべきなのかもしれない。

ぼくが小山田先生の携帯電話を取り出そうとしたところで、自分の携帯電話が着信を告げていた。

仁美叔母さんからだった。

ぼくは、「すみません」と真希さんに断ってから電話に出る。

〈琢海君。大変なの。海空ちゃんが、部屋からいなくなってるの。私が、買い物から帰って来たらいなくなっていて〉

「どういうことですか？」

仁美叔母さんの声が、まるで花火のように激しく弾けている。

〈分からない。だけど、ごめんなさいって書いたメモがテーブルの上に置いてあって、嫌な予感しかしないの〉

「すぐに捜しに行きます！」

ぼくは電話を切ると、再び自転車に跨がった。

「何かあったの？」

ぼくの顔色を見て、ただならぬ気配を察したらしく、真希さんが声をかけてきた。

万引き未遂をして塞ぎ込んでいた妹の海空が、家からいなくなったことを掻い摘まんで説明する。

「私のせいだ……」

真希さんが、今にも泣き出しそうな顔になる。

「え？」

海空のことと、真希さんのことは一切関係がない。責任を感じる理由などないはずだ。

「ここで琢海君を待っているとき、妹さんがマンションを出て行くのを見たの。凄く深刻そうな顔をしていて……」

――どうして、真希さんが海空の顔を知っているんだ？

疑問を抱いたのは一瞬のことだった。真希さんは、ぼくの携帯電話の背面パネルに貼られた家族のプリクラ写真を見たはずだ。それで、海空の顔を知っていたのだろう。

「どっちに行ったか分かりますか？」

「その道を左に曲がって行ったと思う。あのとき、私が声をかけていれば……」

真希さんが下唇(したくちびる)を噛(か)んだ。

そこまで彼女が責任を感じる必要はない。海空の置かれた事情を知らないのだから、見過ごしたとしても、それは仕方のないことだ。

「ありがとうございます。すみません。話はまた今度」

ぼくは、全速力で自転車のペダルを漕ぎ出した。

9

ぼくは、ただ必死に自転車を走らせる。

マンションを出て右に行ったとしたら、また両親のお墓に行っている可能性もあった。だけど、真希さんは左だと言っていた。それに、もしお寺に向かったのだとしたら、途中でぼくとすれ違っていたはずだ。

でも――。

この前、海空を追いかけたときと一緒で、ぼくは海空の行きそうな場所に、まるで見当が付かなかった。

本当に情けないと思う。

もっと早くに海空の異変に気付いていたら、こんなことにはならなかった。

ただ気分転換に外に出ただけだと思いたいけれど、書き置きを残していることから、それは考え難い。

悪い予感ばかりが頭の中を過る。

――とにかく無事でいて欲しい。

ぼくは、ひたすらにそう願うことしかできなかった。

最初に向かったのは、海空の通っている中学校だ。日曜日ということもあり、学校の門扉は閉まっていて、中に人の気配はない。

一応、学校の周りをぐるりと回ってみたけど、やはり人の姿はなかった。

——他に海空が行きそうな場所は？

次に思いついたのは、両親が息を引き取った川沿いの総合病院だった。ここからなら、そう遠く離れていない。

流れる汗もそのままに、ぼくは自転車のペダルをがむしゃらに漕ぐ。

段々と陽が沈み始め、多摩川が赤く染まっている。

いつもなら美しいと感じるその風景が、不安を助長し、余計にぼくの中にある焦燥感を煽っていく。

病院に辿り着いたぼくは、急いで受け付けに足を運び、海空の写真を見せ、姿を見ていないか訊ねて回った。皆、親切に話を聞いてくれたが、どの人も、見ていないという虚しい回答が返ってくるだけだった。

もしかして——という期待を込めて、一度、仁美叔母さんに電話を入れる。

だけど、海空はまだ家に帰っていないという報せを受けた。仁美叔母さんは、既に警察に連絡しており、捜索をしてもらっているとのことだった。

電話を切ったぼくは、自転車を押して歩き出す。

疲労が蓄積しているせいで、走るのもままならなかった。海空を見つけることは、もうできないんじゃないか――。

そんな諦めの気持ちが広がったところで、あのベンチを見つけた。

ぼくが彼女に――真希さんに初めて会った場所。

――大丈夫。そのうち甘くなるから。

真希さんの言葉が脳裏に蘇り、暗くなりかけていたぼくの視界に、青い光が差した気がする。

そうだ。こんなところで諦めてはダメだ。

ぼくは、気持ちを奮い立たせると、再び自転車に跨がった。

大きく息を吸い込み、顔を上げると、多摩川とそこにかかる橋が見えた。嫌な記憶が蘇るから、あの橋を見ないようにしていた。

一年前――執拗なあおり運転を受け、ぼくたちの乗った車は、あの橋から転落した。両親を奪った事故。あの日から全てが変わってしまった。

感傷が湧き上がると同時に、もしかしたら――という思いが浮かんだ。

ぼくは、力強くペダルを漕ぎ出す。

どうして、最初に気付かなかったのかと思う。海空が両親に会いに行くとしたら、墓地の次は病院ではなく、命を落とした場所――あの橋のはずだ。

ぼくは、何も考えずにひたすらに自転車を走らせた。

信号を待っている時間も惜しくて、信号を無視したせいで、激しくクラクションを鳴らされたが、それでも止まらなかった。

やがて、橋に通じる一本道に出た。

そこで——。

ぼくは信じられないものを目にした。

車が行き交う橋の欄干の上に、人が立っていたのだ。距離があるので顔は見えなかったけれど、小柄な女性であることは分かった。

「海空！」

ぼくは、叫びながらさらにペダルを強く踏み込んだのだが、その拍子にガリッと何かが擦れるような音がしたかと思うと、つんのめるようにして自転車ごと転倒してしまった。

すぐに起き上がり、自転車を漕ぎ始めようとしたけれど、ダメだった。

チェーンが外れてしまっていた。

ここで直している余裕はない。

「海空！」

ぼくは自転車を放置して叫びながら走る。

その声に反応して、欄干の上に立った少女が、こちらに顔を向けた。距離が近くなったことで、ようやくその顔を見ることができた。

やっぱり海空だった。

「止せ！　そこから降りるんだ！」

ぼくが叫ぶと、海空はとても悲しい顔で何かを呟いた。

その声色は見えなかったけど、口の動きから何となく察しがついた。「ごめんなさい」海空はそう言ったのだ。

海空がそっと瞼を閉じ、ゆっくりと体重を前にかける。

――ああ。ダメだ。間に合わない。

いくら手を伸ばしても、海空には届かない。あのときと、事故に遭ったときと同じだ。ぼくは誰も助けられない。

おかしいな。最初は酸っぱくても、そのうち甘くなるって彼女は言っていたのに、ぼくの人生はいつまで経っても全然甘くならない。

きっと、それが現実なのだろう。

実感すると同時に、ぼくの心は完全に折れてしまった。

足が縺（もつ）れ、気付いたときには、前のめりに倒れ込んでしまった。きっと、海空が飛び降りる瞬間を見たくないという思いもあったのだろう。

ぼくは無力だ。何もできない。

自分に対する怒りから、アスファルトに爪を立てた。そんなことをしたって、何も変わらないというのに——。

絶望の底にいたぼくの目の前に、突如として青い光が広がった。

「琢海君。手伝って」

それは、真希さんの声だった。

はっと顔を上げたぼくの目に飛び込んできたのは、想像だにしていない光景だった。

真希さんが、欄干から身を乗り出し、落下しかけた海空の手を、必死に摑んでいたのだ。

ぼくはすぐに二人の許に駆け寄る。

真希さんと力を合わせて、何とか海空を欄干の内側に引っ張り上げた。

「良かった。本当に良かった。お願いだから、こんなバカなことはしないで。こんなの、もう見ていられないよ」

真希さんは、泣きじゃくりながら、蹲る海空の身体を強く抱き締めた。

——また助けてもらった。

いつもそうだ。真希さんは、いつもぼくを助けてくれた。特別な存在でもないのに、真希さんは必死に手を伸ばし、掬い上げてくれる。
今度は、ぼくがそれを返す番だ。たとえ何を犠牲にしたとしても――。

Chapter6

殺意

1

月曜日の朝、体育館で全校集会が開かれた――。

校長から、学校内で傷ましい事件が起きたことが、改めて伝えられた。

その後、小山田先生が、いかに優秀な教師であったかを校長が語ったが、ぼくは一切、同意できなかった。

絵画のコンクールで入賞するなどの実績はあったかもしれないけど、そんなものはただの飾りだ。

女子生徒の裸の画像を携帯電話に保存し、それをネタに脅しをかけるような奴は、教師としてというだけでなく、人間として失格だと思う。それを見抜けず、生徒に黙禱を促す校長もろくなものではない。

怒りを覚えつつも、ぼくは発する言葉を持たず、俯き続けるしかなかった。

最後に、校長からは、授業は再開するが、部活動などの放課後の活動は、当面の間禁止することが伝えられた。

本当はこんなことをしている場合ではない。海空は、欄干から落ちそうになったときに、少し頭を打っていた。今は検査入院中だ。

仁美叔母さんが付き添ってくれているが、それでも心配だ。

なぜ、自殺を考えるほどに追い詰められていたのか？　その理由もまだ聞けていない。学校に出ている暇があったら、早く病院に行きたいというのが本音だ。

それでも、ぼくが学校に足を運んだのは、彼女に――真希さんに会いたかったからだ。

バタバタしていてちゃんとお礼を言えていない。真希さんは、両親を失い、絶望に暮れていたぼくの心を救ってくれただけでなく、海空の命の恩人だ。

あのとき、真希さんが海空の手を摑んでくれなかったら、間違いなく命を落としていた。

感謝しても、しきれない。

視線を三年生の列の方に向ける。人の隙間に、真希さんらしき後ろ姿を見つけることができた。

錯覚かもしれないけれど、その背中がぼくにはとても哀しげに見えた。

全校集会を終え、生徒たちは一斉に教室に戻ることになった。ぼくは、何とか真希さんに声をかけようと、人混み（ひとご）みを掻き分けるようにして廊下を進んだ。

「ねぇ。琢海君――」

黄色い声とともに、腕を摑まれた。

恭子だった。振り返り足を止めているうちに、真希さんの背中を見失うことになってしまった。

「何？」

ぼくはため息を吐きつつ恭子に応じる。

「ちょっと話したいことがあるんだけど……」

囁くように言った恭子の声は、何かに怯えているように震えていた。

「今？」

「うん」

「でも、この後、授業だろ？」

「先生たちは、この後、職員会議になるから自習だって言ってた。聞いてなかったの？」

「あ、そうだっけ……」

真希さんのことで頭が一杯で、全然、話を聞いていなかった。

「ね、いいでしょ」

断ろうとしたのだが、それを先読みしたように、恭子は「真希先輩のことなんだけど――」と口にした。

恭子の黄色い声は、これまで見たことがないほど濃い色をしていた。

恭子のあとについて足を運んだのは、校舎裏だった。話があると言った割に、壁に背中を預け、ふて腐れているような表情で立っているだけで、何も喋ろうとしない。

「話って何？」

仕方なく、ぼくの方から訊ねる。

「私――見ちゃったの」

恭子の黄色い声は、大きく歪んでいた。

「何を？」

「小山田先生の死体が見つかる前の日――私、夜に学校の前を通ったんだよね」

嫌な予感がした。

この先の話を聞いたら、ぼくはもう後戻りができなくなる。そんな気がした。それなのに、ぼくは「それで」と先を促す。

「私、河本と同じ塾に通ってて、それで偶々帰りが一緒になったの。で、学校の前を通りかかっただけなんだけど、そのとき、校舎から人が出て来るのを見たの。女の人だった。学生服を着ていて、身体にいっぱい血が付いていた。私、てっきり呪いの絵の幽霊だって思って……」

「…………」

「警察に言おうかと悩んだんだけど、私はずっと幽霊だと思っていたから、どうせ信じてもらえないって思って黙ってたの……」

そういえば、ぼくが死体を発見したあの日、恭子はやけに大人しかったが、そうした事情があったのかと納得する。

「で、ぼくに幽霊の話をしに来たの？」

「違うの。休みの間、色々と考えていたの。私、あのときの幽霊、何処かで見たことがある気がしたの」

「見間違いだよ」

「まだ、何も言っていないのに、どうして決めつけるの？」

恭子に問われて、ぼくは黙るしかなかった。

この先、恭子が何を言おうとしているのかだいたいの見当はつく。だからこそ、何も聞く前に否定的な言葉を発してしまった。

「私があの日見たのは、真希先輩だと思う――」

予想通りの言葉だった。

「夜だったんだろ。やっぱり見間違いだよ」

「そんなことないよ」

「だったら、それを証明できる？」

「それは……私はできないけど、河本なら……」

——え？

「さっき、偶々だって言ったけど、本当は違くて。塾の帰りに、呪いの絵をもう一度、見に行こうって河本が言い出したの。私は嫌だったんだけど、河本が強引に……」

おそらく、河本は呪いの絵を口実に、恭子との距離を詰めようとしたのだろう。それを批判はできない。ぼくだって真希さんと近付く為に、呪いの絵の噂に首を突っ込んだようなものだ。

「河本も見たってこと？」

ぼくが訊ねると、恭子は頷いた。

「でも、それだって見間違いかもしれないだろ」

「河本は携帯のカメラで写真を撮ったの」

——何てことだ。

証言だけなら、見間違いだと誤魔化すことも可能だけど、写真があるとなると話は別だ。

もし、写真を解析して、それが真希さんだということが判明してしまったら……考えただけでぞっとした。

ただ、ここで一つ引っかかることがあった。

「どうして、河本はそのことを警察に言わなかったの？」

目立ちたがり屋の河本のことだ。そんな写真を保持していたのだとしたら、嬉々として警察に提示しそうなものだ。

そして、捜査協力したことを誇張して話しまくるに違いない。

「言ったよ」

「そ、そうなの……」

「うん。だけど、河本は話を誇張するから……学校に行ったら、幽霊に襲われたって。そしたら、信じてもらえなくて、軽くあしらわれちゃったんだよね」

「それは、そうなるだろう」

変に話を盛ったせいで、河本の証言は、冷やかしだと判断されたということだ。

「結局、そのあと怖くなって、その画像データは削除したの。画像を持っていただけで、呪われるかもしれないでしょ」

「かもね」

曖昧に頷きつつもほっとする。

その画像が真希さんだったかどうかは分からないけれど、既に削除されているのだとしたら、さほど心配することもない。

「河本は、未だに幽霊だと思ってるけど、私は違う。あれは幽霊なんかじゃなくて、真希先輩だって気付いちゃったから……」

「見間違いだって。そもそも、写真は削除してあるなら、証明はできないだろ」

「できるよ」

恭子は、なぜか目に涙を浮かべていた。

「どういうこと？」

「知ってた？　携帯電話の画像データって、削除しただけじゃ消えないんだよ。データは復元できるの」

奈落の底に突き落とされたような気分に陥った。

そうだ。そういう話を聞いたことがある。もし、データが復元されて、しかも、その画像に映っているのが真希さんだと判明してしまったら――。

いや、そもそも、真希さんは、本当に小山田先生が殺された夜に、校舎にいたのか？

ぼくの思考を、恭子の「ねぇ」という黄色い声が遮った。

「黙っていてあげてもいいよ」

上目遣いで発せられた恭子の声色は、みるみる色を変え、気付いたときには、髪の色によく似たダークブラウンになっていた。

「どうして、そんな話をぼくに？」

「黙っている代わりに、真希先輩にはもう近付かないで欲しい」

理由を訊ねているのに、恭子は条件を提示する。

あまりにちぐはぐだ。そう感じるのは、恭子の声色が急激に変化したことも影響しているのかもしれない。

「どうして、そんなことを言うんだ？」

「どうしてって……ずっと好きだったから……」

「何が？」

ぼくが問うと、恭子は「ああ、もう」と苛立ちの声を上げる。

「琢海君って、どうしてそんなに鈍感なの？　分かるでしょ。私は、ずっと琢海君のことが好きだったの」

恭子の声に黒い染みは見当たらなかった。

つまり、嘘や冗談の類いではないらしい。

生まれて初めての女子からの告白だけれど、嬉しいという感情は湧かなかった。

それに――。

「恭子は、八雲の――斉藤のことが、好きだったんじゃないの？」

「斉藤君は観賞用で一緒にいたい訳じゃないっていうか。まあ、カモフラージュの意味もあったけど」

恭子は、さも当然のように言うが、ぼくにはどういうことなのか判然としない。

「でも、河本が……」

「何であいつが出てくるの？　河本はとっくにフってるから」

「そうだったの？」

「入学して、付き合ってくれって告られたけど、そのときには、もう琢海君のこと好きだったし――」

恭子が頬を赤らめて俯く。

ぼくが、クラスメイトに興味を持たなかったからなのか、鈍感なのかは分からないけれど、周囲の人間関係を完全に見誤っていたらしい。

「とにかく、考えておいてくれればいいから――」

恭子は、これまでと異なるブラウンの声を残して、その場を歩き去って行った。

2

教室に戻ると、一斉に好奇心に満ちた視線が向けられた――。

思わずたじろいだが、単に遅れて教室に戻ったからだろう。自席に向かおうとしたのだが、「二人で何してたわけ？」と冷やかしの声が飛んできた。滅紫の、ざらざらとした質感の声——河本だ。

視線を向けると、河本がぼくの机に尻を乗せて座っていた。

——ああ。そういうことか。

教室に遅れて入って来たのは、ぼくだけではない。タイミングこそ違えど、恭子も
後から教室に戻ったはずだ。二人で一緒にいたことは容易に想像がつく。

そのことが、河本の嫉妬心に火を点けてしまったらしい。

「いや別に。ただ、ちょっと話をしていただけだよ」

下手な嘘を吐けば、余計に絡まれそうな気がしたので、正直に答えた。

「話って何だよ。教えろよ」

河本が、ぼくの肩に手を回してくる。

「大したことじゃないよ」

「へぇ。大したことじゃないんだ。妹のことより?」

ぼくの視界に入り込んだ滅紫の声は、明確な悪意を感じ取れるほどに尖っていた。

一瞬、頭の中が真っ白になる。

「何を言ってるんだ?」

「分かってるだろ。琢海さ、妹が大変なときに、学校で女口説くなんて、ずいぶん余
裕じゃねぇ?」

「だから、何の話だよ」

ぼくは河本の腕を振り払うと、彼に向き直った。

河本は、薄ら口許に笑みを浮かべながら、ぼくを見据えている。その目は、酷く冷たかった。

——訊ねるべきじゃなかった。

そう感じたのだけど、今さらもう手遅れだった。

河本は、ずいっとぼくの方に顔を近付ける。そして、ゆっくりと口を開いた。

「妹が自殺したらしいじゃん」

嫌だ。本当に嫌な色だ。ぼくの心まで滅紫に腐食されていくような気がする。

「な、何で……」

——河本がそれを知っているんだ？

海空のことは、誰にも言っていない。学校の先生にだって伝えていない。もちろん、ニュースになるような話ではない。

それなのに、どうして河本が、そのことを知っているのだろう。

「あっ、そうか。未遂だったな。まだ死ねてないんだよな」

「…………」

「冷たい兄貴だよな。妹が自殺未遂したってのに、素知らぬ顔で学校で女といちゃいちゃしてんだからな……」

ぼくは、河本の声色を最後まで見ることはなかった。

腹の底から湧き上がる激情に突き動かされ、気付いたときには、ぼくは河本を殴っていた。

喧嘩なんてしたことない。もちろん、人を殴るのも初めてだ。

だから、殴るという動作が、どういうものなのか分からず、ただ堅く拳を握り、それを目の前にいる河本に突き出した。

肉がぶつかり合う鈍(にぶ)い音がして、河本はその場にストンっと尻餅を突いた。

まさか、ぼくが手を出すとは思っていなかったのだろう。河本は、呆然とした顔でぼくを見上げる。

教室にいたクラスメイトたちも、突然の出来事に驚き、完全に空気が固まっていた。

河本の鼻から、つつっと鼻血が流れ出る。

その感触を確かめるように、河本は自分の鼻を拭うと、腕に付いた血を見た。その途端、急激に河本の目は光を取り戻した。

河本は、もの凄い勢いで立ち上がったかと思うと、ぼくを突き飛ばした。

机や椅子を薙(な)ぎ倒しながら、ぼくは教室の床に倒れ込む。

河本の攻撃は、それで終わらなかった。

ぼくの上に馬乗りになり、顔面を殴り付けてくる。鼻の感覚がなく、取れてしまったのかと錯覚するほどだった。

完全にノックアウトされた格好だ。もう抵抗する気はなかったのだが、自尊心を傷付けられた河本の怒りは、収まらなかった。

河本は、「ぶっ殺す！」と叫びながら再び殴った。

教室の中の生徒たちから、「止めろ」と声が飛んだが、河本に睨まれると、皆一様に口を閉ざした。

クラスの空気が、一気に崩壊した気がする。

「てめぇ、マジでむかつくんだよ！　すました顔して他人を見下しやがって！」

「み、見下してるのは、河本の方だろ」

「は？　てめぇみてぇなカスが、口答えすんじゃねぇよ！　どうして、お前みたいな奴が！」

河本は立ち上がると、近くにあった椅子を摑み、それを大きく振り上げた。あんなもので、殴られたら、かなりヤバい。

河本が、ぼくの頭に椅子を振り下ろそうとしたそのとき、教室の戸が開いた。

騒ぎを聞きつけ、教師が入って来たのだと思ったが、そうではなかった。

「騒々しいと思ったら、クズが粋がってたのか」

聞こえてきたのは、真っ赤に染まった八雲の声だった。

倒れた姿勢のまま目を動かすと、ゆっくりとこちらに歩み寄って来る八雲の姿が、逆さまに見えた。

「は？　てめぇ喧嘩売ってんのか？」

河本が威嚇の声を上げるが、八雲はそんなもので動じたりしなかった。

「何でお前に喧嘩を売る必要がある？　ぼくは、時間を無駄にする気はない」

八雲の声は、少しも揺らいでいなかった。

「ふざけんなよ！」

「ぼくは本気だ。ふざけているのは、お前の方だ」

「てめぇ！」

河本が椅子を振りかぶって八雲に襲いかかる。

――マズい！

そう思ったのは一瞬だった。

八雲は、すっと半身になって河本の攻撃を躱すと、掬い上げるようにその足を払った。

体勢を崩した河本は、椅子を持ったまま床に倒れ込んだ。

あまりに鮮やかな八雲の動きに、教室がどよめいた。

それで、河本が戦意を喪失するかと思ったのに、彼は再び起き上がると、ポケットの中から小型のナイフを取り出した。

「てめぇも、前から気に入らなかったんだよ！　ぶっ殺してやる！」

教室の中は悲鳴で満たされたのだが、ナイフを向けられて尚、八雲は身じろぎ一つしなかった。

これは流石にマズい。

ぼくは、必死に河本の足を押さえて止めようとしたのだが、強引に振り払われてしまった。

「そうか。殺してくれるのか……」

八雲は、口許に小さく笑みを浮かべると、両手を広げて無抵抗の意思表示をした。

その言動は、ハッタリではない。

その証拠に八雲の声には、少しも黒い色が混じっていない。この状況の中、眩いくらいの鮮やかな赤い色をしていた。

「調子に乗りやがって……」

ナイフを向けている河本の方が、みるみる声の明度を失っていく。

「早くやれよ」

「…………」

「そうか。なら、こっちから行こう」

八雲は真っ直ぐ河本の許に歩いて行く。

そして——。

ナイフを持った河本の手を掴むと、そのままナイフの切っ先を自分の左胸に導いた。

「刃渡りの短いナイフだ。中途半端に刺すと、殺すことはできない。根元まで、しっかりと刺すんだ——」

冷静な八雲とは対照的に、河本の呼吸がどんどん荒くなり、手が小刻みに震え始めた。

烈火の如き激情に身を委ねていた河本だったが、人を殺すことの意味を頭で理解し、恐怖にかられているのだろう。

やがて、河本の手からナイフが滑り落ちた。

次いで、腰を抜かしたのか、すとんっとその場に尻餅を突いてしまった。

ぼくは、再び河本がナイフを持ちだして暴れないように、床に落ちていたそれを回収した。

「何だ。口だけか」

赤い矢のような声は、河本の心を粉砕してしまったらしく、何の反論もなく、ただ怯えた目で八雲を見上げていた。

八雲は、一つ大きなため息を吐くと、ぼくの方に歩み寄って来た。

ぼくの目の前に、手が差し出される。

その手の助けを借りて、ぼくは何とか立ち上がった。

八雲の手の感触は、絹のように柔らかくて、氷のように冷たかった——。

3

ぼくは、あのあと八雲と一緒に教室を抜け出した。

「ありがとう——」

ぼくは、前を歩く八雲の背中に向かって声をかけた——。

まさか八雲が、助けてくれるとは思わなかった。

「なぜ礼を言う?」

八雲は、赤い声で言いながら階段を昇り始める。

「助けてくれただろ。河本から——」

「助けたつもりはない」

「ぼくは、ただ事実を口にしただけだ」

そう言われてしまえば、そうなのだろうけど、それでぼくが助けられたのは疑いようのない事実だ。

「じゃあ、なぜ?」

「でも……」

「そんなことより琢海には訊きたいことがある」

八雲の赤い声が、ぼくの下の名を呼ぶ。昨日まで、苗字だったのに――。

彼以外にも、ぼくのことを下の名前で呼ぶ人間はいる。別に珍しいことじゃないのに、何だか妙にむず痒(がゆ)かった。

「訊きたいこと?」

「ああ――」

階段を昇り、廊下を進んで辿り着いたのは、美術室の前だった。

戸には、前回来たときと同じように、〈立入禁止〉と書かれた黄色いテープが張られている。だが、八雲は気にした様子もなく、戸を開けようと手を伸ばす。

「ちょっと。立入禁止だろ」

「大丈夫だ。許可は取ってある」

許可を取ったというのは、本当だろうか? そもそも警察が立入禁止にしている場所なのに、高校生が許可を申請して通るものなのだろうか？

ぼくの不安を余所に、八雲は戸を開けると、中に入って行ってしまった。

「来ないのか？」

八雲が振り返りながら声をかけてくる。

迷いはあったが、八雲が何を話そうとしているのかも興味があった。ぼくは、黙って美術室の中に入った。

窓が青いビニールシートで覆われているせいで、部屋の中は海の中にいるように暗かった。

それでも、視界は確保できる。

小山田先生が倒れていた場所には、白い紐で人の形が象られていて、血液だと思われる赤黒い染みが残っていた。

そして——呪いの絵も、イーゼルに載ったまま置かれていた。

小山田先生の死体が無いだけで、あのときのまま、時間が止まってしまったようにすら感じる。

「それで訊きたいことって何？」

ぼくが訊ねると、八雲はいかにも面倒臭そうに、ガリガリと頭を掻いた。

「小山田先生が殺されたのは、ぼくたちが死体を発見した前日の二十二時前後だということが分かっている」

「そうなんだ」

刑事の後藤から、その話は聞いていたが、初めて聞いた風を装った。

「ただ、殺害されてから、ぼくたちが死体を発見するまでの間に、何者かが美術室に侵入したのは間違いない」

「どうして、そう言い切れるんだ？」

ぼくは、訊ねながらも、深く呼吸をして気持ちを鎮める。

「呪いの絵のこの部分――」

八雲が、呪いの絵の左端の部分を指差した。

顔を近付けてみると、小指の先ほどの大きさだが絵の具が剝がれていて、下地の色が覗いていた。真希さんの声に似た青い色だった。

「誰かが呪いの絵にぶつかったってこと？」

「そうだ。ついでに言うと、イーゼルの位置が少しだけ斜めになっている。ぼくの推測だが、絵にぶつかりイーゼルを倒してしまったあと、慌ててそれを元に戻したんだ」

「そうかもしれないけれど、それって、ぼくたちが死体を発見する前に、他の誰かがいたって証明にはならないだろ。犯人が自分で倒したのかもしれないし……」

「もちろんだ。証拠はもう一つある。ここに足跡が残ってる」

八雲が、小山田先生の血痕の端の部分を指差した。

確かにそこには、爪先の部分と思われる足跡が残っているのが確認できる。だけど
──。

「殺したときに、血痕を踏んだんじゃないのか？」

「違う」

「どうしてそう言い切れるんだ？」

「鑑識の報告によると、この足跡は、血痕が固まってから付けられたものだそうだ」

──いったい、何処からそんな情報を？

疑問を抱いたのは、僅かな時間だけだった。あの後藤という刑事から、情報提供を受けていたに違いない。

警察とのパイプを持つ高校生なんて、それこそ推理小説の主人公のようだ。

「じゃあ、ぼくが間違えて踏んじゃったのかも……」

ぼくが口にすると、八雲は聞こえよがしにため息を吐いてみせた。

「それも違う」

「どうして？」

「この足跡の靴のサイズは、二十三センチくらいだということが分かってる。多分、

女子生徒のものだ」

八雲が、ぼくの履いている上履きに目をやった。そのサイズ感なら、確かに女性のものだ。でも――。

「女子生徒とは限らないだろ。教師の誰かかもしれないし……」

「いや。間違いなく女子生徒だ。しかも、一年生や二年生ではない。三年生だ」

脳裏に、真希さんの顔が浮かんだが、慌ててそれを振り払った。

「どうして三年生だって限定できるんだ？」

「うちの学校は、昨年から上履きのデザインが変わったんだ。もちろん、表面上は同じだ。だけど、ソウルの部分が変更されている。残った形から判断して、この上履きの跡は、三年生の女子生徒の誰かが付けたものだ」

「そうなんだ……」

これも警察から得た情報なのかもしれない。

ここまで細かい情報を収集しているとなると、下手なことを喋るのは危険だ。

「ここで、一つの疑問が出てくる。ぼくたちより先に現場に足を運んだその女子生徒は、どうして何も言わずに現場を立ち去ったのか？」

「さあ？　そんなこと、ぼくに訊かれても……」

「警察の考えでは、犯人は小山田先生を殺害したあと、彼の携帯電話を持ち去った。

だが、それを確認したところ、本人の物でないことに気付いた。そこで、朝早く再び現場に戻り、死体から携帯電話を探したが、見つけることができなかった」

「…………」

「しばらく探していたが、やがて窓から登校して来る生徒――つまり、琢海の姿を見た犯人は、慌てた拍子に、イーゼルを倒し、血痕に足跡を残してしまった。急いで元に戻して現場を立ち去った」

八雲の説明は理路整然としていて、筋が通っていた。

――いや。違う。

否定しようとしたけれど、ぼくの脳裏には、そのときの真希さんの様子が、鮮明に浮かんでしまった。

あの日の朝、真希さんがあれほど慌てていた理由にもなる。

――友だちと約束があって。

そう言った真希さんの声には、嘘の色が混じっていた。

あの場面で嘘を吐いたことが、今の八雲の推理を肯定しているのかもしれない。

そう考えると、真希さんから小山田先生に送られたメールは、アリバイ作りとは別の側面を見せることになる。

真希さんは、小山田先生から回収した携帯電話のロックが解除できなかった。だから、これが小山田先生のものであると確認する為メールを送った。

だけど、携帯電話は鳴らなかった。

さらに詳しく調べようとした結果、携帯電話の背面パネルにあるぼくの家族のプリクラを見つけた──と考えることができる。

「警察は、これらの推測から、犯人を絞り込んでいる」

「そ、そうなんだ……」

「小山田先生と個人的な関わりを持つ三年生の女子生徒で、かつ呪いの絵の保管場所を把握していて、美術室の構造に詳しい人物──分かり易く言えば、美術部員ってことだ」

──やっぱりそうだ。

八雲は明言こそしなかったけれど、真希さんのことを疑っているようだ。いや、疑っているのは、八雲だけではない。警察もまた、真希さんに目を付けているはずだ。

「琢海に改めて問う。あの日の朝、誰かに会わなかったか？」

「会ってない」

ぼくは即答した。

だけど、ぼくの嘘が通用するとは思えない。

しつこい追及を受けることを覚悟して身構えていたのだが、意外にも八雲は別の質問をぶつけてきた。

「では、もう一つ」

「何？」

「琢海は、小山田先生の携帯電話を持っているな」

断定的な言い方。

八雲は前から小山田先生の携帯電話を保有しているのが、ぼくだということに気付いていた節があった。

ただ、だからこそ、それを認める訳にはいかない。

「知らないよ」

「本当か？」

「本当だよ」

「そうか。分かった」

そう答えた八雲の声は、一気に明るさを失った。

それは、落胆の色だったようにも感じる。

でも、何で八雲が気を落とす必要がある？　事件の解決から遠のいたからか？　それとも、もっと別の理由だろうか？

「最後にもう一つだけ訊かせてくれ」

八雲が人差し指を立てる。

「な、何？」

「呪いの絵を見てから、幽霊を見た、或いは、その声を聞いたりはしたか？」

知らないと嘘を吐くこともできた。

そうすれば話が早く終わる気がする。だけど、これ以上、八雲に対して嘘を重ねるのが、どうしても心苦しかった。

「初めて、絵を見たときに――絵によく似た少女の幽霊を見た」

「何か言っていたか？」

「助けて――そう言っていた気がする」

「やはりそうか……」

八雲は、ふわっと赤い風を残して美術室を出て行った――。

4

その後、ぼくは授業を受ける気にはならず、職員室に直行し、体調不良を理由に、早退することになった。

担任の三井先生が、気を遣って仁美叔母さんに迎えに来てもらうことを提案してきた。

だが、本当に体調が悪い訳ではないので一人で帰れる。それに、叔母さんを呼んで海空を一人にしてしまえば、何が起きるか分からない。

ぼくは、「大丈夫です」と言い張って、逃げるように職員室を後にした。

下駄箱で靴に履き替えながら、自然とさっきの八雲との会話が思い返される。

八雲は、確実に真希さんを犯人だと考えているようだ。正直、彼の並べる推理を聞く限り、その可能性は極めて高い。

――ダメだ。

ぼくが、こんな風に真希さんを疑ってどうする。彼女がそんなことをするはずがない。強く心に念じつつ、昇降口から出ようとしたところで、青く澄んだ声が視界に流れてきた。

「サボりは良くないぞ」

真希さんは、笑みを浮かべてそこに立っていた。

「せ、先輩こそ、どうして？」

「琢海君の姿が見えたから、ちょっと抜け出して来た」

「大丈夫なんですか？」

「うん。自習になってるからね」

「そうですか……」

どうして、真希さんの声は、こんなにも青いのだろう。

頭の中がぐちゃぐちゃになっているぼくの方が、おかしいのかと思ってしまうほど、透き通った青い声——。

そうだ。もし、真希さんが人を殺していたとしたら、こんなにも透き通った声を出せるはずがない。

ちらっと真希さんの上履きに目を向けた。

ソウルの部分が見えないので、血痕が付着しているかどうかは判断できない。

「何か付いてる？」

あまりに、ぼくが上履きをじっと見ていたので、真希さんが足を上げて確認する。

良かった。

上履きの底は、綺麗な状態だった。血痕など付着していない。

「いや、何でもないです」

「変なの。それで、琢海君はどうしたの？」

「あ、えっと、妹の病院に行こうと思って……」

ぼくが口にすると、真希さんは今にも泣き出しそうな顔をした。

「妹さん。大丈夫？」

「今は、落ち着いているみたいです。ただ、どうしてあそこまで追い込まれていたのかは、まだ分かっていなくて……」

「そっか」

「あの。本当にありがとうございました。真希さんがいなかったら、海空は……」

死んでいただろう。

一人で全部を抱えて、両親と同じところに行ってしまっていた。そうなったら、ぼくは本当に一人きりになってしまう。

ぎりぎりのところで、真希さんが繋ぎ止めてくれたのだ。いくら感謝してもしきれない。

「大丈夫。きっと甘くなるから」

真希さんは、そう言ってポケットの中から何かを取り出した。

「え？」

「飴。あげる」

微笑む真希さんの顔は、病院のベンチで見たのと少しも変わらなかった。

ぼくが掌を差し出すと、真希さんはその上に一粒ずつ包装された飴をそっと置いた。指先が掌に触れる。

その感触が、何だか気恥ずかしかった。

「ありがとうございます」

手を戻そうとしたところで、真希さんは急にぼくの手を握ってきた。

あまりに突然のことに、声も出なかった。激しく心臓が脈動しながらも、どんな顔をしていいのか分からず、呆然と真希さんの目を見つめることしかできなかった。

「ねぇ。小山田先生の携帯電話。やっぱり、琢海君が持ってるんだよね？」

真希さんは、顔を伏せてしまったので、その表情を窺い知ることはできない。だけど、その声はさっきまでとは異なり、深く濃い色になっていた。

それだけ、真希さんが強い想いを抱えているのだということが分かった。

ここで渡すべきなのかもしれない。まだ、真希さんが犯人だと決まった訳ではない。ぼくが、携帯電話の存在を隠し続けることで、逆に真希さんの立場を悪くしてしまうかもしれない。

何より、これ以上、真希さんに嘘を吐き続けることが辛かった。

ぼくは返事をしようとしたのだが、慌ててその言葉を呑み込んだ。

真希さんの制服の袖のボタンが取れかかっていることに気付いたからだ。そんなことで――と思われるかもしれないけれど、それはとても重要なことだった。

そのボタンには、赤い絵の具が付着していたからだ。

八雲が言っていた。戻って来た犯人が、イーゼルに載った絵を倒してしまった――

と。そのとき、絵の具の一部が剝がれた——と。

真希さんの制服のボタンに付着している絵の具は、呪いの絵の一部に違いない。

上履の血痕は気付いて洗ったけれど、ボタンは気付かなかったのだろう。

「すみません。ぼくは小山田先生の携帯電話を持っていないんです」

「本当に？」

「本当です」

ぼくはきっぱりと言い切る。

別に嘘だとバレてもいい。ただ、今は真希さんに携帯電話を渡す訳にはいかない。

「でも……」

「制服のボタン、取れかかってますよ」

ぼくが告げると、真希さんは自分の袖を確認して「あっ」と声を上げる。

「絵の具も付いているみたいなので、洗って付け直した方がいいと思います」

「………」

「あの、ぼくからも一つ訊いていいですか？」

「何？」

「小山田先生のこと、恨んでいましたか？」

本当は直接的に「殺しましたか？」と訊ねたかったのだけど、流石にそれを問うのは憚られた。

ただ、この返答で真希さんが犯人かどうかはっきりする。

「別に恨んではないよ。どうしてそんなこと訊くの？」

――ああ。

ぼくは、思わず声を漏らしそうになった。

あれほど澄んだ青い色をしていた真希さんの声が、黒く染まってしまった。

できれば、真希さんのこんな声色は見たくなかった。

「ただ、何となくです」

ぼくは早口に言うと、真希さんに背中を向けて校舎を後にした。

これまでは、あくまで疑惑だった。小山田先生が死ぬ前の夜に訊いた声。朝、鉢合わせしたこと。小山田先生の携帯電話に保存されていた画像。真希さんがぼくの携帯電話を持っていたこと。恭子たちが見た姿。制服のボタンに付着した絵の具。そして、八雲が披露した推理――全てが真希さんが犯人であると指し示していたけれど、それでも、ぼくは何処かで真希さんを信じていた。

彼女が人を殺すはずがない――そう思っていた。

だけど――さっきの嘘で、全てが繋がってしまった。

真希さんは、小山田先生に対して強い恨みを持っていた。そして、それを隠そうと嘘を吐いた。

ぼくは、もう確信してしまった。

小山田先生を殺したのは、真希さんだ――と。

5

病室に入ると、海空はベッドに座り、呆然自失（ぼうぜんじしつ）といった感じで窓の外を見ていた――。

仁美叔母さんには、席を外してもらっている。

できれば二人で話をしたかった。

でも、こんなとき、どうやって話しかけたらいいのか分からない。

何があったのか理由を知りたいけれど、それを無理に問い質そうとすれば、海空を追い詰めることになってしまう。

かといって、突然、雑談を始めるのもわざとらしい。

どうすれば自然に会話を始められるだろう？　その疑問の答えは、意外と近くに落ちていた。

ぼくは、ポケットの中に手を突っ込むと、中から包みに入った飴を取りだした。真希さんから貰った飴だ──。

「飴、食べるか？」

ぼくが飴を差し出すと、海空はビックリしたように目を丸くした。

だけど、そのあと「ありがとう──」と飴を受け取ってくれた。張り詰めていた空気が、ほんの少しだけだけど、和らいだ気がした。

「食べないのか？」

ぼくが促すと、海空は黙って包み紙を開けて口の中に飴を入れた。

よほど酸っぱかったのか、海空は眉間に皺を寄せて険しい顔をする。その顔が面白くて、思わず笑ってしまった。

「酸っぱい……」

「大丈夫。そのうち甘くなるから」

ぼくが口にすると、海空の目から大粒の涙が零れ落ちた。

自分でも止めようが無かったらしく、海空は何度も嗚咽を繰り返した。ぼくは、その姿に、一年前の自分を重ねていた。

あの日、真希さんの前で溜め込んでいたものを、涙と共に全て吐き出した。

海空もまた、泣きながら、何があったのかを語って聞かせてくれた。

その内容はぼくが想像していたものとは違っていた。海空は、ずっと悩み、苦しんでいたのに、そのことに気付くことができなかった自分に、本当に嫌気が差した。

両親の死で、傷付いていたのは、何もぼくだけではない。海空もまた、耐え難い想いを抱えながら生活していたのだ。

守ってやるなんて、兄貴面していたけど、本当にやるべきことは、海空と一緒に苦しみや哀しみを分かち合うことだったのだろう。

いくら後悔しても、もう後戻りはできないのだけれど……。

でも、それでも、海空が抱えていたものを、知れたことは大きかった。これから、どうすべきか考えることができる。

これも、全て真希さんのお陰だ——。

彼女が病院のベンチで、ぼくの心を拾ってくれたから。海空の命を繋ぎ止めてくれたから。そして、海空の心を溶かすきっかけをくれたから——。

「大丈夫。そのうち甘くなるから」

ぼくは、もう一度、海空にそう告げると病室を出た——。

「どうだった？」

病院の廊下のベンチに座っていた仁美叔母さんが、立ち上がりながら声をかけてきた。

海空のことが心配で、待っていてくれたのだろう。声に波紋ができている。

「少しは落ち着いたと思います」

「そう。良かった」

仁美叔母さんは、「やっぱりダメね……」と呟きながらベンチに座り直す。

「何がダメなんですか？」

「カウンセラーを仕事にしているのに、身近にいる人の心を救うこともできない。本当に失格だと思うわ。何の為に、この仕事を選んだのか分からなくなる……」

仁美叔母さんの声は、干涸（ひから）びたオレンジみたいになっていて、見ているのが辛くなり、ぼくは思わず目を閉じた。

「高校のとき、友だちが自殺したの……」

しばらくの沈黙のあと、仁美叔母さんが語り出した。

形は萎んだままだったけれど、色の明度は少しだけ戻ってきた気がする。

「そうだったんですか」

「とても仲のいい親友だったの。いつも一緒だった。それなのに、私は何もしてあげられなかった。一番の友だちが、苦しんでいたのに、それに気付くことさえできなかったの……」

「……」

握った拳に力が入る。

ぼくも、気付けなかった。海空が、あれほどまでに追い詰められているのに、自分のことばかりで、他を気遣うことができなかった。

「親友みたいに、一人で苦しんで命を絶つ人を減らそうって思ったから、カウンセラーという仕事を選んだの」

「…………」

「それなのに、また気付いてあげられなかった。すぐ近くで、海空ちゃんが苦しんでいたのに。私は、カウンセラーとしても、保護者としても失格ね」

仁美叔母さんが、小さく笑った。

こんな哀しげな表情を見るのは、初めてだった。これまで、保護者としての責任を果たしてきた仁美叔母さんが、とても弱々しく見えた。

だけど、その分、とても身近に感じたような気がする。

――ああ、そうか。

ぼくは、唐突に色々なことに気付いた。

ぼくたちは、一緒に暮らしながら、それぞれの役割を果たそうとしていたのだろう。ぼくは、妹を大事にする兄として、海空は、家事をこなしながら、明るく振る舞う妹として、仁美叔母さんは、二人の子どもの保護者として――。

そうやって、それぞれが、自分に役割を与え、それを演じてきたのかもしれない。

泣くことも、怒ることもなく、我が儘も言わず、不平不満を閉じ込め、狭い空間の中で、お互いが壁を作って生活していた。

だから、家族になれなかったのだ。

歪みが生まれるのは必然だった。そして、それは海空を呑み込んでしまった。

「多分、それがいけなかったんだと思います」

ぼくが口にすると、仁美叔母さんの「え？」という驚きの色が、ぼくの視界に広がった。

自分の考えを口に出して説明しようと思ったけれど、語彙力（ごいりょく）がないせいか、上手い言葉が見つからなかった。

「そうね。私は、やり方を間違えてしまったのかもしれないわね。私は、過去に縛られてしまった。本当は、目の前にあるものを大事にするべきだったのに……」

仁美叔母さんは、ぼくの考えを汲んだように呟いた。

「まだ、やり直せますよ」

ぼくは、そう口にしたけれど、それは慰めの為の嘘だった。

「そうね。まだ、やり直せるわね」

仁美叔母さんの声色も、また嘘に染まっていた。

このままの生活を続けることが、難しいと分かっている。だけど、それを口に出せば、ぼくたちが傷付くと思ったから、嘘を吐いたに違いない。

「はい。色々とあったけど、海空は仁美叔母さんを頼りにしています。だから、これからもよろしくお願いします」

「もちろんよ。私は、全力であなたたちを守るわ」

仁美叔母さんの声は、相変わらず嘘の色に染まっていた。だけど、それを責めることはできない。

ぼくもまた、嘘を吐いているのだから——。

6

ぼくは、一人で帰宅した——。

玄関のドアを開けると、室内は透明な静寂に包まれていた。

不思議だった。これまでは、透明であることが、心地いいと感じていた。それなのに、今はそれが不気味に思える。

ぼくは、真っ直ぐ自分の部屋に向かうと、部屋の隅に置いてある画材を引っ張り出した。

一枚だけある何も描かれていない無地のキャンバス。その裏には、封筒が貼り付けてあって、そこにこれまでぼくが貯めたバイト代を隠してあった。

封筒を剥がして確認してみる。

これまで、十五万円ほど貯めてあったはずだが、一万円しか残っていなかった。

「本当だったんだ……」

呟いたぼくの声が、ふわっと宙に灰色の塊を作った気がした。

自分の声に、こんな風に視覚が反応するのは、初めてのことだった。

病室で、海空はこれまでのことを話してくれた。

四月に新しいクラスになってから、上手く馴染むことができなかった。色々と悩んでいたが、それを相談することなく、明るく家事をこなす妹を演じ続けていた。

それが、海空にとって大きなストレスになっていった。

友だちと遊ぶ時間もなかったことから、クラスでも親しい友だちを作ることもできず、孤立してしまっていたらしい。

そんなある日、学校の帰りに、海空は書店に立ち寄った。生前の母と一緒に、楽しみにしていた推理小説シリーズの新刊が発売されていた。

でも、海空はその本を買うお金を持っていなかった。

海空は、生活費とお小遣いを仁美叔母さんから貰っていたが、少しでも美味しいものを——と自分の小遣いを全て食費に回してしまっていたそうだ。足りないなら、それを言えば良かったのに、海空はやり繰りが上手くできないのは、自分のせいだと思い込んでいた。

海空は、その小説を見て、母のことを思い出した。母が読めなかった新刊を、どうしても欲しくなってしまった。

魔が差したとしか言い様がない。

海空は、気付いたときには、その本を鞄にこっそり仕舞って、会計をせずに書店を飛び出していたそうだ。

帰宅してから、罪悪感に襲われ、本を返しに行こうと考えた。

だけど――。

運の悪いことに、その書店には、海空のクラスメイトたちもいた。

彼女たちは、海空が書店で万引きしている姿を、携帯電話で撮影していたのだ。

そして、その写真を使って海空を苛めるようになった。

最初はパシリのような扱いを受けていた。そのうち、物を捨てられたり、暴力を振るわれるようにもなっていった。

そして、終には直接的に金銭を要求するようになった。

何度も断ろうとした海空だったが、彼女たちは、警察に万引きがバレたら、海空だけでなく、兄であるぼくや、仁美叔母さんたちも大変なことになると圧力をかけた。

ぼくは、別に大した問題ではないが、仁美叔母さんは、カウンセラーという仕事柄、公になると、仕事に支障が出る可能性は大いにあった。

海空は、仕方なく最初は自分の小遣いを分け与えた。

だが、一度、それをやってしまうと、そうした要求はどんどんエスカレートしていく。

支払いに窮した海空は、ぼくが貯めていたお金に手を付けてしまった。

そうやって、幾つもの罪を重ねてしまった海空は、どんどんと追い込まれていったという訳だ。

そして、ぼくのバイトするコンビニで万引きをしたあの日——。

海空はもう支払うお金がないことを告げた。それで、終わりにはならず、お金の代わりに万引きで貢げと、海空をコンビニに連れて来て、万引きを行わせたのだ。

最初に万引きをしてしまった海空に、落ち度があったのは事実だ。

だけど、それを利用して、延々とお金を吸い取るなんて、反社会勢力の手口そのものだ。陰湿で、卑怯なやり方だ。

再び、ぼくの中に強い怒りがこみ上げる。

表面上は分からなかったけれど、海空は冷静な判断ができないほどに、精神的に追い込まれてしまっていた。

　そして、あの日、飛び降りて自らの命を絶とうとしたのだ。

　いや、そうではない。きっと、両親のところに行こうとしたのだろう。両親なら自分の話を聞いてくれるから――。

　ぼくの目から、涙が流れ落ちた。

　――海空の嘘に気付いていたのに。

　友だちと遊びに行く約束をしていると言ったときも、公園の前で一緒にいた中学生を友だちかと訊ねたときも、海空の声には嘘の色があった。

　嘘だと分かっていたのに、ぼくはちゃんと海空の話を聞こうとはしなかった。その結果が、これだ――。

　感傷を断ち切るように、携帯電話が鳴った。ヒデさんの電話番号だった。

「はい。琢海です」

　ぼくは、洟を啜って涙を拭ってから電話に出る。

〈おう。今、大丈夫か？〉

　いつもほっとするヒデさんの金色の声は、今のぼくには少しばかり眩し過ぎる。

「平気です」

〈この前の中坊たちのことが、少し分かったぜ〉

「本当ですか？」

こんなに早く、情報が集まるとは思っていなかった。ヒデさんの人脈の広さは、流石という他ない。

〈ああ。同じクラスだっていう中学生から聞いたんだけど、あの連中は、前から色々と問題を起こしているらしい〉

「問題――ですか？」

〈ああ。万引きはもちろん、痴漢されたと嘘の訴えをしたこともあるって話だ。苛めとかも酷くて、登校拒否になった奴もいるらしい〉

「酷いですね」

〈リーダー格の女の父親が弁護士らしくて、問題を起こしても、揉み消しちまうんだとよ〉

「それ、厄介ですね」

〈まあな。で、琢海の妹もその連中に目を付けられていたって話だ〉

「そうでしたか」

〈しかも、何か気に入らないことをしたとか、そういうことでもなくて、その女の兄貴に頼まれたらしいんだわ〉

「頼まれた？」

〈そうそう。だから、お前の妹っていうより、その女の兄貴から、恨まれてるってこ

とになる。何か心当たりはあるか？〉

「いえ」

そんなの、ある訳がない。海空も、何も言っていなかった。

〈そっか。リーダー格の女は、河本っていうらしい。河本保奈美（ほなみ）。兄貴は、康成（やすなり）とかいったかな〉

「――いや。全然、知らないです」

〈そうか。また、何か分かったら連絡する〉

「ありがとうございます」

電話を切ったあと、ぼくは長いため息を吐いた。

ヒデさんには、知らないと答えたが、本当は心当たりがあった。

河本康成――。

そうか。だから、河本は海空が自殺を図ったことを知っていたのだ。そして、彼が抱いていた恨みとは、おそらく恭子のことだろう。

「ふざけんな……」

恭子にフラれた恨（うら）みをぼくにぶつけるだけならまだしも、妹の海空にまでその矛先を向けるなんて、腐っているとしか言い様がない。

何で、関係ない連中の恋愛沙汰（ざた）に巻き込まれて、海空がこんな思いをしなければならないんだ。

激しい怒りで感情を掻き乱されたぼくは、机に拳を打ち付けた。

何度も、何度も、何度も――。

拳の皮が破れて血が滲んだ。

息を切らしながら、机に突っ伏す。

苛めのことを学校に訴えたら、それで解決するのだろうか？　いや、多分、無理だろう。河本の父親は、テレビにも出演している有名な弁護士だ。高校生のぼくの言葉など、簡単に揉み消してしまうだろう。

ただ、耐えるしかないというのだろうか？

海空は事故で両親を奪われ、それでも気丈に振る舞い、必死に生きていたというのに。何の苦労も知らない連中の憂さ晴らしに利用され、死を考えるほどに追い詰められたというのに。ただ黙っていろと言うのだろうか？

そんなの――あまりに理不尽過ぎる。

きっと、真希さんも、こんな気持ちだったのかもしれない。

何も悪いことをしていないのに、虐げられ、搾取され、耐えることしかできない生活なんて、生きている意味はない。

――大丈夫。きっと甘くなるから。

　真希さんがぼくにかけてくれた言葉は、単純に励ましたかったというだけでなく、自分自身に向けた言葉だったのかもしれない。

　だけど、どんなに待っても、願っても、理不尽な状況は甘くなることはなかった。苦しいまま、哀しいまま、ただ耐える日々。

　それは、きっと真希さんの精神を蝕んでいったに違いない。海空がそうであったように――。

　だから真希さんは、最終手段に出た――。

　小山田先生を殺して、解放されるという方法だ。やりたくて、やった訳じゃない。負のループから抜け出すには、その方法しかなかったのだ。

　このままいけば、真希さんは、間違いなく警察に逮捕されるだろう。小山田先生は罪に問われないのに、真希さんだけが法で裁かれ、償いを強要される。

　海空にしても同じだ。

　苛めに遭い、金銭を強請られたことを訴えたところで、揉み消されることになる。それどころか、苛めた連中が持つ万引きの写真を元に、補導されることになるかもしれない。

「ふざけるな……」

　耐え難かった。

どうして、海空が、真希さんが、こんな辛い目に遭わなければならないのか？

いつまでも、甘くならないじゃないか。そんなの——。

「許せない」

ぼくは放ったその言葉の中心に、強い殺意があることに気付いた。

そして、それは、やがて一つの計画に結実した——。

7

ぼくは、翌日、体調不良を理由に学校を休むことにした。

立て続けに色々なことがあった後だ。仁美叔母さんは不審に思わなかったし、学校も連絡したときに、すぐに了承してくれた。

昨日、ぼくの頭の中に突拍子もない閃(ひらめ)きが浮かんだ——。

最初は、ただの妄想に近いものだった。突拍子もない、ただの思いつき。だけど、何度も何度も頭の中でシミュレーションをするうちに、それはみるみる実現可能な計画へと変貌(へんぼう)していった。

ぼくが、ここまで計画に呑み込まれたのは、彼女の為というのもあるけれど、理不尽な社会に対する抵抗という思いもあったのだろう。

自分が犠牲になることで、何かが変えられるなら、それでいいと思った。

何にしても、計画を実行する為には、色々と準備が必要になってくるし、片付けなければならない問題も山積みになっている。

計画の決行を今日の夜に決め、一つずつ問題を潰していくことにした。

机に向かい、スケッチブックに彼女の顔を描いた。前に描いたものもある。それより、デッサンを崩して描くように意識した。次第に精神状態が不安定になっていった──というイメージだ。

次に、普段学校で使っているノートに、これでもかというくらい同じ文言を殴り書きした。それだけではなく、ノートの隅に彼女の顔を描いておくことも忘れなかった。

そうした作業をしながらも、頭の中で何度もシミュレーションを繰り返した。

警察を相手にしようとしているのだ。少しでもミスが出れば、たちどころにぼくの計画は破綻（はたん）してしまう。

相手が、自分の想定通りに動いてくれる保証はない。

仁美叔母さんの部屋に入り、書棚にある心理学の本を拝借し、それを参考にしながら、あらゆるパターンを考慮したフローチャートを頭の中で作り上げる。

本当は、メモを取りたいところだが、そうした物が後々、大きな綻（ほころ）びになるかもしれない。この計画は、ぼくの頭の中で完結させなければならない。

小山田先生の携帯電話をどう扱うかも問題だった。

単純にデータを削除しただけでは、復元されてしまう可能性がある。真希さんとの関係が明らかになってしまう。

それは、何としても避けなければならない。

ネットで調べると、データを完全に消去する方法が見つかった。物理的に破壊するのがもっとも単純だけれど、それだといかにもという感じがしてしまう。だから、別の方法を取ることにした。

不思議だった。

正直、計画を思いついたときは、何処かで頓挫するのではないかと懸念していた。計画の粗が見つかる可能性もあったし、途中でぼく自身の気持ちが折れるのではないかと思っていた。

こんなバカげた計画は放棄してしまおう——と。

だけど、作業を進めれば進めるほどに、ぼくは妙な高揚感に襲われていた。不安どころか、自分の計画に、絶対の自信を持つようにさえなっていた。

なぜなら、ぼくには武器がある。

サウンドカラー共感覚により見える声色で、相手の言葉が本当か嘘かを判断できる。それがあれば、警察と渡り合うことも可能に思えた。

ほとんどの作業が終わったのは、夕方近くになってからだった。

部屋は割と綺麗に片付けているのだが、ノートやスケッチブックが散乱していて、それはもう酷い状態だった。

だけど——。

これがいい。これでいい。

次の作業に取りかかろうと部屋を出ようとしたのだが、見落としに気付いて慌てて部屋に戻る。

机の上に、仁美叔母さんの部屋から持ち出した、心理学の本が置きっぱなしになっていたのだ。この本が置いてあることで、これからのぼくの言動が、計画的なものであることが露見する可能性もある。

ぼくは、本を纏めて再び仁美叔母さんの部屋に行き、書棚に戻しておいた。並び順も確認しておいたので、ぼくが本を借りたことには気付かないだろう。部屋を出ようとしたところで、ふと足が止まった。

壁に一枚の絵が飾られていた。

少女を描いたと思われる絵だった。とても繊細な色合いだった。

仁美叔母さんが描いた絵なのだろう。右下にイニシャルが記されていた。

そういえば、昔は仁美叔母さんも絵を描いていた。だからこそ、ぼくが共感覚に悩んでいるときに、絵を描くことを勧めてくれたのだった。

でも——一緒に暮らすようになってから、仁美叔母さんが絵を描いているのを見たことがなかった。

ずいぶん前に止めてしまったのか、それとも、ぼくたちの存在が負担になり、そういう時間を取れなくなってしまったのか。

そんなことを考えていると、また頭の中がモヤモヤとしてきた。

ぼくは、それを断ち切るように仁美叔母さんの部屋を出た。

ぼくはもう一度、自分の部屋に戻って最終確認をしたあと、携帯電話を取り出し、事前に調べておいたアドレスに、あるメッセージを送った。

相手が、これに乗ってくるかどうかは未知数だが、無視されたときの対応も、もちろん考えてある。

ぼくは、マンションを出ると、自転車を走らせて駅前にあるホームセンターに向かった。

店内を物色して、釘打ち用の金槌(かなづち)とプラスチック製の拘束バンド。それから、念の為に布テープを籠(かご)に入れてレジに足を運んだ。

DIYをするとでも思ったのだろう。特に不審がられることもなく、無事に買い物を済ませた。

外に出て自転車に跨がったところで、携帯電話にメールの返信があった。マンションを出る前に、メールを送った相手だ。メールには、ぼくを批難する内容が並んでいる。

かなり怒っているようだが、それでいい。

ぼくは、改めて時間と場所を指定するメールを打った。

自転車を走らせたぼくは、電話ボックスを探した。携帯電話の普及で、電話ボックスが少なくなったと言われているが、実際はそうではない。災害などの緊急事態に対処する為に、市街地では五百メートル四方に一台は設置されることになっている。

散々走り回った結果、区役所の脇にポツンと公衆電話が設置されているのを見つけた。

ぼくは自転車を停めると、メモに書かれた番号に電話をかける。

長いコール音のあとで、〈はい〉と相手が電話に出た。携帯電話には、公衆電話と表示されていたはずだから、不審に思うのは仕方ない。

「ぼくです。琢海です」

〈琢海君？　どうして公衆電話なの？〉

公衆電話にしたのは、ぼくから電話をしたという証拠を残さない為だ。だけど、それを真希さんに伝える気はなかった。

「先輩に、伝えておきたいことがあったんです」

〈伝えること？〉

「はい。この前、嘘を吐きました。小山田先生の携帯電話は、ぼくが持っています」

〈やっぱりそうだったんだ……〉

「でも、安心して下さい。中のデータは全部削除してあるので、誰の目に触れることもありません」

〈ねぇ。それって……〉

「だから、先輩は、もう何も心配しなくて大丈夫です」

〈何を言っているの？〉

「ぼくが全部背負います」

〈背負うって何のこと？〉

「ぼくが決めたことです。だから、先輩が罪の意識を感じる必要はありません」

〈だから、何のこと？〉

「ぼくは、先輩に感謝してます。海空を助けてくれました。それに、一年前——病院のベンチで、ぼくの心を救ってくれました。先輩は、覚えていないかもしれないけど、あのとき先輩から飴を貰ったから、ぼくは生きてこられたんです」

――ようやく言えた。

きっと、こうなることは、一年前に真希さんに会ったときに、全て決まっていたんだと思う。

〈琢海君……〉

「ありがとうございました。ぼくは……」

本当は、好きだと伝えようとした。だけど、その言葉は呑み込んで、心の底に沈めた。

勇気がないとか、そういうことではない。言うべきではないと思ったのだ。もし、ぼくが今、想いを伝えれば、それは呪いになってしまう。

真希さんの青く美しい声を縛る呪い――。

だから――。

ぼくは、そのまま受話器を戻した。

大きく深呼吸をする。目から涙が零れ落ちる。

せめて、最後にもう一度だけ、真希さんの笑顔を見たかった。いや、それは欲張りというものだ。

真希さんの青い声が見られたのだから、それでもう充分だ――。

公衆電話の前を離れたぼくは、今度は自分の携帯電話を取り出し、電話をかける。

〈はい〉

コール音のあと、不機嫌そうな赤い声がした。

「ぼくだ。琢海だ」

〈よく電話番号を知っていたな〉

「緊急連絡先って奴だよ。先生が持っているのを盗み見た」

〈そうか〉

「八雲には、ちゃんとお礼を言っていなかったな——と思って。ありがとう」

〈なぜ礼を言う？〉

「河本から助けてくれただろ」

〈あれは琢海を助けたわけじゃない〉

素っ気ない返事。

だけど、それが八雲らしい。彼の赤い声は、誰に対しても平等だったように思う。

「妹のことも、河本が関係していたんだ。ぼくは、どうしても、あいつのことが許せない」

〈許す許さないは、琢海が決めることだ〉

「そうだね。だから、ぼくは、河本に災いを与えることにした。小山田先生と同じように、自らの罪を償うべきだと思っている」

〈…………〉

「八雲にだけは、伝えておこうと思ったんだ。じゃあ――」

ぼくは、一方的に告げると電話を切った。

直接的なことは何も言わなかったが、それでも、八雲ならぼくの意図に気付いてくれるはずだ。

不思議な感覚だった。

きっと、ぼくは八雲のことを信頼しているのだろう。最近になって、ようやく会話をした程度なのに、彼になら委ねてもいいとさえ感じている。

こんな事件なんかなかったら、もっと仲良くなれただろうか？

いや、きっとそれはない。事件がなければ、ぼくと八雲の間に、接点など生まれなかっただろうから――。

ふと見上げると、夕陽に照らされて、空が赤く染まっていた――。

8

目の前に、一人の少女が立っていた――。

後ろ姿なので、その顔は分からないけれど、黒いロングの髪は、きっと真希さんだろう。

　真希さんは、窓を開けてベランダに出る。

　しばらく、闇夜に浮かぶ月を眺めていた彼女は、手すりの上によじ登り、その上に立った。

「な、何をしているんですか！　止めて下さい！」

　ぼくは必死に手を伸ばしながら叫んだ。だけど、いくら足を前に進めても、真希さんに近付くことができない。

「そうじゃないの。違うの——」

　真っ青な真希さんの声が、ぼくの視界を埋め尽くす。

「何が違うんですか？」

「私はね、止めて欲しかったの。終わりにしたかったの。誰かを傷付けたかった訳じゃない」

「だから、何を言っているんですか？」

「本当は、見つけて欲しかった。あの絵は、呪いの絵にしようとした訳じゃない。きっと、あなたなら、気付いてくれると思っていたから……」

　真希さんの言っていることが、ぼくにはさっぱり分からなかった。

　いったい、何を見つけて欲しかったというのだろう。あれが、呪いの絵じゃないとすると、何だったのだろう。

真希さんの身体が、前のめりに倒れていく。

「ダメだ！」

ぼくは、叫びながら手を伸ばしたけれど、やっぱり真希さんの身体に触れることはできなかった。

海空が飛び降りたときは、真希さんが助けてくれた。だけど、真希さんが飛び降りようとしているときに、ぼくの手は無情にも届かない——。

真希さんの身体は、落下する寸前、一瞬だけふわっと宙に浮いたような気がした。

そのまま、飛んで行ってくれたら良かったのに——。

それは、ただの願望に過ぎなかった。

真希さんの身体は、真っ逆さまに落下していく。

ドサッと何かが激突する大きな音が響くのと同時に、ぼくは、はっと目を開けた。

——どうやら夢を見ていたらしい。

ぼくは、薄暗い美術室の壁に寄りかかるようにして座り、眠ってしまっていたようだ。

額にびっしょりと汗をかいている。

美術室の中央には、呪いの絵が置かれている。

絵の中の少女が、真っ直ぐにぼくを見つめていた。

さっき見た光景は、夢だったけれど、このまま行けば、きっと真希さんは同じ選択をすることになるだろう。

ぼくには、それが分かる。分かってしまう。

だから――。

誰かが廊下を歩いて来る上履きの音が聞こえてきた。

どうやら、約束通りに来たらしい。

メールで美術室に来るようにメッセージを送っておいた。来るかどうかは、賭(か)けの部分があったけれど、絶対に来るという確信を持っていた。

昇降口の一番左の扉を開けておいた。美術室の鍵も開いている。

鍵の確保は、比較的簡単だった。隙を見て職員室に忍び込み、鍵を拝借した。

問題はこれからだ。

ぼくは、ゆっくりと立ち上がると、柱の陰に隠れて出入り口の戸の様子を窺う。

ポケットの中から、ナイフを取り出し、その柄を強く握り絞める。覚悟は決めてあるはずなのに、手が小刻みに震えていた。

掌にはびっしょりと汗をかき、ナイフの柄が滑ってしまう。

――落ち着け。

自分自身に言い聞かせながら、掌をズボンに擦(なす)りつけて汗を拭い、改めてナイフを握り直す。

ぼくは、彼女を守ると決めた。

今、ぼくや海空が生きていられるのは、彼女——真希さんの存在あってこそだ。

だから、今度はぼくが真希さんを助ける番だ。

夢で見たように、真希さんが美術室の窓から飛び降り、自ら命を絶ってしまう前に、事件をぼくの手で終わらせる。

やがて、美術室の戸が開き、一人の男子生徒が入って来た。

「いるんだろ。出て来いよ。どうして、こんなところに呼び出したんだ？」

暗いせいで、その顔をはっきりと見ることができない。でも、それでも、声色から、それが誰なのかは分かる。

——いよいよだ。

ぼくは、タイミングを見計らい、一気に柱の陰から飛び出すと、美術室に入って来た男子生徒の背中にタックルした。

不意を突かれた格好になったその男子生徒は、いとも簡単にうつ伏せに倒れ込んだ。彼が足を怪我しているのも幸いした。

ぼくは、すぐにその男子生徒の両腕を後ろに回し、拘束バンドで固定した。

――これでいい。

男子生徒は、何とか逃れようと暴れたが、両手を後ろで拘束された状態では、ろくに身動きが取れない。

「琢海。てめぇ、何のつもりだ？」

突っ伏した状態の河本が、威嚇したように声を張ったが、その滅紫色の声は、かわいそうなくらい震えていた。

「それは、ぼくが訊きたい」

ぼくは河本の身体から離れる。

「は？」

「恭子にフラれた腹いせで、ぼくに嫌がらせをするのはいい。だけど、妹にまで危害を加えるのは許せない」

「お前、何言ってんだ？」

河本が、もぞもぞと身体を動かし、仰向けになった。

「惚けるな。ぼくはお前を絶対に許さない」

「どう許さないんだ？　え？　言ってみろよ」

本当に虚勢だけの男だ。

いくら声を張ったって、その色を誤魔化すことはできない。怖くて、怖くて仕方ないんだ。だから、あんな卑怯な手を使った。

ぼくは、無言のまま河本の眼前にナイフを突きつけた。

河本が教室で八雲に向けたナイフだ。

あのとき、河本は八雲の迫力に圧(お)され、ナイフを取り落とした。それを、ぼくが回収しておいた。

「携帯電話を出せ——」

「は？」

「うちの妹が万引きしたときの写真を保存しているだろ」

「し、知らねぇって」

反論する河本の鼻っ柱を、ナイフの柄で強く叩いた。

メリッと嫌な音がして、河本の鼻が曲がる。

河本は、鼻を押さえようともがくが、両腕を拘束されているので、流れ出る鼻血を拭うことはできなかった。

「もう一度言う。携帯電話は何処だ？」

河本は答えることなく、ただ視線を逸らした。いや、そうではない。床に落ちている携帯電話に目を向けたのだ。

河本は、携帯電話を手に持っていて、ぼくがタックルした拍子に、落としていたようだ。

「動くなよ」

そう警告してから、ぼくは床に落ちている河本の携帯電話を拾った。

ぼくは、携帯電話を机の上に置くと、予め用意しておいた金槌で思いっきりぶっ叩いた。何度も、何度も、パーツがバラバラに粉砕されるまで破壊した。

「て、てめぇ！　いい加減にしろよ！」

「それはお前だよ。何様のつもりか知らないけど、ことある毎に突っかかってきて、ホントうざいんだよ」

ぼくは、河本の顔面を上履きで踏んだ。

「痛っ……や、止めろ」

「は？　何で命令してんの？」

「や、止めて下さい」

河本の目から涙が零れ落ちた。

ふと人の気配を感じた。

でも、ぼくはそれに気付いていないふりをして話を続ける。

「嫌だね。お前は、ぼくの一番大事なものを傷付けたんだ。小山田と一緒だよ」

「何で小山田が出て来るんだよ」

「気付いてなかったのか？　小、山、田、を、殺、し、た、の、は、ぼ、く、だ、――」

「う、嘘だろ……」

「嘘じゃない。あいつさ、マジでむかつくんだよ。教師の癖に、ぼくが憧れていた先輩にちょっかい出してさ。それに、ぼくの絵をクズだってバカにしやがったんだ。それにあの声――」

「声？」

「そうだよ。小山田も、河本も、汚い色でぼくの美しい世界を汚しやがって」

「だから、さっきから何言ってんだよ」

「そう。その声だよ。本当に苛々する。ぼくは、サウンドカラー共感覚なんだよ。小山田も、お前も、声色が汚いんだよ。ぼくの世界を汚すんだよ」

ぼくは、早口に言いながら、再び河本の上に馬乗りになると、ナイフを大きく振り上げた。

「や、止めろ！」

「だから、汚い声でぼくに命令するな！」

ぼくがナイフを河本の胸に突き立てようとした、まさにそのとき、誰かがぼくの腕を摑んだ。

振り返ると、そこには刑事の後藤の姿があった。

「そこまでだ！」

後藤の深い緑色の声がぼくの視界を埋め尽くす。

威圧感に満ちていたが、ぼくはそれに臆する訳にはいかない。

「離せ！」

後藤の腕を振り払おうと、必死に抗う。

だが、相手は体格差もある上に、現職の警察官だ。あっさりナイフを奪われただけでなく、その場に組み伏せられてしまった。

「離せ！　ぼくは、こいつを殺すんだ！　美しいぼくの世界を取り戻すんだ！」

渾身の力で身体を捩りながら叫んだ。

「もう止めろ――」

赤い声が、ぼくの視界に割り込んできた。

うつ伏せに抑え付けられながらも、顔だけ上げると、そこには八雲の姿があった。

――やっぱり来たんだ。

「斉藤八雲。よくも邪魔を……」

「残念だよ。その選択は最悪だ」

「知った風な口を……」

「琢海は、自分で自分の世界を汚したんだ。どうして、それが分からなかったんだ？」

八雲はそれだけ言い残すと、ゆっくりとぼくに背中を向けた。

彼の声は、まるで水面に波紋を作るように、ぼくの視界に幾重もの丸い円を残した。ぼくには、それがとても哀しい響きに思えた。

八雲の言うように、ぼくの選択は間違えていたのかもしれない。

だけど——。

もう全てが手遅れだ。ぼくは選んでしまったのだから——。

Chapter7

1

取り調べ室というところに初めて足を踏み入れた――。

白い壁に囲まれていて、窓はなく、スチール製のデスクに、パイプ椅子が並んでいるだけの殺風景な部屋だった。

学校で取り押さえられたとき、てっきり手錠をかけられると思っていたのだが、そこまではされなかった。拘束の必要がないと判断されたのかもしれない。

そのまま、パトカーに乗せられ、警察署の取り調べ室に通されることになった。

荷物や持ち物は、全て没収されている。

ただ、それは想定の範囲内のことだ。ここでの立ち振る舞い如何(いかん)で、今後が大きく変わってくる。

――残念だよ。その選択は最悪だ。

八雲の赤い声が脳裏に蘇る。確かに、正しい選択でないことは確かだ。だけど、八雲のあの言い様だと、まるで他の選択肢があったかのようだ。

ドアをノックする音がして、二人の男女が取り調べ室に入って来た。

小山田先生の死体を発見したとき、事情聴取をされた刑事、後藤と島村だ。二人とも、やけに険しい顔をしている。

　ぼくは、二人を睨み付けるようにして、できるだけ不貞不貞しい形相を心がけた。

「青山琢海君。色々と訊かせてもらうことになるけど、いいかしら？」

　そう切り出した島村の薄茶色の声は、ピラミッドに積まれた石のように、堅く重い印象のあるものだった。

「喋ることは、何もありません」

　ぼくは、顔を横に向ける。

　その態度に辟易としたのか、島村がため息を吐いた。

「クラスメイトの河本君を、美術室に呼び出したのは、琢海君。あなたね」

「さあ。どうでしょう」

「惚けても無駄よ。あなたの携帯電話に、河本君に送ったメッセージが残っていたわ」

「なら、そうかもしれないですね」

「何の目的で、河本君を呼び出したの？」

「むかついたから……」

「本当にそれだけ？」

「何ですか。別に、ぼくが言わなくても理由なんて、調べがついているんでしょ。学校での揉め事とか……」

ぼくは、おどけたように肩を竦めてみせた。

「あなたと河本君が、教室で揉み合いの喧嘩になったのは、話に聞いているわ。私は、その理由を訊ねているの」

「だから、むかついたんですよ」

「本当にそれだけ？」

島村は、慎重に石を積み上げるように言葉を重ねる。

見た目は、さばさばとした印象だったけれど、実際は、周囲に気を遣うタイプなのかもしれない。

「それだけです」

ぼくは、敢えて反抗的な態度を取った。

人間は何もしないで物を得るより、労力を費やして得た物を好む傾向がある。心理学用語でコントラフリーローディング効果というらしい。

叔母さんが持っていた、心理学の本から得た知識だ。

つまり、ペラペラと喋ったことよりも、苦労してぼくから情報を引き出した方が、真実味が生まれるはずだ。

「妹さん、今は入院しているらしいな」

後藤の深い緑色の声が、大きな玉となってぼくの目の前に広がった。

「それが何か？」

「橋から飛び降り自殺を図ったそうだな」

海空が、飛び降りようとしたあの瞬間が、脳裏にフラッシュバックした。

今回のことで、きっと海空を傷付けることになってしまう。だけど、海空の恩人の真希先輩を助ける為には、こうするしか道はない。

「何が言いたいんですか？」

「今回のことは、妹さんと関係があるんじゃないのか？」

「妹は関係ないでしょ！」

ぼくは椅子から立ち上がり、大声で叫んでみせた。

動揺しているように振る舞っているけど、警察が海空のことを調べてあることは、予想が付いていた。

「関係ある」

「そうやって、大人は何でも決めつける」

「それが、お前の本心か？」

「は？　説教でもしようっていうのか？」

「そうじゃない。おれがお前に会ったのは、これで三回目だ。だから、お前の全てを知っている訳じゃない。それでも、今のお前の態度には違和感があるんだよ」

後藤は、もっと直情的なタイプかと思っていたけれど、冷静にものごとを見る目を持った人のようだ。

こちらがチラつかせた違和感に食いついてくれた。

「違和感って何ですか?」

「お前は、八雲に似て達観しているところがある。むかついたなんていい加減な理由で、誰かを傷付けたりしない」

「それは思い込みですよ。ぼくは、元々、こういう人間なんだ」

「妹さんからも、話は聞いた。お兄ちゃんは、絶対に他人を傷付けたりしないって泣いていたぞ」

「だから、妹は関係ないって言ってるだろ!」

「家族なんだ。お前がいくら主張したって、切り離すことはできない」

「…………」

「お前が、妹を巻き込みたくない気持ちは分かる。だが、そのことで、余計に妹さんを哀しませることになる」

「違う! ぼくは、河本がただむかついただけだ!」

ぼくは力の限り叫ぶ。

狭い取り調べ室に、ぼくの声が反響した。

「本当は、妹さんに対する苛めを止めさせようとしたんだろ。教室で起きた喧嘩も、それが原因だった」

「ち、違う……ぼくは……」

「もういいんだ。相手の少年も、自分のやったことを認めている」

後藤が、ぼくの肩に手を置いた。

分厚くて、とても重たい手だった。その力強さに、ぼくの心が揺らぎそうになったが、まだ始まったばかりだ。

「あいつが、どうしても許せなかったんだ……」

ぼくは、椅子に座り込むと、両手で顔を覆い、嗚咽して泣きじゃくった。

もちろん演技だ。真希さんと初めて会った、病院のベンチのことを思い浮かべ、実際に涙を流して見せたので、二人の刑事は演技とは思わなかっただろう。

「河本少年の携帯電話を破壊したのは、妹さんの万引き画像が保存されていると思ったからなのね？」

島村が柔らかい声色で訊ねてきたので、ぼくは小さく頷いてみせた。

――嘘だった。

そもそも、海空の万引き画像を撮影したのは、河本の妹だ。河本の携帯電話を破壊しても画像を消すことはできない。

むしろ、海空の万引き画像は残っていてもらわないと困る。

画像の存在は、海空の万引きを証明するのと同時に、河本の妹たちが、強請りの材料に使っていたという証拠になる。

今回の一件で、警察は背後関係を捜査せざるを得なくなったはずだ。

河本の父親がいくら弁護士でも、ここまで話が大きくなってしまえば、揉み消すことはできなくなる。

こちらもダメージは負うが、河本兄妹もただでは済まない。

ぼくが、河本の携帯電話を破壊した本当の理由は、彼の携帯電話に残っている、幽霊の写真のデータを消し去りたかったからだ。

河本が幽霊だと思っていた写真。だが、恭子は、それが真希さんだと指摘した。

それが実際、どうだったのかは分からないけれど、小山田先生殺害の犯人が真希さんであるという証拠は、全て消しておく必要があった。

今の流れで後藤と島村は、あくまでぼくが海空の為に、河本の携帯電話のデータを削除することが目的だったという結論に至ったはずだ。

ただ、これで終わりではない。

問題は、ここから先だ。ぼくが、真に導き出したいのは、この先の展開なのだ。

2

「琢海君。あなたには、もう一つ訊いておかなければならないことがあるの――」

島村が改まった口調で切り出した。

ぼくは涙を拭いつつ顔を上げる。返事はしなかった。ただ、無言のまま島村と後藤の顔を交互に見る。

「琢海君の荷物の中に、この携帯電話がありました――」

島村は、証拠品袋に入った携帯電話を机の上に、そっと置いた。

「ぼ、ぼくの携帯電話です」

「琢海君の携帯電話は、こっちですよね？」

携帯電話が入った証拠品袋が、もう一つ机の上に置かれた。

「…………」

「この携帯電話は、いったい誰のものですか？」

「拾ったんです……」

ぼくは、膝の上で握った自分の拳を見つめた。

「拾った？　何処でですか？」

島村の薄茶色の声が、細かい粒子となって、ぼくの視界を覆っていく。

逃がさないという強い意志が感じられる。

「よ、よく覚えていません」

「拾ったあと、届けようとは思わなかったんですか？」

「その携帯電話、壊れているみたいだったので、別にいいかなと思ったんです……」

ぼくは、額の汗を拭う素振りをした。

携帯電話が壊れていることは、警察も確認済みのはずだ。ぼくは、小山田先生の携帯電話のデータを全て削除しただけでなく、念の為に初期化もしておいた。

それだけではなく、念には念を入れて、水没までさせてあるので、中のデータを復元させることは、不可能なはずだ。

真希さんの写真データが、他の誰かの目に触れることはないはずだ。

「拾った場所は何処ですか？」

「学校の校舎の裏だったと思います」

「校舎の裏ですか。具体的な場所を教えてもらえますか？」

島村は、何処で手に入れたのか、学校の見取り図を机の上に広げ、ぼくに見つけた場所を指差すように促してきた。

ぼくは、見取り図をじっと見つめたまま、ただ押し黙る。

透明な静寂の中、ぼくは確かな手応えを感じていた。ぼくが、言い逃れすればするほど、島村のぼくに対する疑念が強まっていく。

「何処ですか？　指差して下さい」

島村が改めて問う。

「た、多分、この辺りだと思います」

ぼくは、見取り図の適当な箇所を指差してみせた。

その途端、島村の眉間に皺が寄る。

「本当にここですか？　間違いありませんか？」

「はい」

「これから、私たちは聞き込みをして、この場所に携帯電話が落ちているのを見た人が、他にいないか確認することになりますが、それでもいいですか？」

島村の声が、ぐっと色味を増す。

ここが勝負どころだと思っているのだろう。それは、ぼくも同じだ。ここからの持って行き方次第で、状況は大きく変わる。

「ち、違います……」

ぼくは、視線を左右に振ってから答えた。

島村や後藤には、それが挙動不審に映ったはずだ。

「何が違うのですか？」

「あ、えっと……拾ったのは美術室です……」

「それは、何時ですか？　とても重要なことなので、慎重に答えて下さい」

ぼくは視線を天井に移し、脱力して大きく息を吐き出した。

「小山田先生の死体が発見された日です――」

ぼくの放った言葉で、取り調べ室の空気が一変した。

視線を前に戻すと、島村も後藤も、突き刺すような鋭い目をしていた。一瞬、その迫力に気圧（けお）されそうになるが、ぼくは負けじと二人を睨み返す。

「あの日、私と後藤が事情聴取をしたとき、あなたは、小山田先生の携帯電話を拾ったことは言いませんでしたよね？」

島村の声が乱れる。

多分、気持ちが先走っているのだろう。

「聞かれませんでした」

ぼくがしれっと答えると、島村は苦い顔をした。

「そうだな。あのときは小山田先生の携帯電話については訊かなかった」

後藤の緑色の声が、会話に割って入ってきた。

「……………」

「事情聴取のときは、確かに訊かなかったが、ファストフード店で会ったとき、おれはお前に、小山田先生の携帯電話が紛失していることを話したはずだが？」

「あのときは、ぼくが持っているのが小山田先生の携帯電話だとは、気付いていなかったんですよ」

ぼくは、敢えて挑発するような言い方をした。

それがよほど気に入らなかったのか、後藤の表情がみるみる険しくなっていく。いい反応だ。自分の考えを否定されたことで、後藤はむきになっている。

人は、自分の考えが否定されると、何が何でも、自分の思い描いた考えの中に押し込もうとする。

「そうか。じゃあ質問を変える。お前は、事情聴取のとき、携帯電話を忘れて、取りに戻った。その後、校舎をぶらぶらしているときに、小山田の死体を発見したと証言した。それに間違いはないか？」

「そうです」

ぼくは、嘘がバレることを承知の上で肯定の返事をした。

後藤からしてみれば、証言の矛盾を突いて、ぼくを追い込んでいるつもりなのかもしれないが、実際は、ぼくが敢えてそうなるように仕向けている。

「それは、おかしいじゃないか。お前は、前日の夜に、携帯電話を忘れたと言って、校舎に入っている」

「それ、ぼくじゃないと思います」

「ほう。三井と島崎って先生。それから八雲が、そう証言しているぞ。これは、どういうことだ？」

「それは……」

「いつまでも、言い逃れできると思うなよ。本当は何をしていたのか、正直に話せ」

「し、知らない」

「そんな言い訳が通用すると思ってんのか？」

「言い訳も何も、知らないものは知らないんですよ！」

「人が一人死んでるんだぞ！　知らないじゃすまされねぇんだよ！」

後藤が、ぼくの胸倉を摑み上げた。

ぼくの目の前で、後藤の声がバチバチと弾ける。

――タイミングはここだ。

「あんな奴、死んで当然なんだよ！」

「死んで当然……だと？　お前、それを本気で言ってんのか？」

「当たり前だ！　小山田は、ぼくから大切なものを奪おうとした！　だから、殺してやったんだよ！」

ぼくは、立ち上がりながら、後藤の身体を両手で押して突き放した。

後藤も島村も、突然のことに呆気に取られている。

「あんな奴は、死んだ方が良かったんだ！」

ぼくは、再び叫んだあと、しばらくその場に立ち尽くした。

感情が爆発して、思わず余計なことを口走ってしまった未成熟な少年──きっと、後藤と島村はそう思ってくれたはずだ。

「あなたが、小山田先生を殺したのね？」

島村がそう声をかけてきた。

とても丸みを帯びた声だった。それは、きっと、自供を引き出すことができたという安堵感からくるものだろう。

「ち、違う。殺すつもりは、なかったんだ……」

ぼくは、頭を抱えながら脱力したように、椅子にストンっと座り込んだ。

「何があったのか、話してくれる？」

ぼくは、返事をすることなく、島村の顔を見返した。

「ぼ、ぼくは……」

「大丈夫。安心して。本当のことを話してくれればいいの。悪いようにはしないわ」

しばらく逡巡するような間を置いたあと、ぼくがっくりと肩を落として項垂れ、気持ちが折れたと暗に示す。

「何があったの？」

島村が、再びぼくに訊ねてきた。

「一年前——交通事故で両親が死にました」

敢えて両親の事故から話を始めたのは、これからするぼくの証言に、現実味を持たせる為だ。どれだけ、ぼくが強い想いを抱いていたかを理解させる必要がある。関係ない話から始めたのだが、島村も後藤も、それを指摘することなく、話の先を促した。

「あまりに突然のことで、ぼくはどうしていいか分からなくて……病院のベンチで、途方に暮れていたんです。そのとき、声をかけてくれたのが彼女——真希先輩でした。そんなの絶対に好きになっちゃうじゃないですか……」

「そうね」

島村が相槌を打つ。

「高校に入って、真希先輩の姿を見かけて、本当に嬉しかったんです。でも、付き合うとか、そういうんじゃないんです。ぼくにとって真希先輩は、恩人なんです。だから、ずっと彼女のことを遠くから見守っていたんです……」

「付きまとっていたってこと？」

「そんなつもりはありません。ただ、遠くからその姿を目で追っていただけです。暇さえあれば、真希先輩の絵を描いたりしていました」

ぼくが口にすると、後藤が「ああ」と声を上げた。

ファストフード店で、ぼくが描いていた絵を思い出したのだろう。あれを後藤が見てくれていたことで、真実味が強くなったようだ。

布石はそれだけではない。このあとぼくの部屋には、警察の捜索が入るはずだ。そうなったとき、これまでぼくが描いた真希さんのスケッチがたくさん見つかるはずだ。昼間のうちに、追加で何枚も描いておいた。

さらに、真希さんに対する想いを綴ったノートも作成しておいた。「好きだ」「愛している」という言葉をノートが真っ黒になるほどに書き連ねたものだ。

警察から見れば、偏執的な愛情を抱いていたと錯覚してくれるはずだ。

「それが、どうして小山田先生を殺すことになるの？」

島村の疑問はもっともだ。

「あいつは、小山田は――既婚者で、しかも教師の癖に、真希先輩に馴れ馴れしくしたんだ。ぼくの真希先輩を、汚そうとしていたんだ」

小山田の女癖の悪さは、ヒデさんが簡単に情報を集められるくらいだから、警察が調べれば、すぐに分かるだろう。

もしかしたら、既にそうした話が集まっているかもしれない。

「小山田先生は、実際、真希さんに何かしたの？」

「クラスメイトの恭子が言ってたんだ。小山田先生が、真希先輩にちょっかいを出しているって……」

警察が事情聴取を進めれば、恭子がぼくに、真希さんと小山田先生が恋愛関係にある——と話したことも分かるだろう。

「今は何も起きていないけれど、このままだと絶対に何かする。ずっと、見ていたから分かるんだ。何かしてからじゃ遅いんだ。だから……」

あくまで、まだ何も起きていないということを強調した言い方をした。

真希さんが、小山田先生を殺したという事実が明るみに出てはいけないし、同時に、何をされていたのかも、隠し通さなければならない。

「それは、一方的な思い込みでしょ」

「違う！　ぼくは、彼女を——真希先輩を守る為に正義を為したんだ！」

「殺人に正義なんてねぇ！」

後藤が恫喝（どうかつ）するような声を上げた。

そんな声でさえ、深い緑色をしている上に、丸い形をしていたのが不思議だった。

「他に方法がなかったんだ……」

ぼくは、どんっとテーブルに拳を落とした。

「方法はあったはずよ。誰かに相談するとか、話をするとか」

島村が諭（さと）すような視線をぼくに向ける。

「話そうとしたんです。あの日一度帰宅した後、小山田先生と話をする為に学校に戻りました」

「マンションの防犯カメラには、出て行くあなたの姿は映っていなかったわ」

「一度二階に行って、外廊下から地上に降りたんです。そうすれば防犯カメラに映りませんから」

実際にできるかも確認してある。納得したのか、島村が「それで――」と先を促す。

「ぼくは、ちゃんと小山田先生に話をしたんだ。だけど……」

「話を聞いてもらえなかったの？」

「それだけじゃない。あいつは――小山田は、へらへら笑いながら、ぼくをバカにしたんだ。ぼくだけじゃなくて、真希先輩のことまで。許せなかった。気付いたときには、持っていたナイフで……」

ぼくは、頭を抱えて項垂れた。

「殺す気がないのに、ナイフを持っていたのはどうして？」

「最悪、脅そうと思ったんです。使う気はなかった。本当です」

別に自分の罪を軽くしようとして、殺意を否認している訳ではない。ここで、最初から殺すつもりだったなどと証言すると、逆にリアリティーが欠落する。

「ナイフは何処で手に入れたの？」

この質問が来ることは、予め想定してある。

「隣の市のアウトドアショップから盗みました……」

犯行現場で見たナイフの柄から、同型のナイフを調べ、売っている店をリストアップした。近くのホームセンターでも販売されていたが、あそこは防犯カメラがある。確認されたら厄介なことになる。

そこで、防犯カメラを設置していない隣の市のアウトドアショップということにした。

購入ではなく、盗んだと言ったのは、レシートなどの販売履歴を調べられると嘘がバレる可能性があったからだ。

「小山田先生を刺したあと、どうしたの？」

「怖くなって……何とか自分が犯人じゃないと隠す必要がありました。それで、学校で噂されている呪いの絵について、思い出したんです。死体の脇に、呪いの絵を置いておけば、その災いで死んだということになるんじゃないかって……」

「偶発的な殺人ではなく、計画的なそれであることを示唆する意図もあった?」

「そうですね。それもあります」

「その後は、どうしたの?」

「美術室から逃げ出しました……でも、家に帰ってから、怖くなったんです。もしかしたら、何か証拠を残してしまったんじゃないかって……」

「それで、朝、美術室に行った?」

「はい。ぼくが死体の第一発見者になることを思いついたんです。そうすれば、ぼくが現場にいた痕跡があっても、怪しまれないと思って。だけど……」

「だけど何?」

「第一発見者になるだけでは、不充分だと思ったんです。色々考えていたときに、ゴミ箱に捨ててあった上履きを見つけました。それを使って、血痕にぼくのものじゃない足跡を残しました。それから、呪いの絵の位置をずらして、絵の具の一部を剝がしました」

ぼくの説明を聞きながら、島村と後藤は手許にある資料を確認している。実際の現場の状況と齟齬がないか確かめているのだろう。

八雲から聞いた事件の情報が、こんな風に役に立つとは思わなかった。

「念の為に、小山田先生の携帯電話を回収しておきました。でも、慎重を期したせいで、檻褸が出てしまいました……」

ぼくは、両手で顔を覆うと深いため息を吐いた。

それは安堵のため息だった。

これで、警察が疑問に思っていることは、全て回収できたはずだ。

警察が裏付け捜査を行うことになるだろうが、真希さんが沈黙を守ってくれれば、ぼくの嘘がバレる心配はない。

学校の先輩に対して、偏執的な愛情を抱いた生徒が、勘違いから教師を恨み、口論の末に誤ってナイフで刺してしまった。

そういう事件として終わるはずだ。

やり遂げたという充足感が、ぼくの中に広がっていく。ぼくは、彼女を——真希さんを救うことができたのだ。

3

——私は、そんなことをして欲しかったんじゃない。

誰もいなくなった取り調べ室に、青い声が波紋のように広がった。とても純粋なのだけれど、それでいて哀しい色だった。

ぼくが目を向けると、いつの間にか部屋のドアの前に、制服を着た少女が立っていた。

背中を向けているので、その顔を見ることはできない。だけど、この青い声と、背中まである黒く長い髪は、きっと真希さんに違いなかった。

「どういうことですか？　先輩は、何がして欲しかったんですか？」

警察は、すっかりぼくが小山田先生を殺した犯人だと思い込んでいる。これで、真希さんが疑われることはない。

ぼくが、真希さんの罪を背負う。

それがせめてもの恩返しだと思った。壊れかけたぼくの心を救い、消えかけた海空の命を拾ってくれたのは、真希さんなのだ。

だから――。

「そんなこと頼んでない……」

「知ってます。頼まれていません。これは、ぼくが自分の意思でやったことです」

「違うの。私が伝えたかったのは、呪いなんかじゃない。私は……」

真希さんの声がみるみる色味を失っていく。

消えかかっているのは、声だけではなかった。その姿もまた、風景に溶け込むように消え去ろうとしていた。

「待って！」

ぼくは、慌てて手を伸ばしたけれど、その指は空を切り、真希さんに触れることはできなかった。

――ダメだ。行かないで欲しい。

立ち上がろうとしたところで、ガクッと落下するような浮遊感があり、一気に現実に引き戻された。

どうやら、椅子に座ったままうたた寝をしていたようだ。

呪いの絵を見てから、妙な夢ばかり見ている。

目を擦りつつ、改めて取り調べ室の中を見回した。今は、後藤も島村も部屋の中にはいない。

一通り話を終えたところで、二人は、ぼくにここで待つように告げて取り調べ室を出て行った。

おそらく、ぼくの処遇について話し合われているのだろう。

ぼくはまだ十五歳だ。いきなり逮捕、勾留ということにはならない。少年法に基づいて、今後の扱いが検討されているはずだ。

別に、自分がどんな扱いを受けるかについて、不安を覚えることはなかった。真希さんを救うことができたという充足感が、そういったものを全て掻き消していた。

ドアをノックする音がした。

後藤と島村が戻って来たのだろう。ぼくは、返事をすることなく、緩んでいた表情を引き締めてドアを見つめた。

あくまで、事件を後悔し、落ち込んでいる少年を演じなければならない。

ゆっくりとドアが開かれる。

「え？」

あまりに想定外過ぎて、ぼくは思わず声を上げた。

部屋に入って来たのは後藤でも、島村でもなかった。まして、他の刑事や制服警官でもない。学生服を着た少年――。

「斉藤八雲」

ぼくが、その名を口にすると、八雲は表情を一切変えることなく、小さく頷いた。

4

――どういうことだ？

ぼくは目の前に座る八雲を見て、激しく動揺していた。

警察署の取り調べ室に、どうして八雲が入り込むことができたのか？

今は、後藤も島村もいないが、だからといってぼくが自由だった訳ではない。内側から開かない構造のドアに、外側から鍵がかけられていたし、ドアの前には見張りの警察官もいたはずだ。

高校生が一人で出入りできるような場所ではない。

「コネを使って特別に入れてもらったんだ」

八雲は、ぼくの考えを見透かしたように、いつもと変わらない赤い声を発した。

——後藤という刑事か。

詳しいことは分からないが、八雲と後藤は、旧知の仲らしかった。八雲が取り調べ室に入れるように、後藤が便宜を図ったということだろうか。

——落ち着こう。

八雲がどんな方法で取り調べ室に入ったかより、ここに何をしに来たのかの方が問題なのだ。

対応を誤れば、ぼくがこれまで積み上げてきたものが、一気に崩壊してしまうかもしれない局面だ。

「どうして八雲がここに？」

ぼくは、努めて冷静に訊ねた。

「その質問に答える前に、ぼくの方から訊きたいことがある」

「訊きたいこと？」

「琢海は、小山田先生の殺害を自供したそうだな」

この言い方をするということは、後藤から既に事情を聞いているとみた方がいいだろう。

「ああ。小山田先生は、ぼくが殺した……」

ぼくが答えると、八雲は苛立たしげに、ガリガリと頭を掻いた。

「余計なことを」

「余計なことだって？」

「そうだ。琢海がやったことは、警察を混乱させているだけだ。真犯人を野放しにする行為でもある」

——そんなの分かっている。

ぼくは、真犯人を野放しにする為に、犯行を自供したのだ。

ただ、八雲の言い方に引っかかりを覚えた。

「警察は、犯人は琢海だと信じ込んでいる」

——良かった。

「だったら……」

「警察は古い体質が残っているから、科学捜査が進歩しても、自供こそ証拠の王様だと思い込んでいる節がある。おまけに、昨今は慢性的な人手不足だ。つまり、警察は、多少、辻褄が合わないところがあっても、犯人が自供しているのであれば、それで終わらせようという意思が働いてしまうんだ」

「何が言いたいんだ？」

ぼくが訊ねると、八雲の眼光が異様な鋭さを放った。

人を殺したことがあるのではないかと疑うほど、冷たく、無慈悲な視線に射貫かれ、ぼくは息をすることができなかった。

「後藤さん程度なら、誤魔化すこともできるだろう。だけど、ぼくの目を欺くことはできない」

「ぼくが嘘を吐いていると？」

「そうだ。ぼくは、琢海の自供を信じない——そう言っているんだ」

赤い声が、ぼくの視界を斜めに切り裂く。

「どうして？」

「琢海の証言には、致命的な欠陥がある」

「欠陥？」

訊ねながら、心の奥がざわっと揺れた。

八雲は、刑事たちよりはるかに手強いように思える。

「辻褄を合わせたつもりだろうけど、詰めが甘い」

「どんな欠陥があるっていうんだ？」

「自分でも、もう気付いているんじゃないのか？」

「本当は欠陥なんてないんだろ。ただ、ぼくを動揺させる為だけに、そうやってカマをかけているんだ。そんなものには引っかからない」

「強情だな」

「ぼくが小山田先生を殺した。それが真実だ。矛盾があると言うなら、言ってみろよ」

「琢海は、小山田先生を脅す為に、ナイフを持参したと言ったな」

「そうだ」

「口論をしているうちに、カッとなって刺した――と」

「それがどうした」

ぼくの自供は、間違いないはずだ。そう思おうとしているのに、八雲の言葉を聞くほどに不安が募っていく。

「小山田先生には、防御創がなかった。これが、どういう意味か分かるか？」

防御創とは、刃物などで刺されそうになったとき、咄嗟に腕などで身体を庇おうとして、そこに傷を負ってしまうことだ。

つまり、八雲は防御創がなかったことから、口論の末に刺したというぼくの自供内容を否定しようとしている。

確かに、そこは盲点だったかもしれない。だけど——。

「口論のときに、ナイフをチラつかせた訳じゃない。納得したフリをして、隙を突いて刺したんだ」

これで辻褄が合うはずだ。

「そうか。では、もう一つ——」

「まだあるのか？」

八雲が微かに笑みを浮かべている。

本当に嫌な予感がした。何か核心を突いてくるような気がしてならなかった。

「あの日の夜、校門の前でぼくと会ったことを覚えているか？」

「ああ」

確かに、あの夜、学校の校門の前で八雲と顔を合わせた。

「前にも言ったが、ぼくは叔父さんに頼まれて、呪いの絵について調べていた。あの夜、四階の美術室のベランダに学生服の少女が立っていた」

——それはぼくも目にした。

暗くてよく見えなかったけれど、あれは真希さんだった。八雲は、目撃証言を元に、真希さんを追い込もうとしているのかもしれない。

「ぼくは見なかった」

「いや、確かにいたんだ」

「見間違いじゃないの？」

「違う」

「だったら、幽霊だったんだろ。きっと、呪いの絵を描いた塩見日菜さんの幽霊だ――」

「あれは幽霊なんかじゃない。生きた人間だ」

「日菜さんの幽霊だよ」

「それはあり得ない」

「あり得ないってどういうことだよ」

「見えるからだ」

「見える？」

「そう。ぼくには、死者の魂――つまり幽霊が見えるんだ」

前に河本が言っていた。八雲は幽霊が見えるとかいう噂がある――と。だけど、そんなものは、ただの噂に過ぎない。

いや、でも――八雲の声に嘘はない。本当に、見えているというのか？

「そんなもの何の証拠にもならないだろ。警察だって信じない」

「普通はそうだろうな。だけど、ぼくの話を信じる殊勝な刑事もいるんだ。一人だけどね——」

名前は出さずとも、それが後藤だということは分かった。

ダメだ。圧されている。何か反論をしないと、八雲の放つ空気に呑み込まれる。

「見えるというなら、証拠を見せてみろよ」

ぼくが言うと、八雲はふうっと長いため息を吐いた。

幽霊が見えるという証拠なんて、提示できるはずがないのだ。

「証拠になるかどうかは分からない……」

八雲は僅かに俯くと、左眼に指を当て何かを取り出し、再び顔を上げた。

「同じ色——」

ぼくは、思わず口にした。

八雲の左眼は、その声のように、鮮やかな赤い色をしていた。

そういえば、八雲の叔父の僧侶も同じように左眼が赤かった。僧侶はカラーコンタクトだったが、八雲は正真正銘、赤い瞳をしている。

「そうか。琢海には、ぼくの声が赤く見えていたんだな」

「……」

「ぼくの左眼は、生まれつき赤い。そのせいかどうかは分からないけれど、左眼だけに幽霊が見えるんだ」

八雲の言葉を聞きながら、これまでの出来事が走馬灯のように頭の中を駆け巡る。

――八雲は見え過ぎてしまう。

八雲の叔父は、そう言っていた。あれは、このことを意味していたのか。

――ぼくも、似たようなものだからな。

ぼくが共感覚故の苦しみを語ったとき、八雲が言った言葉だ。あれは、単なる同情ではなく、自分自身も違う世界を見ていたということか。

それだけじゃない。八雲は、ときどき左眼を隠して何かを見ていた。

あれは、生きた人間と幽霊とを判別する為だったのか。

――違う。

ぼくは、納得しかけた自分の考えを振り払った。

ここで受け容れてしまっては、これまでの苦労が全て水の泡だ。何より、彼女を救うことができなくなる。

「だ、だから何だって言うんだ。赤いからって幽霊が見えるとは限らないだろ。だいたい、幽霊が見えるなんてバカげてる」

「見損(みそこ)なった……」

八雲の赤い声が、鋭い棘になってぼくの心の一番深いところに突き刺さる。

——見損なったとは、どういうことだ？

今の言い方だと、八雲はぼくに対して、何か期待をしていたということになる。事件が起きるまで、ほとんど会話したこともないのに。

「何だよそれ」

「琢海が、サウンドカラー共感覚であることは、ずいぶん前から知っていた」

「知っていた？」

「一年前に、偶々足を運んだ美術館に、賞を受賞した琢海の絵が展示されていた」

「…………」

カウンセラーである仁美叔母さんから、サウンドカラー共感覚と向き合う為にも、ぼくに見えている世界を、そのまま表現したらどうかと勧められ、描いていた人物から見えてきた声色を、そのまま絵の具に乗せて絵を描くようになった。

そうしてでき上がった作品は、コンクールで何度も受賞した。

これまで、隠し続けてきたぼくの世界が、認められたことが嬉しかった。それは、両親も同じだった。

だけど——。

展示された絵を観に行った帰り道で、両親共々事故に遭い、ぼくは家族を失ったのだ。

「その絵の独特な色使いを見て、見えている世界が他の人と違うのだと確信した」

八雲は、ぼくの共感覚を疑い、絵を見たと言っていたが、実際はその順番が逆だったということか――。

「どうして、今さらそんな話を？」

「本当に美しい絵だった。ぼくは、あれほど美しい絵を、これまで見たことがなかった」

八雲は恍惚とした表情を浮かべていた。

お世辞でも何でもないことは、その声色からも伝わってきた。

「…………」

「他人とは違う世界が見えているのに、そこに悲観や悲壮はなかった。自分の見えている世界を受け容れ、それを芸術に昇華させている。琢海と同じように、異なる世界が見えているぼくにとって、それはカルチャーショックだった」

「違う世界？」

「琢海の絵を見たとき、ぼくは自分を恥じた。他人と違うことを、自分の力に変えることができていることを、羨ましいと思った」

「…………」

「それなのに、今の琢海はぼくにしか見えていない世界を、存在しないと否定している」

「…………」

「他人と違う世界を見て来た琢海なら、理解してくれると思った。でも、見込み違いだったようだ」

「ぼくは……」

身体の力が抜けて行く。

八雲の言う通りだ。自分しか見えない世界を否定され、他者と異なることで、散々嫌な思いをしてきた。受け容れられない苦しみと悲しみを知っているはずなのに、ぼくは、八雲に自分が味わったのと同じ仕打ちをしている。

「もう一度言う。あの夜、美術室のベランダに立っていたのは、幽霊なんかじゃない。生きた人間だった――」

「違う！　違う！　違う！」

ぼくは、気付いたときには、椅子から立ち上がり、テーブルを乗り越えて八雲に飛びかかっていた。

そのまま、二人で縺（もつ）れ合うようにして床に倒れ込む。

ぼくは、仰向けに倒れる八雲に、馬乗りになっていた。抵抗するかと思っていたのに、八雲は無表情にぼくの顔を見ていた。

赤い左眼が、ぼくの心から生気を奪い取って行くようだった。

「どんなに否定しても無駄だ。ぼくは、最初から犯人が誰か分かっていた。その為に、必要な証拠を集めていたに過ぎない」

「違うんだ。悪いのは彼女じゃない……」

「琢海は、警察を騙すことだけに固執して、身近にいる人間たちのことを見ようとしていない」

「見ていたさ。ちゃんと」

「本当に見ていたと言い切れるか？ 琢海の妹は、加害者家族ということになるんだ。そういう人たちが、どれだけ差別を受けるか、わざわざぼくが言うまでもなく分かるだろ」

「それは……」

その通りだったかもしれない。

とにかく、真希さんの罪を隠す。それに執着し、その結果、海空や仁美叔母さんが、どんな気持ちになるのかは、考えていなかった。

いや、正確には考えようとしていなかった。

考えれば重荷になることが分かっていたから、頭の中から排除していたのだ。

「その結果、何が起きるか分かっているのか?」

「ぼくは……」

「琢海の行いは、新たな犠牲者を生み出す要因になるんだよ」

「新たな犠牲者?」

そんなはずない。ぼくが逮捕されて事件は終わりのはずだ。もう、誰も死ななくていいはずだ。

「琢海には、それを止める義務がある」

八雲の放った赤い声は、大きなうねりとなってぼくをすっかり呑み込んでしまった。

5

ぼくは車の後部座席に座っていた——。

警察の覆面車輛(しゃりょう)だ。

車を運転しているのは、刑事の後藤。助手席に座っているのは八雲だ。

あの後、取り調べ室に後藤が入って来て、ぼくはそこから連れ出されることになった。どういうことなのか、訳が分からず問うと、後藤から「釈放だ——」と告げられた。

——どうしてそうなった？

警察は、ぼくの話を信じてくれたはずだ。それなのに、どうして釈放なんてことになるのか、ぼくにはまるで理解できなかった。

ただ、嫌な予感ばかりが広がる。

ぼくが釈放されたということは、小山田先生殺害の嫌疑は、真希さんに向けられるということだ。

それでは、これまでぼくがやってきたことが、全て水の泡だ——。

「いったい何処に向かおうとしているんですか？」

問い掛けたのだけれど、八雲はもちろん、後藤も何も答えてくれなかった。

ぼくだけが蚊帳の外だ。

「どうして、何も答えてくれないんだ？」

ぼくの苛立ちはピークを越え、半ばヒステリックに叫んでしまった。

「ここで説明するより、直接見た方が早い」

八雲が前を向いたまま、静かに言った。いつもと変わらない赤い声——。

でも、そんなもので納得なんかできるはずがない。

「新しい犠牲者って、誰のことだよ。どうして、新しい犠牲者が出るんだ？　納得できないよ！」

「納得しようが、しまいが、どっちでもいい。ただ、これだけは忘れるな。もし、誰か死んだとしたら、それは琢海の責任だ」

――なっ！

八雲の赤い声が、鮮やか過ぎてぼくの網膜を焼いてしまうかと思った。

「ぼくの責任？」

「そうだ。まあ、ぼくの責任でもある」

「だから何の話だよ！」

「今、それを考えるのは止そう。彼女を止めることが先決だ」

――彼女を止める？

つまり、真希さんがこれから何かをしようとしているということか？

途轍もなく嫌な予感がする。

八雲は真希さんの何を止めようとしているのだろう。八雲は新しい犠牲者と言っていた。それはつまり、また誰かが殺されるということだろうか？

しかも、彼女の――真希さんの手によって。

――そんなバカな。あり得ない。

堪らず、質問を重ねようとしたところで、覆面車輌に無線が入った。

後藤はすぐに無線機を取り、やり取りを始める。

雑音が酷くて、上手く聞き取れなかった。

「八雲。やっぱり、自宅にはいなかったそうだ」

無線での通話を終えた後藤が、舌打ち混じりに言った。

「彼女の方も——ですか？」

「ああ。保護者に確認してみたが、何処に行ったのかは分からないそうだ。気付いたらいなくなっていた」

「マズいですね。急いだ方がいい」

「そうだな」

後藤は、そう答えると車を加速させた。

ぼくは何も分かっていないけれど、八雲と後藤の二人は全てを承知しているらしい。

「彼女って、真希先輩のことですか？」

ぼくが問うと、後藤が「そうだ」と短く答えた。

——やっぱりそうだったのか。

真希さんは、これから誰かを殺そうとしている。どうして、こうなった？ 彼女を守る為に、計画を練ったというのに、それはいとも簡単に崩れ去った。

むしろ、ぼくの行動のせいで、真希さんは暴走してしまったというのか？

ぼくはただ、途方に暮れることしかできなかった。

6

車が到着したのは、学校だった――。

闇と一体化したその建物は、周囲の音という音を、全て呑み込んでしまっているように見えた。

八雲と後藤は、車を降りると四階の美術室に目をやった。

口に出さなくても、あの場所に真希さんがいるのだということが分かった。本当に？　確証はない。だけど、それでも――。

ぼくは、気付いたときには八雲や後藤より先に駆け出していた。

もし、本当に真希さんが、新たな罪を犯そうとしているのだとしたら、ぼくはそれを止めなければならない。

昇降口に向かうと、一番左側の扉が開いたままになっていた。

やはり、誰かが校舎の中にいる証拠だ。

ぼくは中に駆け込むと、靴のまま全速力で階段を駆け上がった。何度も躓きそうになりながらも、ただひたすらに足を動かす。

普段の運動不足がたたり、筋肉が軋んで痛みを覚えたが、そんなものに構っている余裕はなかった。

一気に四階まで駆け上がったぼくは、廊下を真っ直ぐ進むと、突き当たりにある美術室の戸を勢いよく開け放った。

ぼくは、視界に飛び込んできた光景に愕然とした――。

薄暗がりの中、呪いの絵の前に、一人の男性が倒れていた。その胸には、まるで墓標のようにナイフが突き立てられている。

流れ出た血が、床をびっしょりと濡らしている。

ぐったりとして倒れているその男性の顔に、ぼくは見覚えがあった。

あれは――。

担任教師の三井先生だった。

どうして三井先生が美術室に？　なぜ刺されているのか？　思考が追いつかず、ただ混乱する。

そして――。

さらなる衝撃がぼくを襲った。

倒れている三井先生の傍らには、一人の少女が座っていた。彼女は、三井先生の胸に刺さったナイフに手をかけていた。

月明かりを受け、薄らと発光したように見えるロングの黒髪に、ぼくは見覚えがあった。

だけど、名前を呼びたくはなかった。

もし、その名を口にしたら、全てが終わってしまう気がした。

瞬(まば)きをしてみたが、繰り返し同じ現実が、ぼくの眼前に突きつけられるだけだった。消えてしまってくれたら良かったのに——。

やがて、彼女がぼくに気付き、ゆっくりとこちらに顔を向けた。陶磁器のように白い肌に、赤い染みが付いていた。

「琢海君——」

清流のように澄んだ青い色がぼくの名を呼ぶ。

——ああ。これは現実なんだ。

今さらのように、それを痛感した。

八雲が言っていた。ぼくの行動のせいで、新たな犠牲者が出る——と。

「真希先輩——」

ぼくは、掠れた声で呟く。

真希さんが、三井先生を刺したのは、ぼくのせいだというのか？　だとしたら、ぼくはどうやって償えばいい？

どうして、こんなことになった？

ぼくは、ただ真希さんを助けたかっただけなのに——。

病院でぼくの心を救い、橋の上で海空を救ってくれた。慈悲に満ちた優しい笑顔を守りたかっただけなのに、どうして彼女は血に塗れてしまったのだろう。

どうすれば良かった？

これからどうすればいい？

いくら考えてみても、何も思いつかなかった。そうじゃない。そもそも思考なんて少しも動いていない。

今のぼくには、ただ放心することしかできなかった。

それでも、こんなところに突っ立っていても、何も変わらない。何かしなければと思った。それが何なのかは分からないけれど……。

ぼくは、吸い寄せられるように、一歩、二歩と真希さんの方に向かって歩み寄っていく。

「こっちに来ちゃダメ！」

真希さんが叫んだ。

その途端、イーゼルに設置された呪いの絵が動いた。

まるで、ぼくに襲いかかるように、呪いの絵が宙を舞い、向かって来る。

あまりに突然のことに、避ける間もなかった。

気付いたときには、強い力に突き飛ばされて、ぼくは尻餅を突いていた。

誰かが走って行く足音を聞いた。顔を上げると、呪いの絵を持ったまま、美術室を出て行く人の後ろ姿が見えた。

——あれは。

追いかけようとしたけれど、まだ動揺が激しくて、思うように動けなかった。

「琢海君。大丈夫？」

真希さんの青い声が、ぼくに向けられる。

「は、はい」

返事をしたところで、八雲と後藤が駆け込んで来た。

後藤は、大急ぎで三井先生の許に行くと、真希さんに「そのまま押さえてろ」と指示を出しつつ、傷の具合などを確認し始めた。

八雲は、ぼくの傍らに立つと「遅かったか……」と小さく呟く。

「な、何があったんだ？」

「彼女は、何処に行った？」

八雲はぼくの質問に答えることなく、別の問いを投げかけてきた。

——何を言っているんだ？

「真希先輩なら、そこに……」

「違う」

「え？」

「ここに、もう一人いたはずだ」

——もう一人？

「美術室を出て行ったわ。足音の感じからして、多分、階段を昇って行ったと思う」

呑み込めていないぼくに代わって、真希さんが答えた。

確かに、足音の感じからして、廊下を走ったというより、階段のそれだった。下から昇ってきた八雲たちが遭遇していないとなると、昇って行ったはずだ。

真希さんは、この状況の中でも、冷静さを保っている。人を刺した後だというのに、どうして？

「——後藤さん。そっちはどうです？」

八雲が訊ねると、後藤が顔を上げた。

「救急車は、今手配した。まだ生きてはいるが、出血が酷い。押さえていないと、かなりマズい」

「分かりました。ここは任せます」

八雲は、そう言うとぼくに向き直った。

「これはいったい……」

「行くぞ。止められるのは、多分、琢海だけだ――」

八雲がぼくに手を差し伸べた。

ぼくは、迷いを抱えながらも、八雲の手を握り返した。

7

ぼくは、八雲の背中を追いかけて屋上へと通じる階段を昇った――。

そういえば、前にもこんなことがあった。

もしかしたら、あのときから、八雲は事件の真相を見抜いていたのかもしれない。

「八雲は知っていたのか？　真希先輩が三井先生を殺そうとしているって……」

「何を言っている？」

一瞬だけ振り返った八雲の目は、酷く冷たかった。

「何って……」

「三井先生を刺したのは、彼女じゃない」

「でも……」

真希さんは、三井先生の胸に刺さったナイフに、手をかけているように見えた。

「彼女は、血を止めようとしていたんだ」

「そう——なのか？」

「琢海は、彼女のことが好きなんだろ」

「………」

今さら、隠し立てしても仕方ないのだけれど、肯定を口にすることはできなかった。

「それなのに、どうして信じてやれなかった？」

「ぼくは、彼女のことを何も知らないから……」

「本当にそうか？」

「どういうこと？」

「パーソナルな情報だけが全てじゃない。琢海は、その人の色を見ていた。それは、根本にある心のありようなんじゃないのか？」

「ぼくは……」

返事をしようとしたところで、屋上へと通じるドアの前に辿り着いた。

八雲は、ふうっと息を吐いたあと、ドアを開ける。

ふわっと生温い風が吹いた。

八雲が屋上に出て行く。

このドアの向こうに、いったい何があるのだろう。先に進んだら、戻れなくなる気がした。

ぼくも意を決して、ぼくはここで立ち止まってはいけない。だけど、ドアを潜って屋上に出た。

八雲の肩越しに目をやると、鉄柵に張り付くようにして立っている女性の後ろ姿が見えた。その足許には、呪いの絵が立てかけてある。

後ろ姿だけだったけれど、ぼくには、それが誰なのか分かってしまった。

「仁美叔母さん――」

8

鉄柵のところにいた女性――仁美叔母さんが振り返った。

とても、哀しい目をしていた。

何が何だか分からなかった。どうして、ここに仁美叔母さんがいるんだ？

「ごめんなさい……」

仁美叔母さんは、呟くように言った。

その声は、ぐるぐると渦を巻いていた。

「三井先生を刺したのは、あなたですね」

八雲が、ゆっくりと仁美叔母さんに歩み寄って行く。

「刺すつもりはなかった。でも、私たちの罪を、琢海君が背負うなんて、どうしても納得できなかった……」

仁美叔母さんの声は、とても綺麗な橙色だけど、今は黄色と赤が分離してしまっている。

まるで、仁美叔母さんの中にある二面性を体現しているかのようだった。

「どういうことですか？」

ぼくが訊ねると、仁美叔母さんは唇を噛み、視線を逸らしてしまった。

救急車のサイレンの音が聞こえてきた。そのけたたましい音に煽られるように、ぼくの思考はぐちゃぐちゃになった。

「小山田先生を殺したのは、そこにいる彼女と、三井先生なんだよ」

八雲が静寂が訪れるのを待ってから、赤い声を発する。

「ど、どうして？　何で仁美叔母さんたちが、小山田先生を殺す必要があるんだよ！いい加減なことを言うんじゃない！」

「小山田先生の携帯電話を見たなら、彼のやっていた所業は知っているな？」

「知っている」

モデルをしないかと女子生徒に近付き、その裸体を写真で撮影し、それをネタに肉体関係を強要する。

考えただけで虫酸(むしず)が走る。クズとしか言い様のない所業だ。

「呪いの絵を描いたのが、誰なのかも知っているだろ」

ぼくは頷いて答えた。

十年前に自殺した、塩見日菜という少女。推測ではあるが、小山田先生の被害者だった。そのことで苦しみ、呪いの絵を残して自ら命を絶った。

「日菜という少女は、母子家庭に育っている。両親が離婚したんだ。離婚する前の姓は——三井だ」

「それって……」

「そうだ。十年前に飛び降り自殺した女子生徒は、三井先生の娘だったんだ」

八雲の言葉は、衝撃的だったけれど、納得する部分もあった。

これまで何となく頭に残っていた情報が、一気に繋がった気がした。

クラスメイトが、三井先生をバツイチだと口にしていたことがあった。あれは、単なる噂ではなく事実だったのか。

それに、三井先生は、昔からああだった訳ではない。子どもが亡くなってから、無感情になったとも言われていた。

そのとき、亡くなった子どもが、塩見日菜さんだったということか。

「じゃあ、三井先生は、ずっと小山田先生に復讐する機会を窺っていたということなのか？」

「そうだ」

八雲が小さく頷く。

思い当たる節はあった。三井先生の声は、ずっと灰色だった。

形状もほとんど変化することなく、淡々としていた。だからこそ、ゾンビなんて渾名で呼ばれていた。

ところが、ある日を境に、そののっぺりとした灰色が、濃紺に近い色に変わった。

そう。三井先生の死体が発見されたあの日だ。ぼくは、それを学校で起きた殺人事件の対応に忙殺されたからだと思っていた。

だけど、そうではなかった。

そう考えると、三井先生ののっぺりとした灰色の声が、作られた仮面だったのだと思い知らされる。

きっと、三井先生の本当の声色は濃紺だったのだろう。それを、灰色で覆い隠していた。

前に八雲が言っていた。今回の事件の犯人は、校舎に咎められることなく出入りできた学校の関係者だ——と。

三井先生なら、その条件に合致する。

「でも、だとしたら、仁美叔母さんは関係ないじゃないか。犯人は学校の関係者なんだろ」

ぼくが声を上げると、八雲は目を細めた。

「信じたくない気持ちは分かるが、わざわざ指摘するまでもなく、琢海にも分かっているだろ。彼女は学校の関係者だ。うちの学校のスクールカウンセラーなんだから」

「…………」

八雲の言う通りだ。

仁美叔母さんは、スクールカウンセラーとして、週に三日ほどうちの高校に顔を出している。基本は決まった日だが、それ以外の日に顔を出したとしても、誰も疑問には思わない。れっきとした学校関係者だ。

「ただ殺すだけなら三井先生一人でもできた。だけど、それだけじゃダメだったんだ。彼女と三井先生は、小山田先生に自分のやったことを悔い改めさせたかった」

「悔い改める？」

「そう。呪いの絵で——」

八雲が、すうっと鉄柵に立てかけてある呪いの絵を指差した。

「呪いの絵で、いったいどうやって？」

「彼女が幽霊に扮して、呪いの絵から抜け出した少女の幽霊を演じ、災いが降りかかると警告することで、小山田先生を追い詰めようとしたんだ」

「そ、そんなこと……」

「河本たちが見た、少女の幽霊の正体は、学生服を着て、ウィッグを着けて変装した彼女だったんだ」

八雲が、指を呪いの絵から仁美叔母さんに移した。

河本たちは、美術室で学生服を着た少女の幽霊を見たと証言していた。その際に、河本は階段から転落して怪我を負ったのだ。

あれは、幽霊のふりをして、小山田を脅そうとしていた仁美叔母さんだった——ということか。

「だ、だけど……」

「もちろん、幽霊に扮した彼女の姿を見たのは、河本たちだけじゃない。ぼくも、そして琢海も美術室のベランダに立つ、その姿を目にしていたはずだ」

八雲の言う通り、ぼくは美術室のベランダに立つ制服姿の女性を目撃している。八雲自身、取り調べ室でそのことに言及していた。

あれは、幽霊ではなく生きた人間だった——。ぼくは、それを真希さんだと思い込んでいたが、実際は仁美叔母さんだったということか。

今になって、事件が起きる前、学校の近くで仁美叔母さんが男性と話をしていたときのことを思い出した。

あのとき、男性の顔は見えなかった。会話の内容から、別れ話が拗れたのかと勝手に勘違いしていた。

だけど、あのときぼくが見た男性は、三井先生だったのかもしれない。

その証拠に、あのときの男性の声色は、復讐を遂げた三井先生が発したのと同じ、濃紺だった。

でも——。

「仁美叔母さんには、三井先生の復讐に荷担する理由がないじゃないか」

三井先生には、小山田先生を恨む気持ちがあったかもしれないけれど、仁美叔母さんにはそれがない。

「理由ならある。そうでしょ？」

八雲の赤い声が、真っ直ぐに仁美叔母さんに突き刺さる。

観念しているのか、仁美叔母さんは、苦笑いを浮かべながらも口を開いた。

「日菜は、私の親友だったの。ずっと一緒にいた仲間だったの。この絵はね、自画像なんかじゃない。本当は、私の肖像画だったのよ」

仁美叔母さんは、足許にある絵をじっと見つめた。

──そうか。

病院で仁美叔母さんは、カウンセラーを目指したきっかけを語っていた。親友の自殺を止められなかったからだ──と。

その親友というのが、十年前に自殺した日菜さんだったということか。

「呪いの絵は、ずっとあなたが保管していたんですね」

八雲が問うと、仁美叔母さんは頷いた。

──そうだったのか。

真希さんが、三年間美術部に所属していたけれど、呪いの絵を見たことがなかったと言っていたが、それは、仁美叔母さんが保管していたからだったようだ。

仁美叔母さんが、うちの高校に赴任したのは、今年に入ってからだ。復讐の為に、美術室に持ち込んだということか。

「でも、どうして今になって……」

仮に復讐したいなら、もっと早くにやれば良かった。十年という歳月が経過してから、行動に移した理由はいったい何なのか？

「知らなかったのよ」

仁美叔母さんが、絞り出すように言った。

「え？」

「私は、日菜が自殺した理由を知らなかった。それは三井先生も同じだった。だけど、私は一ヵ月前に自殺を図った実咲ちゃんのカウンセリングをすることになったの」

「でも、実咲さんは、交通事故じゃ……」

「ええ。確かに実咲ちゃんは車に撥ねられた。表向きは交通事故。でも、それは、自分から道路に飛び出して行ってのことだったのよ」

仁美叔母さんの橙色の声が、ぐにゃっと歪んだ。

悲しみと苦しみに翻弄（ほんろう）されて、自分でも制御できなくなっているといった感じだ。

「自分から……」

「だから、意識が回復するのを待って、実咲ちゃんのカウンセリングをしたの。最初は何も喋ってはくれなかった。だけど、友だちの協力もあって、少しずつだけど、実咲ちゃんは自分に何があったのか話してくれた……」

「………」

仁美叔母さんは、実咲さんのカウンセリングを進めるうちに、小山田がどういう人間なのかを知っていったのだろう。

そして——十年前に自殺した、親友の日菜さんに何が起きていたのかを、知ることになった。

「その内容は、本当に耳を覆いたくなるようなものだったわ。許せなかった。十年前に、日菜を死に追いやっていながら、それを悔いるどころか、同じことを繰り返しているなんて、私には……」

「そのことを、三井先生に伝えたんですか？」

「ええ。三井先生は、ずっと苦しんでいた。日菜が自殺したのは、自分たちの離婚が原因なのではないかって、自分を責め続けていたの。どうして、近くにいてやらなかったのか──って」

「……………」

「真実を伝えることで、その苦しみから解放されると思っていた」

「仁美叔母さん……」

理由も分からず、親友が、子どもが自殺してしまった──。

仁美叔母さんと三井先生が、十年の長きにわたって抱え続けた自責の念は、並大抵のものではなかっただろう。

自分の職業を決めるほどに、心に深い影を落としていたのだ。

その苦しみは、痛いほどに分かる。だけど──。

「どうして殺したりしたんですか？　そこまで分かっていたなら、もっと他に手があったんじゃないんですか？」

「琢海がそれを言うか？」

八雲の赤い声が割って入ってきた。

「え？」

「他に手があったのは、琢海も同じだろ。だけど、それを見誤った。人間は誰しも、理性だけで行動できるものじゃない」

「それは……」

ぐうの音も出なかった。

そうだ。ぼく自身が、真希さんを守ろうと暴走して事件を引っ掻き回した。頭では、それが間違っていると分かっていたけど、感情を抑えることができなかった。

「それに、彼女は小山田先生を殺そうとした訳ではない。そうでしょ——」

八雲が仁美叔母さんに赤い左眼を向ける。

「日菜が残した、呪いの絵の噂を利用して、心霊現象を偽装して、小山田に過去の罪を自白させる——それが当初の計画だった」

仁美叔母さんは、ふっと視線を空に向ける。

呪いの絵を美術室に持ち込み、自らがそれを描いた日菜さんに扮することで、小山田先生に揺さぶりをかけていた。

「なら、どうして？」

「私はそのつもりだったけど、三井先生は違ったみたい。最初から、三井先生は、小山田を殺すつもりだったの」

「そんな……」

「私が、そのことに気付いたのは、三井先生が小山田をナイフで突き刺したあとだったの――」

――そういうことか。

仁美叔母さんは、贖罪を願ったけれど、三井先生は、最初から命による償いを求めていたということなのだろう。

今になって思えば、仁美叔母さんが事件に関与していたことを示すものはたくさんあった。

小山田先生の死体を発見した日の夜の自宅でのやり取りなど、その最たるものだ。

あのとき、仁美叔母さんは「琢海君が、小山田先生を殺していないのは、私が一番よく分かっている」と言っていた。その言葉に嘘はなかった。あれは、無条件に信じていたからではなく、事実としてそうでないことを分かっていたからこその言葉だった。

それだけじゃない。

――やり直せますよ。

病院でぼくがそう言ったとき、「そうね」と頷いた仁美叔母さんの声は、嘘の色に染まっていた。

あれは、保護者として心が折れていたのではない。小山田先生を殺害するという、取り返しのつかないことをやっていたが故に、出た色だったのだ。

それに、仁美叔母さんの部屋にあった絵――あれは、おそらくは日菜さんの描いたものなのだろう。仁美叔母さんは、絵を描いていたけれど、人物画は描かなかったから。

事件のあった日、仁美叔母さんは酷く疲弊して帰宅した。あのときの声は、明らかにいつもと違っていた。

いや、事件前から、仁美叔母さんの言葉に頻繁に嘘が混じるようになっていた。

だけど、ぼくは、そうしたサインを全て、自分たちの存在が重荷になっていると勝手に解釈してしまっていた。

仁美叔母さんの変化に向き合おうとしていなかった。

八雲が言うように、ぼくがもっと周囲をちゃんと見ていたら、悲劇は防げたかもしれないのに――。

悔しさがこみ上げたところで、ぼくは一つの疑問に行き当たった。

9

「じゃあ、真希先輩は……」

「実咲は私の親友なの――」

流れてきた青い声に、ぼくは慌てて振り返る。

屋上の出入り口のところに、真希さんが立っていた。黒い髪が、僅かに風に揺れている。

「そうだったんですか？」

呪いの絵の調査を始めたとき、そんなこと、ひと言も言っていなかった。

「最初は、実咲に何があったのかは知らなかった。呪いの絵のせいで、災いが降りかかったかもしれないなんて本気で考えた。だから、琢海君と呪いの絵について、調べようと思ったの」

「それで……」

真希さんが、呪いの絵を調べようとしたのは、単にミステリーやオカルトが好きだったのではなく、友だちの為だったのか。

「そのあと、実咲から何があったのか聞いたの。私、小山田先生が許せなかった。だけど、実咲は、あの写真が表に出ることを嫌がっていた。だから、私は実咲の為に、小山田先生から携帯電話を奪って、そのデータを消そうとしていたの」

――そうだったのか。

今さらになって、彼女が携帯電話に執着していた理由に合点がいった。

小山田先生に送ったあのメールも、親友の為に直談判して、データを回収しようとしていたということか。

「じゃあ、あの日の朝、ぼくと鉢合わせしたのは……」

ぼくが口にすると、真希さんはコクリと頷いた。

「朝、美術室に行ったら、小山田先生が死んでいるのを見つけたの。本当は、すぐに通報すべきだったんだけど、どうしても携帯電話のことが気になったの。それで、小山田先生のポケットを探した」

「そこで手に入れたのは、ぼくの携帯電話だった……」

だから、真希さんはぼくの携帯電話を持っていた。

「うん。探しているときに、うっかり絵を倒してしまって、慌てて元に戻したんだけど、とんでもないことをしているって怖くなって……」

真希さんのボタンに付着していた絵の具と足跡は、そうして残されたものだったという訳だ。

知ってしまえば、実に単純なことだった。

「で、でも、真希先輩は、小山田先生が殺された日の夜、準備室で揉めていましたよね……」

ぼくが小山田先生から携帯電話を受け取ったとき、準備室から聞こえてきた声。あれこそが、ぼくが真希さんが犯人ではないかと思い込むきっかけだった。

――私を弄んだだけじゃ、気が済まないの？　お願いだから、もう誰も傷付けないで。

あのとき聞こえてきた内容は、今の真希さんの証言とは異なるものだった。

「何時の話？」

真希さんが困ったように眉を顰める。

――惚けているのか？

「それは、おそらく彼女の声ではない」

言ったのは八雲だった。

ぼくの空耳だとでも言いたいのだろうか。いや、そんなはずはない。ぼくは確かに聞いたんだ。

「青かったんだ。あれは、真希先輩の……」

「色だけで判断したんだろ。姿を見ることなく、声の色だけで」

「………」

否定できなかった。あのとき、ぼくが見たのは青い声だけだった。準備室には入らなかったので、実際に、真希さんの姿は見ていない。

あの青い声は、真希さんの声ではなかったということか——。

「琢海は、共感覚に頼り過ぎている」

八雲がぼそっと言った。

「頼る？」

「そうだ。共感覚でなまじ声の色が見えるせいで、他人の感情を決め付けてしまう傾向がある」

「それは……」

そうだったかもしれない。

仁美叔母さんのことにしてもそうだ。ずっと前から、声の中心に黒い染みがあるのに気付いていたのに、勝手に決めつけてしまっていた。

昇降口のところで、真希さんと交わした言葉についてもそうだ。

——小山田先生のこと、恨んでいましたか？

ぼくがそう訊ねたとき、彼女は「別に恨んではない」と答えた。そこに見える嘘の色から、恨んでいるイコール彼女自身が殺意を持っていたと判断してしまった。

手許にある情報だけで、そう決めつけてしまった。

だけど、今なら分かる。真希さんは、小山田先生を恨んでいた。だけど、それは、友だちの実咲さんを傷付けられたからだし、恨みはそのまま殺意ではない。

ぼくは、ただ声に色が着いて見えるだけなのに、それで全てを決めつけてしまった。そうやって、たくさんの間違いを起こしたのだ。

八雲が再三に亘り、「引っ掻き回すな」と忠告していたのは、こういうことだったのだろう。

「まあ、ぼくも琢海のことばかり責められない……」

八雲は、苦笑いを浮かべながら、ガリガリと頭を掻いた。

「それって……」

「何でもない。それより、話はまだ終わっていない」

八雲は、そう言うと改めて仁美叔母さんに赤い左眼を向けた——。

10

そうだ。八雲の言う通りだ——。

小山田先生の事件は分かった。だけど、どうして仁美叔母さんが共謀していた三井先生を刺したのかが分からない。

「仁美叔母さんは、なぜ三井先生を……」

ぼくが問い掛けると、仁美叔母さんは遠くを見るような目をした。

「刺すつもりはなかった。だけど、このままじゃいけないと思ったの。だから……」

「どういうことですか？」

ぼくが詰め寄ると、仁美叔母さんは逃げるように背中を向けてしまった。

屋上の鉄柵に手をかけ、背中を震わせている。

「私のせいなの――」

真希さんが、すっと仁美叔母さんに歩み寄りながら、青い声を放った。

「真希先輩の？」

「違うわ。あなたは関係ない」

仁美叔母さんは首を左右に振り、強く否定する。

「でも……」

「私が選んだことなの」

「だから、どういうことなんですか？」

「琢海君が逮捕されたあと、真希さんが私に連絡を寄越したの。実咲ちゃんの件で、
面識はあったから。まさか、琢海君と友だちだったなんて、思ってもみなかったけど

……」

「それって……」

仁美叔母さんと真希さんは、お互いに納得しているようだけど、ぼくにはさっぱり分からない。

「彼女は、琢海の叔母さんが犯人だということに、薄々気付いていていたんだよ」

八雲の放った声が、ぼくの濁った視界を一気にクリアにした。

「気付いていた？」

「もちろん、証拠は何も無かった。だけど、実咲さんの件で顔を合わせる機会がある中で、それを感じ取っていた」

「そ、そうなんですか？」

ぼくが訊ねると、真希さんは小さく頷いた。

「確証は無かった。だけど、小山田先生が死んだとき、十年前の日菜さんの事件に、関係があるんだって思ったの。そうなると、犯人は絞られるから……」

——何ということだ。

真希さんは、仁美叔母さんの心境の変化を感じ取っていたのか。ぼくは、完全に見過ごしていた。本当に何も見ていなかったのだと思い知らされる。

「琢海君からの電話を聞いて、何をしようとしているのか、何となく分かった。だから、私はいてもたってもいられなくて、それで……」

真希さんは、下唇を噛んで俯いた。

「真希さんは私のところに来て、琢海君に罪を背負わせるのは間違っているって、訴えてきたの。私も、その通りだと思った」

「仁美叔母さん……」

「だってそうでしょ。私たちがやった復讐なのに、どうして琢海君が罪を背負わなきゃいけないの？　だから、三井先生を呼び出したの。自首を促す為に、説得しようとした。だけど……」

仁美叔母さんの目から涙が零れ落ち、その先は言葉にならなかった。

だけど——の先は、言わなくても想像がついた。

三井先生は自首することを拒否したに違いない。保身もあったのだろうけど、自分が捕まることで、娘の名誉が傷付けられることを怖れたという部分もあるだろう。

交渉は決裂して、口論になっているうちに、悲劇が起こってしまった。

「三井先生がナイフを出して、私たちの口封じをしようとしたの。仁美さんは、私を庇う為に三井先生と揉み合いになって……。だから、仁美さんは悪くない」

真希さんの青い声が、優しく響いた。

だけど、ぼくはそれを直視することができなかった。

──その選択は最悪だ。

ぼくが後藤に捕まったときに、八雲が言った言葉が脳裏を過る。

警察に捕まり、嘘の自供をしたのは、本当に最悪の選択だった。そのことが、新たな犠牲者を生み出すトリガーになってしまったのだ。

「琢海君──あなたのお陰よ」

仁美叔母さんが、静かに言った。

その声には、さっきまでの黒い色が消えていた。涙を流したことで、溶け出したのだろうか？

「ぼくの？」

「琢海君の行動があったから、私は自分の過ちに気付くことができた。過去に囚われるより、今を大切にするべきだったのに、何もしてあげられなくてごめんね……」

仁美叔母さんは、そう言うと再び背中を向けてしまった。

余韻として残るその声から、色が消えていくのが分かった。何もない透明な声──。

「ダメだ！」

ぼくは咄嗟に叫んだ。

仁美叔母さんが、何をしようとしているのかが分かってしまったからだ。仁美叔母さんは、ここから飛び降りようとしている。

日菜さんと同じように、自ら命を絶って、全てを終わりにしようとしている。

だから――。

呪いの絵をわざわざこの場所まで運んできたのだ。

自分の最後を、日菜さんに見せる為に――。

ぼくは、慌てて駆け出した。

間に合ってくれ。必死に手を伸ばしたけれど、それが届かないことが分かってしまった。

仁美叔母さんが、鉄柵から身を乗り出す。

――まただ。

ぼくは、結局、誰も助けられない――。

鉄柵の上までよじ登ったところで、仁美叔母さんの身体がピタリと止まった。

死ぬことを躊躇ったのではない。いつの間にか屋上に姿を現した後藤が、仁美叔母さんの身体をがっちりと捕まえていたのだ。

「死んだって、何の償いにもならねぇだろ」

後藤は、叫びながら仁美叔母さんの身体を強引に、屋上に引き戻した。

ほっと胸を撫で下ろすぼくとは対照的に、仁美叔母さんは、屋上のコンクリートに突っ伏すようにして泣き始めた——。

11

「どうして？　どうして死なせてくれないの？」

慟哭する仁美叔母さんの声は、八雲に似た赤い色をしていた。

もしかしたら、赤は死を望む人が出す声色なのかもしれない。何の根拠もないけれど、そんな風に思った。

「ここからは、琢海の出番だ」

八雲が、ぼくの傍らに歩み寄って来る。

「ぼくの？」

「ああ。琢海には、ずっと日菜さんの幽霊が憑依している」

「え？」

驚いたのは、ぼくだけではなかった。

仁美叔母さんもまた、驚愕の表情を浮かべながら、八雲とぼくを交互に見た。

「最初に呪いの絵を見たとき、多分、憑依されたんだと思う」

「嘘だろ」

信じられない思いで口にしたが、同時にこれまで八雲がぼくの前で見せた、不可解な言動の数々が蘇る。

八雲は、度々、左眼を掌で隠してぼくを見ていた。

あれは幽霊が憑依しているのかを確認していたのだと考えると納得できる。

それだけではない。ぼくに幽霊を見たかだけでなく、声を聞いたり、夢を見たのかと確認してきていた。

「琢海の体調に異変を来たすものではなかったようだが、何処かでその気配を感じていたはずだ」

「何度も夢を見た……」

八雲の言うように、体調に異変はなかった。だけど、呪いの絵に関わってから、繰り返し夢を見るようになった。

「それは、単なる夢ではない。おそらく、日菜さんの記憶の一部だ」

そうか。そうだったのか――。

ぼくは、呪いの絵を調査したことが原因で、変な夢を見るのだと漠然と考えていた。

でも、日菜さんの記憶だと言われて腑に落ちた。

あの夢の中には、ぼくの知らない情報がたくさんあった。そして、その夢を通じて、日菜さんは何かを訴えようと語りかけていた。

きっと、あの中でぼくが真希さんの声だと認識していたのは、日菜さんの声だったのだろう。

「日菜さんは、夢の中で何度も訴えてきていたんだ……」

ぼくが口にすると、八雲が顎を引いて頷いた。

「彼女に教えてやって欲しい。日菜さんが何を言っていたのか」

八雲に促され、ぼくは仁美叔母さんにゆっくりと歩み寄った。

仁美叔母さんは、涙に濡れた顔を上げた。言葉は何も発さなかったけれど、その目がまだ死にたがっていることが伝わってきた。

——ああ。そうか。

きっと、仁美叔母さんは、ずっとこんな目をしていたんだ。苦しくて、哀しくて、どうしようもなくて、もう全部を終わりにしたかった。

真希さんは、この目の奥にあるものを感じ取ったからこそ、仁美叔母さんが犯人ではないかという疑念を抱いた。

一方のぼくは、声色しか見ていなかった。

それは、人間の持つある側面に過ぎないのに、ぼくはまるでそれが全てであるかのように捕らえてしまった。

八雲が言うように、頼り過ぎていたのだということを、改めて実感させられる。

もっと早くに、こうやって仁美叔母さんと向かい合って、声だけじゃなくて、目を見て話していれば、こんなことにはならなかった。

起きてしまった現実を巻き戻すことは、もうできないけれど、全てが終わった訳じゃない。まだ、やり直せる。

「こんなことを望んでいたんじゃない——日菜さんは、繰り返しそう言っていました。それから、もう止めて欲しいとも——」

ぼくは、真っ直ぐに仁美叔母さんの目を見ながら告げる。

仁美叔母さんは、ぼくの——日菜さんの言葉を聞いても、少しも動かなかった。

まだ、ぼくの言葉が、日菜さんのものであると信じられないでいるのだろう。どうしたら、信じてもらえるのか？　迷っているときに、ぼくの視界に青い声が流れてきた。

真希さんのそれではない。

きっと、これは日菜さんのものなのだろう。

ふと目を向けると、ぼくのすぐ脇に、学生服を着た少女が立っていた。黒いロングの髪をした少女——多分、日菜さんだ。

「ひーちゃんの絵を呪いの絵にしちゃってごめんね。私は、絵を元に戻したかったんだ。二人の思い出の大切な絵だから――」

ぼくは、聞こえてきた言葉を、そのまま伝えた。

しばらく放心していた仁美叔母さんだったけれど、やがて全てを納得したのか、呪いの絵を真っ直ぐに見つめたまま子どものように泣きじゃくった。

そこには、もう自ら命を絶とうという意思は感じられなかった。

多分だけど、きっと呪いの絵の下には、とても綺麗な仁美叔母さんの肖像画が眠っているのだろう。

剝げ落ちた絵の具の下にあった色は、とても美しい青色だったから――。

Epilogue

1

ぼくは、美術室の真ん中に置かれた絵をじっと見つめた――。

それはかつて、呪いの絵と呼ばれていた。自らに刃を立て、流れ出た血で描かれたと言われていたのだが、それはただの迷信だった。

血だと思われていた赤黒い顔料は、実際は血の色に似せて作られた水彩絵の具だった。

ぼくは真希さんと協力して、表面の絵の具を落とす作業を行った。慣れない作業ということもあり、思いの外手こずったけれど、一週間かけて全てを落とすことができた。

その下から現れたのは、青い絵の具で描かれた、少女の肖像画だった。多分、仁美叔母さんを描いたものだ。

独特な色使いからして、もしかしたら日菜さんは、ぼくと同じサウンドカラー共感覚だったのかもしれない。

ぼくは、仁美叔母さんとこの絵を描いた日菜さんが、どういう関係だったかは知らない。ただ、この絵を見る限り、友だちより深い絆(きずな)で結ばれていたように思う。

「どうして、日菜さんはこんな素敵な絵の上に、あんな絵を描いちゃったのかな……」

真希さんの青い声が、ふっと絵の表面を撫でた気がした。

それは、ぼくにとっても疑問だった。どうして日菜さんは、自らこの絵を塗り潰しながら、死した後になって、元に戻そうとしたのか？

今となっては、確かめる術はない。

ただ――。

「日菜さんが自殺したとき、心を病んでいたことは確かなんだと思います。だから、こんな風に絵を塗り潰してしまった。それは、小山田先生に対する憎しみから来た感情でもあった気がします」

「そうね」

「でも――仁美叔母さんが、復讐を目論んでいるのを見て、気付いたんだと思います。憎しみに捕らわれるより、過去の楽しい想い出を抱えて生きる方が、ずっといいって……」

「琢海君……」

「もちろん、ぼくの勝手な妄想ですけど――」

ぼくが、そんな風に思ったのは、八雲の言葉を思い出したからだと思う。

——お前らは、愛されていただろ。

八雲の過去を耳にすることで、ぼくはあの言葉の意味を思い知らされた。

そして、自分がいかに愚かだったのかを痛感した。

両親を失ったのは悲劇だし、簡単に割り切ることはできない。だけど、ぼくには愛された記憶がある。

それを大切に、これからを生きていけばいい。

「うん。それいい。私も、琢海君の妄想に乗った」

真希さんが、本当に嬉しそうに笑った。

声だけでなく、その目が、口が、喜びをいっぱいに表現している。どうして、これまでぼくは、こんな素敵なものを見逃していたのだろう。

ぼくは、他人とは違う世界が見えている。だけど、それが全てじゃない。それを教えてくれたのは八雲と、そして真希さんだ——。

「ねえ。琢海君、引っ越すって聞いたけど……」

しばらくの沈黙のあと、真希さんが僅かに俯きながら切り出した。

「はい」

三井先生は、幸いにして一命を取り留めた。

小山田先生の殺害の直接の実行犯は三井先生だけど、仁美叔母さんは共犯ということになる。もちろん、三井先生に対する傷害罪もある。

情状酌量（しゃくりょう）はあるものの、罪に問われることは間違いない。

何より、これから長い裁判が待っている。

これまでのように、ぼくたちの保護者として一緒に生活するのは不可能だ。

様々な話し合いが行われた結果、ぼくと海空は、父方の祖父母の家に引き取られることになった。

新しい生活に不安がないと言ったら嘘になる。

だけど、これからは、一人で勝手に背負うのではなく、海空とたくさん話をして、祖父母とも相談しながら、よりよい方法を見つけて行こうと思う。

「そっか……寂しくなるね」

真希さんの言葉に嘘はなかった。声色もそうだけど、ぼくに向けられた哀しげな目が、彼女の言葉が真実であることを物語っている。

それが嬉しかった。

「そうですね……」

「引っ越しは何時？」

「明後日（あさって）です」

「そっか。じゃあ、これで会えなくなるのか」

「はい」

「うん。最後だから、私が秘密にしていたことを教えてあげる」

「秘密——ですか？」

「そう。実はね、私は琢海君のことをずっと知ってたんだ。入学する前から——」

「え？」

「私もね、一年前の病院のベンチでのこと、ちゃんと覚えてるんだよ」

「ちょ、ちょっと待って下さい。先輩は、あのときのこと、覚えていたんですか？」

ぼくは、あまりのことに慌てて口にする。

「うん」

「そんな……言って下さいよ……」

もし、真希さんが、ぼくのことを覚えていると言ってくれたら、もっと違った関わり方があったのに——。

散々悩んだのが、何だかバカらしくなる。

「それはお互い様だと思う。だって、美術室で会ったとき、琢海君は反応薄いし、覚えてないのかなって思ったんだよ」

そう言われると、反論する言葉がない。

確かにぼくは、自分の気持ちを気取られないように、感情を表に出さないようにしていた。お互いに、そんな風にして初対面のふりをしていたなんて、あまりに滑稽だ。

「すみません」

「ずっと、あのときのお礼が言いたかったんだ」

「あのときのお礼？」

真希さんにお礼を言われるようなことは、何もしていない。

「うん。実は、私のお母さんが病気で、死んじゃったすぐ後だったんだ」

「そうだったんですか……」

真希さんが、どうして病院にいたのかは謎だったけれど、ようやくその答えが分かった。

同時に、本当に申し訳ない気持ちになる。

そんな辛い状態にあったのに、真希さんはぼくを慰めてくれた。それに、ただただ甘えて泣きじゃくった自分が情けない。

「あのとき、琢海君に声をかけて、慰めているようで、本当は自分に言い聞かせていたんだ。あれは、自分自身に向けた言葉だったんだと思う。それに、琢海君の話を聞いていているだけで、私は立ち止まっていちゃいけないって思えたんだ」

「真希先輩……」

「だから、ありがとう」

「お礼なんて……ぼくは、ずっと真希先輩のあの言葉に、支えられてきたんです。あのとき、真希先輩に会えたから、ぼくは……」

その先は、言葉にならなかった。自然と涙が溢れ出し、止まらなくなった。

「泣かないでよ。私まで、泣きそうになる」

真希さんは、そう言うと天井を見上げた。その目尻には、光るものがあった。

「すみません」

「でね、もう一つ打ち明けると、入学式のとき、私はもう琢海君を見つけていたの」

「え？」

「あの時の子だ――って。それで、色々琢海君のことを調べちゃった。入選した絵も見た。本当に圧倒されたし、私と一緒で絵が好きなんだって嬉しくなった」

「でも、ぼくは幽霊部員だったたから」

「ホントだよ。だから、何とかして話をしたいと思ったんだ。そんなとき、昇降口から出て来る琢海君の姿を見つけた……」

「もしかして」

「そう。あのとき、画用紙が落ちたのは、偶然なんかじゃない。私がわざと琢海君に向かって投げたんだ」

少しも悪びれることなく言う真希さんを見て、ぼくは思わず笑ってしまった。

そうか。あれは、偶然なんかじゃなかったのか。

真希さんが、自分の意思で、ぼくを引き寄せた。本当に凄いと思う。

「ぼくは、まんまと騙されたんですね」

「そうだね」

「他に隠していることは、ありませんよね？」

ぼくが訊ねると、真希さんは「ある！」と胸を張って断言する。

真希さんは、どれだけ抽斗（ひきだし）があるんだ。

「まあ、私というより、お兄ちゃんなんだけどね」

「お兄ちゃん？」

「そう。お兄ちゃんから、琢海君に伝言を預かってる」

「へ？」

さっぱり意味が分からない。

どうして、真希さんのお兄さんがぼくに伝言を残すのだ？　そもそも、お兄さんがいることを今知ったばかりなのだ。

「今度、おれのライブ聴きに来いってさ――」

――嘘だろ。

「もしかしてヒデさん？」

ぼくが口にすると、真希さんは得意げに笑ってみせた。

そういえば、ヒデさんは東高に妹がいると言っていた。去年母親を病気で亡くしたという話も、ヒデさんから聞いたことがある。

それだけじゃない。よくよく考えると、ヒデさんに呪いの絵の調査をお願いしたときに、異様にレスポンスが早かった。

あれは、真希さんと情報を共有していたからだったのか。

真希さんが、ぼくのバイト先を知っていたのも、ヒデさんから聞いていたからなのだろう。

何から何まで、してやられた気がする。

だけど――。

だからこそ――。

ぼくは、真希さんが堪らなく好きなんだ。

でも、それを口に出そうとは思わなかった。ぼくは、明後日にはもうこの学校にはいないのだから――。

「それで、琢海君の引っ越し先は何処なの？」

「京都です」

高校一年生のぼくにとっては、あまりに遠い距離だ。

だから、きっともう真希さんに会うことはない。それを思うと、本当に哀しくなる。

「へえ。京都か。いいところだね」

ぼくの寂しさとは裏腹に、真希さんは嬉しそうだった。

そうだよな。ぼくと違って、真希さんには恋心がある訳じゃない。寂しさの質が違う。

「そうですね」

「絵は続けるんでしょ？」

「そのつもりです」

今度は、どんな状況であれ、絵は描き続けようと思っている。その方が、きっと両親も喜んでくれるだろう。

そのきっかけを与えてくれたのも、真希さんだった。

「じゃあ。返事は今度会ったときでいいや」

「何の返事です？」

「何でもない。こっちの話。それより、これあげる――」

真希さんは、ぼくの掌に何かを握らせた。感触からして、包装された飴のようだった。

手を開いて確認しようとしたけれど、真希さんがそれを制した。

「今はダメ。校舎を出てからにして」

ぼくは、訳も分からず「はい」と返事をした。

「じゃあまたね」

真希さんが笑顔でばいばいをする。

「はい。本当に色々とありがとうございました——」

ぼくは、深々と頭を下げたあと、名残惜しいけれど、美術室を後にした。長引くほどに、忘れられなくなる気がしたからだ。

2

廊下に出たところで、思いがけない人物と鉢合わせすることになった。

「八雲——」

ぼくがその名を呼ぶと、彼はいかにも面倒臭そうに、ガリガリと頭を掻いた。

「一つだけ、言い忘れていたことがある」

八雲は、挨拶もそこそこに、赤い声でそう切り出した。

「言い忘れたこと?」

事件が混乱したのは、ぼくのせいだ。

そのことで、八雲は振り回されることになっただろうし、大変な思いをすることになった。下手をしたら、死人が出るところだった。

ぼくは、そのことを責め立てられるものとばかり思っていた。だけど、彼の口から発せられたのは、想定外の言葉だった。

「琢海の両親は、ずっと見守っている」

「見守る……」

「今も、琢海の後ろに立っている。我慢するな。自由に生きろ——それが、二人からの伝言だ」

八雲が、すうっとぼくの背後を指差しながら言った。

振り返ってみたけれど、ぼくの目には何も映らない。だけど、八雲の左眼には、きっとぼくの両親が見えているはずだ。

「それを伝える為に、わざわざ？」

ぼくが問うと、八雲は少しだけ表情を歪めた。それは、怒っているようでもあり、笑っているようでもあった。

「ありがとう——」

ぼくは、深々と頭を下げる。

「礼を言うのは、ぼくの方だ」

「どうして？」

八雲は、ぼくの問いに答えることなく、ゆっくりと廊下を歩き去って行った。

本当はその背中を追いかけるべきだったのかもしれない。だけど、ぼくはその場から動くことができなかった。

八雲は、馴れ合いを好まない。

何があろうと、ぼくがどんな言葉をかけようと、自分の道を進んで行くだろうから。ぼくは、ただそれを見送る。

校舎を出たところで、ぼくは未だ飴を握ったままだったことに気付いた。

手を開くと、一年前に病院のベンチで貰ったのと、同じ飴が入っていた。ただ、それだけじゃなくて、小さく折りたたまれた紙片も一緒にあった。

——何だこれ？

ぼくは、折りたたまれた紙を広げてみる。中には、ひと言だけ書かれていた。

〈私は、あなたが好きです——〉

ふと顔を上げると、美術室のベランダから、真希さんが手を振っていた。

「私、京都の芸大が第一志望なんだ。だから待っててね！」

彼女の青い声が、空いっぱいに広がった。

――ああ。ダメだ。

こんなことされたら、気持ちに歯止めが利かなくなる。

ぼくは、胸に湧き上がる衝動に任せて、真希さんへの想いを叫んだ――。

3

八年経っても、君の視線は変わっていなかった――。

いや、そうじゃない。君は、大きく変わった。その証拠に、高校時代はその赤い左眼をコンタクトレンズで隠していたのに、今は何も着けていない。

そこに至るには、ぼくなんかが想像もつかない苦難があったはずだ。だけど、君はそれに屈することがなかった。

だから、今、こうやって自分の赤い左眼を晒しているのだろう。

何よりぼくが驚いたのは、八雲に寄り沿うように、ショートカットの女性がいたことだ。

孤高の存在で、自分の領域に誰も近付けなかった八雲が、こんな風に、誰かと寄り沿っていることが意外だった。

もしかしたら、彼を変えたのは、あの女性かもしれない。

「ねぇ。どうしたの？」

隣にいた真希が、ぼくの変化に気付いて声をかけてきた。

ぼくは、何も言わずに、ただ彼の方に視線を向ける。真希も、そこに誰がいるのか分かったらしく、はっと息を呑んだ。

今日は、仁美叔母さんの仮釈放の日だ。それを出迎えに行く為に、こうして東京に足を運んだのだが、まさかその途中で斉藤八雲に出会すなんて、思ってもみなかった。

「行かないの？」

真希が、そっとぼくの手を握ってくれた。

行きたいけれど、何と声をかけていいのか分からない。

「行こう」

真希は、そう言うとぼくの手を引いて歩き出した。

そうだった。真希は、出会ったときから、何時だってぼくを導いてくれた。

ぼくは苦笑いを浮かべつつも、一歩、二歩と八雲の方に向かって歩き出す。

そんなぼくを見て、八雲が小さく笑みを浮かべた。

あの八雲が――。

驚きはあったけれど、ほんの少しだけ気持ちが楽になった。

「琢海。久しぶりだな――」

ぼくより先に、八雲の方が口を開いた。

その声は、赤くはなかった。

彼の叔父の僧侶のように、どこまでも柔らかい白い声をしていた――。

本書は書下ろしです。

|著者| 神永 学　1974年山梨県生まれ。日本映画学校卒業。2003年『赤い隻眼』を自費出版する。同作を大幅改稿した『心霊探偵八雲 赤い瞳は知っている』で'04年にプロ作家デビュー。代表作「心霊探偵八雲」をはじめ、「天命探偵」「怪盗探偵山猫」「確率捜査官 御子柴岳人」「浮雲心霊奇譚」「殺生伝」「革命のリベリオン」などシリーズ作品を多数展開。著書には他に『イノセントブルー 記憶の旅人』『コンダクター』『ガラスの城壁』などがある。

青の呪い（あおののろい）　心霊探偵八雲（しんれいたんていやくも）

神永 学（かみながまなぶ）

2021年12月15日第1刷発行

発行者——鈴木章一

発行所——株式会社　講談社

東京都文京区音羽2-12-21　〒112-8001

電話　出版（03）5395-3510
　　　販売（03）5395-5817
　　　業務（03）5395-3615

Printed in Japan

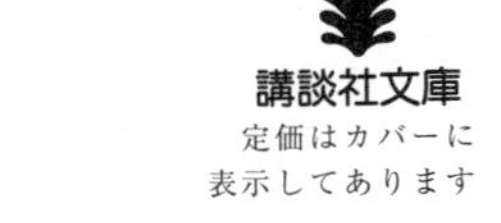

定価はカバーに
表示してあります

デザイン—菊地信義

本文データ制作—講談社デジタル製作

印刷———凸版印刷株式会社

製本———株式会社国宝社

ISBN978-4-06-526410-2

講談社文庫刊行の辞

二十一世紀の到来を目睫に望みながら、われわれはいま、人類史上かつて例を見ない巨大な転換期をむかえようとしている。

世界も、日本も、激動の予兆に対する期待とおののきを内に蔵して、未知の時代に歩み入ろうとしている。このときにあたり、創業の人野間清治の「ナショナル・エデュケイター」への志を現代に甦らせようと意図して、われわれはここに古今の文芸作品はいうまでもなく、ひろく人文・社会・自然の諸科学から東西の名著を網羅する、新しい綜合文庫の発刊を決意した。

激動の転換期はまた断絶の時代である。われわれは戦後二十五年間の出版文化のありかたへの深い反省をこめて、この断絶の時代にあえて人間的な持続を求めようとする。いたずらに浮薄な商業主義のあだ花を追い求めることなく、長期にわたって良書に生命をあたえようとつとめるところにしか、今後の出版文化の真の繁栄はあり得ないと信じるからである。

同時にわれわれはこの綜合文庫の刊行を通じて、人文・社会・自然の諸科学が、結局人間の学にほかならないことを立証しようと願っている。かつて知識とは、「汝自身を知る」ことにつきていた。現代社会の瑣末な情報の氾濫のなかから、力強い知識の源泉を掘り起し、技術文明のただなかに、生きた人間の姿を復活させること。それこそわれわれの切なる希求である。

われわれは権威に盲従せず、俗流に媚びることなく、渾然一体となって日本の「草の根」をかたちづくる若く新しい世代の人々に、心をこめてこの新しい綜合文庫をおくり届けたい。それは知識の泉であるとともに感受性のふるさとであり、もっとも有機的に組織され、社会に開かれた万人のための大学をめざしている。大方の支援と協力を衷心より切望してやまない。

一九七一年七月

野間省一

古井由吉
東京物語考

解説=松浦寿輝　年譜=著者、編集部

徳田秋聲、正宗白鳥、葛西善藏、宇野浩二、嘉村礒多、永井荷風、谷崎潤一郎ら先人たちが描いた「東京物語」の系譜を訪ね、現代人の出自をたどる名篇エッセイ。

ふA13
978-4-06-523134-0

古井由吉／佐伯一麦
往復書簡　『遠くからの声』『言葉の兆し』

解説=富岡幸一郎

二十世紀末、時代の相について語り合った二人の作家が、東日本大震災後にふたたび歴史、自然、記憶をめぐって言葉を交わす。魔術的とさえいえる書簡のやりとり。

ふA14
978-4-06-526358-7

講談社文庫 目録

神楽坂 淳 うちの旦那が甘ちゃんで 3
神楽坂 淳 うちの旦那が甘ちゃんで 4
神楽坂 淳 うちの旦那が甘ちゃんで 5
神楽坂 淳 うちの旦那が甘ちゃんで 6
神楽坂 淳 うちの旦那が甘ちゃんで 7
神楽坂 淳 うちの旦那が甘ちゃんで 8
神楽坂 淳 うちの旦那が甘ちゃんで 9
神楽坂 淳 うちの旦那が甘ちゃんで 10
神楽坂 淳 帰蝶さまがヤバい 1
神楽坂 淳 帰蝶さまがヤバい 2
神楽坂 淳 ありんす国の料理人 1
神楽坂 淳 あやかし長屋〈嫁は猫又〉
加藤元浩 捕まえたもん勝ち!〈七夕菊乃の捜査報告書〉
加藤元浩 量子人間からの手紙〈捕まえたもん勝ち!〉
加藤元浩 奇科学島の記憶〈捕まえたもん勝ち!〉
梶永正史 銃の啼き声〈潔癖刑事・田島慎吾〉
梶永正史 潔癖刑事 仮面の哄笑
川内有緒 晴れたら空に骨まいて
神永 学 悪魔と呼ばれた男
神津凛子 スイート・マイホーム
岸本英夫 死を見つめる心〈ガンとたたかった十年間〉
北方謙三 汚名の広場
北方謙三 試みの地平線〈伝説復活編〉
北方謙三 抱影
菊地秀行 魔界医師メフィスト〈怪屋敷〉
桐野夏生 新装版 顔に降りかかる雨
桐野夏生 新装版 天使に見捨てられた夜
桐野夏生 新装版 ローズガーデン
桐野夏生 OUT (上)(下)
桐野夏生 ダーク (上)(下)
桐野夏生 猿の見る夢
京極夏彦 文庫版 姑獲鳥の夏
京極夏彦 文庫版 魍魎の匣
京極夏彦 文庫版 狂骨の夢
京極夏彦 文庫版 鉄鼠の檻
京極夏彦 文庫版 絡新婦の理
京極夏彦 文庫版 塗仏の宴—宴の支度
京極夏彦 文庫版 塗仏の宴—宴の始末
京極夏彦 文庫版 百鬼夜行—陰
京極夏彦 文庫版 百器徒然袋—雨
京極夏彦 文庫版 百器徒然袋—風
京極夏彦 文庫版 今昔続百鬼—雲
京極夏彦 文庫版 陰摩羅鬼の瑕
京極夏彦 文庫版 邪魅の雫
京極夏彦 文庫版 今昔百鬼拾遺—月
京極夏彦 文庫版 死ねばいいのに
京極夏彦 文庫版 ルー=ガルー〈忌避すべき狼〉
京極夏彦 文庫版 ルー=ガルー2〈インクブス×スクブス 相容れぬ夢魔〉
京極夏彦 分冊文庫版 姑獲鳥の夏 (上)(下)
京極夏彦 分冊文庫版 魍魎の匣 (上)(中)(下)
京極夏彦 分冊文庫版 狂骨の夢 (上)(中)(下)
京極夏彦 分冊文庫版 鉄鼠の檻 全四巻
京極夏彦 分冊文庫版 絡新婦の理 全四巻
京極夏彦 分冊文庫版 塗仏の宴 宴の支度 (上)(中)(下)
京極夏彦 分冊文庫版 塗仏の宴 宴の始末 (上)(中)(下)
京極夏彦 分冊文庫版 陰摩羅鬼の瑕 (上)(中)(下)
京極夏彦 分冊文庫版 邪魅の雫 (上)(中)(下)

京極夏彦　分冊文庫版 ルー＝ガルー〈忌避すべき狼〉(上)(下)
京極夏彦　分冊文庫版 ルー＝ガルー2〈インクブス×スクブス 相容れぬ夢魔〉(上)(下)
北森　鴻　親不孝通りラプソディー
北森　鴻　花の下にて春死なむ〈香菜里屋シリーズ1〈新装版〉〉
北森　鴻　桜　宵〈香菜里屋シリーズ2〈新装版〉〉
北森　鴻　螢　坂〈香菜里屋シリーズ3〈新装版〉〉
北森　鴻　香菜里屋を知っていますか〈香菜里屋シリーズ4〈新装版〉〉
北村　薫　野球の国のアリス
北村　薫　盤上の敵〈新装版〉
木内一裕　藁の楯
木内一裕　水の中の犬
木内一裕　アウト＆アウト
木内一裕　キッド
木内一裕　デッドボール
木内一裕　神様の贈り物
木内一裕　喧嘩猿
木内一裕　バードドッグ
木内一裕　不愉快犯
木内一裕　嘘ですけど、なにか？

木内一裕　ドッグレース
北山猛邦　『クロック城』殺人事件
北山猛邦　『瑠璃城』殺人事件
北山猛邦　『アリス・ミラー城』殺人事件
北山猛邦　『ギロチン城』殺人事件
北山猛邦　私たちが星座を盗んだ理由
北山猛邦　さかさま少女のためのピアノソナタ
北　康利　白洲次郎 占領を背負った男(上)(下)
北　康利　福沢諭吉 国を支えて国を頼らず(上)(下)
貴志祐介　新世界より(上)(中)(下)
北原みのり　木嶋佳苗100日裁判傍聴記〈佐藤優対談収録完全版〉
岸本佐知子 編訳　変愛小説集
岸本佐知子 編　変愛小説集 日本作家編
木原浩勝　文庫版 現世怪談(一) 主人の帰り
木原浩勝　文庫版 現世怪談(二) 白刃の盾
木原浩勝　増補改訂版 もう一つの「バルス」〈―宮崎駿と『天空の城ラピュタ』の時代―〉
喜国雅彦・国樹由香　メフィストの漫画
喜国雅彦・国樹由香　本格力〈本棚探偵のミステリ・ブックガイド〉
清武英利　石つぶて〈警視庁 二課刑事の残したもの〉

清武英利　しんがり〈山一證券 最後の12人〉
清武英利　トッカイ〈不良債権特別回収部〉
喜多喜久　ビギナーズ・ラボ
黒岩重吾　新装版 古代史への旅
栗本　薫　新装版 絃の聖域
栗本　薫　新装版 ぼくらの時代
黒柳徹子　窓ぎわのトットちゃん 新組版
倉知　淳　新装版 星降り山荘の殺人
倉知　淳　シュークリーム・パニック
熊谷達也　浜の甚兵衛
倉阪鬼一郎　大江戸秘脚便
倉阪鬼一郎　娘飛脚を救え〈大江戸秘脚便〉
倉阪鬼一郎　開運十社巡り〈大江戸秘脚便〉
倉阪鬼一郎　決戦、武甲山〈大江戸秘脚便〉
倉阪鬼一郎　八丁堀の忍
倉阪鬼一郎　八丁堀の忍(二)〈大川端の死闘〉
倉阪鬼一郎　八丁堀の忍(三)〈遥かなる故郷〉
倉阪鬼一郎　八丁堀の忍(四)〈隻腕の抜け忍〉
倉阪鬼一郎　八丁堀の忍(五)〈討伐隊、動く〉

黒木　渚　壁の鹿
黒木　渚　本性
栗山圭介　居酒屋ふじ
栗山圭介　国士舘物語
久坂部　羊　祝葬
黒澤いづみ　人間に向いてない
久賀理世　奇譚蒐集家　小泉八雲〈白衣の女〉
決戦！シリーズ　決戦！関ヶ原
決戦！シリーズ　決戦！大坂城
決戦！シリーズ　決戦！本能寺
決戦！シリーズ　決戦！川中島
決戦！シリーズ　決戦！桶狭間
決戦！シリーズ　決戦！関ヶ原2
決戦！シリーズ　決戦！新選組
小峰　元　アルキメデスは手を汚さない
今野　敏　ST　警視庁科学特捜班　エピソード1〈新装版〉
今野　敏　ST　警視庁科学特捜班　毒物殺人〈新装版〉
今野　敏　ST　警視庁科学特捜班〈黒いモスクワ〉
今野　敏　ST　警視庁科学特捜班〈青の調査ファイル〉
今野　敏　ST　警視庁科学特捜班〈赤の調査ファイル〉
今野　敏　ST　警視庁科学特捜班〈黄の調査ファイル〉
今野　敏　ST　警視庁科学特捜班〈緑の調査ファイル〉
今野　敏　ST　警視庁科学特捜班〈黒の調査ファイル〉
今野　敏　ST　為朝伝説殺人ファイル〈警視庁科学特捜班〉
今野　敏　ST　桃太郎伝説殺人ファイル〈警視庁科学特捜班〉
今野　敏　ST　沖ノ島伝説殺人ファイル〈警視庁科学特捜班〉
今野　敏　ST　化合　エピソード0〈警視庁科学特捜班〉
今野　敏　ST　プロフェッション〈警視庁科学特捜班〉
今野　敏　特殊防諜班　諜報潜入
今野　敏　特殊防諜班　聖域炎上
今野　敏　特殊防諜班　最終特命
今野　敏　茶室殺人伝説
今野　敏　奏者水滸伝　白の暗殺教団
今野　敏　同期
今野　敏　欠落
今野　敏　変幻
今野　敏　警視庁ＦＣ
今野　敏　カットバック　警視庁ＦＣII
今野　敏　継続捜査ゼミ
今野　敏　蓬莱〈新装版〉
今野　敏　イコン〈新装版〉
後藤正治　天人〈深代惇郎と新聞の時代〉
後藤正治　拗ね者たらん〈本田靖春　人と作品〉
幸田　文　崩れ
幸田　文　季節のかたみ
幸田　文　台所のおと〈新装版〉
小池真理子　冬の伽藍
小池真理子　夏の吐息
小池真理子　千日のマリア
五味太郎　大人問題
鴻上尚史　あなたの魅力を演出するちょっとしたヒント
鴻上尚史　鴻上尚史の俳優入門
鴻上尚史　青空に飛ぶ
小泉武夫　納豆の快楽
近藤史人　藤田嗣治「異邦人」の生涯
小前　亮　趙匡胤〈宋の太祖〉
小前　亮　賢帝と逆臣と〈康熙帝と三藩の乱〉

講談社文庫　目録

小前　亮　始皇帝の永遠〈天下一統〉
小前　亮　劉裕〈豪剣の皇帝〉
香月日輪　妖怪アパートの幽雅な日常①
香月日輪　妖怪アパートの幽雅な日常②
香月日輪　妖怪アパートの幽雅な日常③
香月日輪　妖怪アパートの幽雅な日常④
香月日輪　妖怪アパートの幽雅な日常⑤
香月日輪　妖怪アパートの幽雅な日常⑥
香月日輪　妖怪アパートの幽雅な日常⑦
香月日輪　妖怪アパートの幽雅な日常⑧
香月日輪　妖怪アパートの幽雅な日常⑨
香月日輪　妖怪アパートの幽雅な日常⑩
香月日輪　妖怪アパートの幽雅な食卓〈るり子さんのお料理日記〉
香月日輪　妖怪アパートの幽雅な人々〈妖アパミニガイド〉
香月日輪　妖怪アパートの幽雅な日常〈ラスベガス外伝〉
香月日輪　大江戸妖怪かわら版①〈異界より落ち来る者あり〉
香月日輪　大江戸妖怪かわら版②〈異界より落ち来る者あり　其之二〉
香月日輪　大江戸妖怪かわら版③〈封印の娘〉
香月日輪　大江戸妖怪かわら版④〈天空の竜宮城〉
香月日輪　大江戸妖怪かわら版⑤〈雀、大浪花に行く〉
香月日輪　大江戸妖怪かわら版⑥〈魔狼、月に吠える〉
香月日輪　大江戸妖怪かわら版⑦〈大江戸散歩〉
香月日輪　地獄堂霊界通信①
香月日輪　地獄堂霊界通信②
香月日輪　地獄堂霊界通信③
香月日輪　地獄堂霊界通信④
香月日輪　地獄堂霊界通信⑤
香月日輪　地獄堂霊界通信⑥
香月日輪　地獄堂霊界通信⑦
香月日輪　地獄堂霊界通信⑧
香月日輪　ファンム・アレース①
香月日輪　ファンム・アレース②
香月日輪　ファンム・アレース③
香月日輪　ファンム・アレース④
香月日輪　ファンム・アレース⑤(上)(下)
近衛龍春　加藤清正〈豊臣家に捧げた生涯〉
木原音瀬　箱の中
木原音瀬　美しいこと
木原音瀬　秘密
木原音瀬　嫌な奴
木原音瀬　罪の名前
近藤史恵　私の命はあなたの命より軽い
小泉　凡　怪談四代記〈八雲のいたずら〉
小松エメル　夢の燈影〈新選組無名録〉
小松エメル　総司の夢
呉　勝浩　道徳の時間
小島　環　原作　あなしん　脚本　おかざきさとこ　小説　春待つ僕ら
呉　勝浩　ロスト
呉　勝浩　蜃気楼の犬
呉　勝浩　白い衝動
呉　勝浩　バッドビート
こだま　夫のちんぽが入らない
こだま　ここは、おしまいの地
講談社校閲部　間違えやすい日本語実例集〈熟練校閲者が教える〉
佐藤さとる　だれも知らない小さな国〈コロボックル物語①〉
佐藤さとる　豆つぶほどの小さないぬ〈コロボックル物語②〉
佐藤さとる　星からおちた小さなひと〈コロボックル物語③〉

講談社文庫 目録

佐々木裕一 帝の刀匠〈公家武者 信平(七)〉
佐々木裕一 若君の覚悟〈公家武者 信平(八)〉
佐々木裕一 くもの頭領〈公家武者 信平(九)〉
佐々木裕一 宮中の誘い〈公家武者 信平(十)〉
佐々木裕一 狐のちょうちん〈公家武者信平ことはじめ(一)〉
佐々木裕一 姫のため息〈公家武者信平ことはじめ(二)〉
佐々木裕一 四谷の弁慶〈公家武者信平ことはじめ(三)〉
佐々木裕一 暴れ公卿〈公家武者信平ことはじめ(四)〉
佐々木裕一 千石の夢〈公家武者信平ことはじめ(五)〉
佐藤究 QJKJQ
佐藤究 Ank : a mirroring ape
佐藤究 サージウスの死神
佐野晶／三田紀房・原作 小説アルキメデスの大戦
澤村伊智 恐怖小説キリカ
さいとう・たかを／戸川猪佐武 原作 歴史劇画 大宰相〈第一巻 吉田茂の闘争〉
さいとう・たかを／戸川猪佐武 原作 歴史劇画 大宰相〈第二巻 鳩山一郎の悲運〉
さいとう・たかを／戸川猪佐武 原作 歴史劇画 大宰相〈第三巻 岸信介の強腕〉
さいとう・たかを／戸川猪佐武 原作 歴史劇画 大宰相〈第四巻 池田勇人と佐藤栄作の激突〉
さいとう・たかを／戸川猪佐武 原作 歴史劇画 大宰相〈第五巻 田中角栄の革命〉
さいとう・たかを／戸川猪佐武 原作 歴史劇画 大宰相〈第六巻 三木武夫の挑戦〉
さいとう・たかを／戸川猪佐武 原作 歴史劇画 大宰相〈第七巻 福田赳夫の復讐〉
さいとう・たかを／戸川猪佐武 原作 歴史劇画 大宰相〈第八巻 大平正芳の決断〉
さいとう・たかを／戸川猪佐武 原作 歴史劇画 大宰相〈第九巻 鈴木善幸の苦悩〉
さいとう・たかを／戸川猪佐武 原作 歴史劇画 大宰相〈第十巻 中曽根康弘の野望〉
佐藤優 人生の役に立つ聖書の名言
佐藤優 戦時下の外交官〈ナチス・ドイツの崩壊を目撃した吉野文六〉
斉藤詠一 到達不能極
佐々木実 竹中平蔵 市場と権力〈「改革」に憑かれた経済学者の肖像〉
斎藤千輪 神楽坂つきみ茶屋〈禁断の盃と絶品江戸レシピ〉
斎藤千輪 神楽坂つきみ茶屋2〈突然のピンチと喜寿の祝い膳〉
作画：蔡志忠／訳：和田武司／監修：野末陳平 マンガ 孔子の思想
作画：蔡志忠／訳：和田武司／監修：野末陳平 マンガ 老荘の思想
作画：蔡志忠／訳：和田武司／監修：野末陳平 マンガ 孫子・韓非子の思想
司馬遼太郎 新装版 播磨灘物語 全四冊
司馬遼太郎 新装版 箱根の坂(上)(中)(下)
司馬遼太郎 新装版 アームストロング砲
司馬遼太郎 新装版 歳月(上)(下)
司馬遼太郎 新装版 おれは権現
司馬遼太郎 新装版 大坂侍
司馬遼太郎 新装版 北斗の人(上)(下)
司馬遼太郎 新装版 軍師二人
司馬遼太郎 新装版 真説宮本武蔵
司馬遼太郎 新装版 最後の伊賀者
司馬遼太郎 新装版 俄(上)(下)
司馬遼太郎 新装版 尻啖え孫市(上)(下)
司馬遼太郎 新装版 王城の護衛者
司馬遼太郎 新装版 妖怪(上)(下)
司馬遼太郎 新装版 風の武士(上)(下)
司馬遼太郎 戦雲の夢〈レジェンド歴史時代小説〉
司馬遼太郎／海音寺潮五郎 新装版 日本歴史を点検する
司馬遼太郎／井上ひさし 新装版 国家・宗教・日本人
司馬遼太郎／陳舜臣／金達寿 新装版 歴史の交差路にて〈日本・中国・朝鮮〉
柴田錬三郎 お江戸日本橋(上)(下)
柴田錬三郎 貧乏同心御用帳
柴田錬三郎 新装版 岡っ引どぶ〈柴錬捕物帖〉
柴田錬三郎 新装版 顔十郎罷り通る(上)(下)〈レジェンド歴史時代小説〉
白石一郎 庖丁ざむらい〈十時半睡事件帖〉

講談社文庫 目録

島田荘司 御手洗潔の挨拶
島田荘司 御手洗潔のダンス
島田荘司 水晶のピラミッド
島田荘司 眩（めまい）暈
島田荘司 アトポス
島田荘司 異邦の騎士〈改訂完全版〉
島田荘司 御手洗潔のメロディ
島田荘司 Pの密室
島田荘司 ネジ式ザゼツキー
島田荘司 都市のトパーズ2007
島田荘司 21世紀本格宣言
島田荘司 帝都衛星軌道
島田荘司 UFO大通り
島田荘司 リベルタスの寓話
島田荘司 透明人間の納屋
島田荘司 占星術殺人事件〈改訂完全版〉
島田荘司 斜（せ）め屋敷の犯罪〈改訂完全版〉
島田荘司 星籠（せいろ）の海 (上)(下)
島田荘司 屋上

島田荘司 名探偵傑作短篇集 御手洗潔篇
島田荘司 火刑都市〈改訂完全版〉
島田荘司 暗闇坂の人喰いの木〈改訂完全版〉
清水義範 蕎麦（そば）ときしめん
清水義範 国語入試問題必勝法〈新装版〉
椎名誠 にっぽん・海風魚旅〈怪し火さすらい編〉
椎名誠 大漁旗ぶるぶる乱風編〈にっぽん・海風魚旅4〉
椎名誠 南シナ海ドラゴン編〈にっぽん・海風魚旅5〉
椎名誠 風のまつり
椎名誠 ナマコ
椎名誠 埠頭三角暗闇市場
真保裕一 取引
真保裕一 震源
真保裕一 盗聴
真保裕一 奪取 (上)(下)
真保裕一 朽ちた樹々の枝の下で
真保裕一 防壁
真保裕一 密告
真保裕一 黄金の島 (上)(下)

真保裕一 発火点
真保裕一 夢の工房
真保裕一 灰色の北壁
真保裕一 覇王の番人 (上)(下)
真保裕一 デパートへ行こう！
真保裕一 アマルフィ〈外交官シリーズ〉
真保裕一 天使の報酬〈外交官シリーズ〉
真保裕一 アンダルシア〈外交官シリーズ〉
真保裕一 ダイスをころがせ！(上)(下)
真保裕一 天魔ゆく空 (上)(下)
真保裕一 ローカル線で行こう！
真保裕一 遊園地に行こう！
真保裕一 オリンピックへ行こう！
真保裕一 連鎖〈新装版〉
篠田節子 弥勒
篠田節子 転生
篠田節子 竜と流木
重松清 定年ゴジラ
重松清 半パン・デイズ

講談社文庫　目録

重松　清　流星ワゴン
重松　清　ニッポンの単身赴任
重松　清　愛妻日記
重松　清　青春夜明け前
重松　清　カシオペアの丘で(上)(下)
重松　清　永遠を旅する者〈ロストオデッセイ　千年の夢〉
重松　清　かあちゃん
重松　清　十字架
重松　清　峠うどん物語(上)(下)
重松　清　希望ヶ丘の人びと(上)(下)
重松　清　赤ヘル1975
重松　清　なぎさの媚薬(上)(下)
重松　清　さすらい猫ノアの伝説
重松　清　ルビィ
新野剛志　八月のマルクス
新野剛志　美しい家
新野剛志　明日の色
殊能将之　ハサミ男
殊能将之　鏡の中は日曜日

首藤瓜於　事故係生稲昇太の多感
首藤瓜於　脳男　新装版
島本理生　シルエット
島本理生　リトル・バイ・リトル
島本理生　生まれる森
島本理生　七緒のために
小路幸也　高く遠く空へ歌ううた
小路幸也　空へ向かう花
小路幸也　スターダストパレード
小路幸也　原案　山田洋次　平松恵美子　家族はつらいよ
小路幸也　原作・脚本　山田洋次　平松恵美子　家族はつらいよ2
小路幸也　原作・脚本　山田洋次　平松恵美子　妻よ薔薇のように〈家族はつらいよIII〉
島田律子　私はもう逃げない〈自閉症の弟から教えられたこと〉
辛酸なめ子　女修行
柴崎友香　ドリーマーズ
柴崎友香　パノララ
翔田　寛　誘拐児
白石一文　この胸に深々と突き刺さる矢を抜け(上)(下)
小説現代編　石田衣良他著　10分間の官能小説集

小説現代編　勝目　梓他著　10分間の官能小説集2
小説現代編　乾くるみ他著　10分間の官能小説集3
柴村　仁　夜宵
柴村　仁　プシュケの涙
柴田哲孝　クズリ〈ある殺し屋の伝説〉
塩田武士　盤上のアルファ
塩田武士　盤上に散る
塩田武士　女神のタクト
塩田武士　ともにがんばりましょう
塩田武士　罪の声
塩田武士　氷の仮面
芝村凉也　孤闘の寂〈素浪人半四郎百鬼夜行(六)〉
芝村凉也　邂逅の紅蓮〈素浪人半四郎百鬼夜行(七)〉
芝村凉也　終焉の百鬼行〈素浪人半四郎百鬼夜行(八)〉
芝村凉也　追憶の翰〈素浪人半四郎百鬼夜行(拾遺)〉
真藤順丈　畦と銃
真藤順丈　宝島(上)(下)
柴崎竜人　三軒茶屋星座館1〈冬のオリオン〉
柴崎竜人　三軒茶屋星座館2〈夏のキグナス〉

講談社文庫 目録

柴崎竜人 三軒茶屋星座館3〈春のカリスト〉
柴崎竜人 三軒茶屋星座館4〈秋のアンドロメダ〉
周木律 眼球堂の殺人〈～The Book～〉
周木律 双孔堂の殺人〈～Double Torus～〉
周木律 五覚堂の殺人〈～Burning Ship～〉
周木律 伽藍堂の殺人〈～Banach-Tarski Paradox～〉
周木律 教会堂の殺人〈～Game Theory～〉
周木律 鏡面堂の殺人〈～Theory of Relativity～〉
周木律 大聖堂の殺人〈～The Books～〉
下村敦史 闇に香る嘘
下村敦史 生還者
下村敦史 叛徒
下村敦史 失踪者
下村敦史 緑の窓口〈樹木トラブル解決します〉
九把刀 阿井幸作/泉京鹿 訳 あの頃、君を追いかけた
神護かずみ ノワールをまとう女
四戸俊成 芹沢政信 神在月のこども
杉本苑子 孤愁の岸(上)(下)
鈴木光司 神々のプロムナード

鈴木英治 大江戸監察医
杉本章子 お狂言師歌吉うきよ暦
杉本章子 大奥二人道成寺〈お狂言師歌吉うきよ暦〉
諏訪哲史 アサッテの人
菅野雪虫 天山の巫女ソニン(1) 黄金の燕
菅野雪虫 天山の巫女ソニン(2) 海の孔雀
菅野雪虫 天山の巫女ソニン(3) 朱鳥の星
菅野雪虫 天山の巫女ソニン(4) 夢の白鷺
菅野雪虫 天山の巫女ソニン(5) 大地の翼
鈴木大介 ギャングース・ファイル〈家のない少年たち〉
鈴木みき 日帰り登山のススメ〈あした、山へ行こう!〉
砂原浩太朗 いのちがけ〈加賀百万石の礎〉
瀬戸内寂聴 新寂庵説法 愛なくば
瀬戸内寂聴 人が好き[私の履歴書]
瀬戸内寂聴 白道
瀬戸内寂聴 寂聴相談室 人生道しるべ
瀬戸内寂聴 瀬戸内寂聴の源氏物語
瀬戸内寂聴 愛する能力
瀬戸内寂聴 藤壺

瀬戸内寂聴 生きることは愛すること
瀬戸内寂聴 寂聴と読む源氏物語
瀬戸内寂聴 月の輪草子
瀬戸内寂聴 新装版 寂庵説法
瀬戸内寂聴 死に支度
瀬戸内寂聴 新装版 蜜と毒
瀬戸内寂聴 新装版 花怨
瀬戸内寂聴 新装版 祇園女御(上)(下)
瀬戸内寂聴 新装版 かの子撩乱
瀬戸内寂聴 新装版 京まんだら(上)(下)
瀬戸内寂聴 いのち
瀬戸内寂聴 花のいのち
瀬戸内寂聴 ブルーダイヤモンド〈新装版〉
瀬戸内寂聴・訳 源氏物語 巻一
瀬戸内寂聴・訳 源氏物語 巻二
瀬戸内寂聴・訳 源氏物語 巻三
瀬戸内寂聴・訳 源氏物語 巻四
瀬戸内寂聴・訳 源氏物語 巻五
瀬戸内寂聴・訳 源氏物語 巻六

講談社文庫　目録

講談社文庫　目録

021年9月15日現在